Loveboat, Taipei

台北愛之船

邢立美 著　李建興 譯
ABIGAIL HING WEN

親愛的讀者：

《台北愛之船》的靈感來源是一九六〇年代以來，成千上萬亞裔美國人參加過的真實夏令營。外子和我在台灣的不同年份暑假都參加過這項活動，後來透過共同的朋友認識。南韓也有為剛成年的韓裔人舉辦類似的活動。

多年來這項活動有所演化。我喜歡跟來自不同學年度的校友們聊天，愛之船的校友們無疑會認得書中許多地標，也看得出我為了敘事的創意自由所作的調整。故事和所有角色皆屬虛構，與真實人士若有相似純屬巧合。

如需概觀這個活動的歷史，請看蘇杏娟（Valerie Soe）在二〇一九年發表的紀錄片《台灣愛之船》（網址loveboat-taiwan.com）。

感謝閱讀本書！

邢立美（Abigail Hing Wen）

獻給外子安迪

三月31日
布朗大學　入學事務室
親愛的艾佛：
感謝您對我們博雅醫學教育課程的興趣。今年的申請人潮格外地有天賦，而且，很遺憾，我們的委員會無法提供您在我們新生班的名額……

三月31日
波士頓大學　藝術與理工學院
親愛的艾佛：
每年，我們總面臨困難決定要拒絕非常符合資格的人選……

三月31日
華盛頓大學醫學院　駐校醫學學者課程
親愛的王小姐：
雖然您的條件令人印象深刻，很不幸我們只能坦承……

四月1日

羅徹斯特大學　醫學中心

親愛的艾佛特：

我們的課程只有十個名額，我很遺憾……

四月1日

萊斯大學　拜勒醫學院

親愛的艾佛：

感謝您對萊斯／拜勒醫學學者課程的興趣。但很不幸……

四月3日

凱斯西儲大學　醫學院

親愛的王小姐：

很遺憾……

四月3日

西北大學　費恩伯格醫學院

親愛的艾佛：

恭喜。我很樂意提供妳在我們的高中直升醫學課程的名額。從一九六一年起，我們就為渴望從事醫療事業的積極學生提供獨特的七年教育體驗……

四月4日

紐約大學　帝勢藝術學院

親愛的艾佛：

我們的舞蹈系這次無法讓妳入學；然而，我們會將妳列入我們的備取名單……

五月1日

親愛的西北大學　費恩伯格醫學院

本人接受入學許可並已支付我的訂金五百美元。

本人拒絕入學許可。

艾佛A.王

第一章

俄亥俄州，查格林佛斯——六月5日

那個信封像情書似的掉進我們的信箱開口裡。熟悉的紫色校徽——四片花瓣狀的火焰像舞者的扇子伸展開來——讓我從我們樓梯的褪色地毯急衝下來。我發簡訊給梅根：

快遲到了，五分鐘後見。

然後我抓起那封差點掉落在門口踏墊上的信。我的拇指摸過左上角的學校名稱，這簡直像在作夢。上次有同樣折角整齊，有新紙張和墨水氣味還沾到了幾個指紋的信封寄來，是兩個月前。宛如全彩色的夢境崩潰成黑白的現實：紗裙的淡紫色摩擦聲，緞紋玫瑰的緞帶拆開，跳向蔚藍天空的無重力感。

紐約大學的帝勢藝術學院。

不會吧——？

「艾佛，妳在這兒啊。」

「媽！」我猛轉過身，手臂刮到了老爸做的虛弱書架。老媽揮舞著列印紙從廚房大步走進來時，我折起那封信藏在背後。她的翠綠上衣的鈕扣照例扣到保守的頸線，我腹中出現熟悉的恐慌感。「媽，我以為妳出門了。」

「今天教堂有額外志工，我有好消息。」她揮揮印著中文字的紙頁。又是改善我血液循環的古老草藥祕方嗎？我不想知道，反正她很快就會做出來逼我喝。「我們替妳申請了然後——妳化妝了嗎？」該死，我真的以為她出門了。通常，我會等到我走出一個街區再用小指頭抹上一丁點護唇膏。

「只有一點點，」我承認後她從小桌上抓了一張面紙，我背後的信封壓到了我手掌上的水泡。「媽，我約了梅根快遲到了。」我想要擠過她身邊到樓梯，但是走道從地面到天花板擠滿了珍珠和我從小到大的畫像，跟行李箱內一樣緊繃。「她已經到了。」

老媽嘟著嘴調整我的背心遮住胸罩肩帶，就像我每次提到梅根的時候。她寧可我把時間用來準備上西北大學，因為我的腦子和克雷布斯循環（譯註：Krebs cycle，三羧酸循環，有氧呼吸的第三階段）搭配欠佳。我的進階先修生物學只勉強拿到B——我成績單上的這顆腫瘤可能是惡性的。

面紙抹到了我臉上，她根本沒想到她在侵犯我的空間。「好，但是我必須跟妳說——」

廚房裡一個溫和掉落聲之後傳來珍珠的哀號。「對不起！我手滑了！」

稍後，我妹妹從老媽背後的門口探頭出來，她咬著一瓣剝皮葡萄柚同時我憋住笑意。她十一歲的臉孔像是我的微縮版：同樣的及肩黑髮和頑皮臉，但是鹿褐色的眼睛像爸爸，反映出她的性情比我溫馴多了——她對上我的目光時還有點頑皮的光芒。「媽，救命啊！我把黑糖灑掉了。」

「妳沒受傷吧？」老媽已經走向珍珠。

「沒有，沒打破東西。」

老爸出現在樓梯頂端。「沒事吧？」他下樓時樓梯發出尖叫聲，大肚腩撐滿了他最愛的克里夫蘭紅人隊（註：Cleveland Indians，現已改為名克里夫蘭守護者隊）汗衫。他手肘底下夾著一份《世界日報》，是在北美洲發行的中文報紙，報導從全球政治、十歲的華裔美籍世界西洋棋王到令我難堪、想上耶魯的過氣神童等等一切。

「幫我拿掃帚來好嗎？」老媽叫我。

「不用，我來，」珍珠說，「看，大多數糖還在餐巾上，還是乾淨的。」

一分錢也不浪費。互相干擾了五年之後，珍珠發展出一套科學。我用嘴型向她道謝然後擠過老爸身邊，把手臂縮到我肚子上，不讓人看到那封信。

「抱歉，我得走了。」我飛奔上樓時雙腳幾乎沒有踩凹地毯。接近樓梯最上端處，我的肩膀撞到了全家福畫像，讓它在釘子上搖晃，我伸手去抓把它穩住。

「艾佛，我有事要跟妳說。」老媽絕不放棄——珍珠和我比任何人都清楚。「今年夏天——」

「抱歉，媽，我遲到了！」

我猛力關門吹翻了我書桌上的舊考卷，又撞到了我用緞帶掛著的粉紅芭蕾舞鞋，它在我的床柱上搖晃。我房裡有我的雙人床、梳妝台，和幾十件舞蹈服裝：爵士鞋在我衣櫃旁的地上，舞蹈隊旗在角落，還有雜耍服、緊身衣和裙子。

我背靠著房門緊抓著這封信貼在狂跳的胸口。

該不會是——？

我一時興起偷偷申請了帝勢學院。我父母容忍我學舞蹈只是因為我的指導顧問向他們保證我需要多元興趣才能申請好大學。埋在堆積如山的醫學課程申請書底下，申請帝勢只是姑且一試。備取名單通知函寄來時，我猜想他們跟所有申請人都這麼說：謝謝，但是請忘了我們吧。

樓下，老媽不耐煩的聲音混雜著珍珠較輕快的語氣。我的腸胃好像在後空翻——老媽闖進來之前我只有大概一分鐘時間。

我用顫抖的手指撕開信封。

第二章

十分鐘後，我慢跑到了高中後方的田野上。天上鼓脹的暴雨雲正在逼近，據氣象主播說法，是亞洲發生颱風的殘餘影響。腳下的草地很濕潤。男生們的足球賽打得正激烈，查格林佛斯隊的橘色球衣對抗對手高中索隆隊的藍色球衣。通常我會停下來看，只是看看，但是今天，我只想跟幼稚園時期一起加入齊格勒芭蕾教室以來的密友梅根商量。我們一起學舞一路到高中，在同一個十二人的旗隊和舞蹈隊。

她在她的Camry轎車旁，從行李箱拉出我們的黑金雙色旗幟，已經穿好制服了：黑色緊身衣加上陽光下會閃亮的蕾絲袖口，搭配的裙子在她瘦長的腿上飄動。她有舞者身材——像一座活生生、會呼吸的竇加雕像。我走向她時，感到熟悉的嫉妒刺痛感。我寧可整個暑假補修生物學也不想裸露這麼多大腿，但這是舞蹈的代價，我願意付出。

「梅根！」

「艾佛，妳出來了！」她揮手，然後抓住從她窄肩上滑掉的長春花大提包。紅褐色的頭髮在她手指上飛舞。

「嗨，梅根。」我叫她。

「快去換衣服。」她把我的大提包塞給我，上次練習後為了不讓老媽看到，我刻意留在她車上。她擔心地瞄一下背後。「史提克曼需要這塊空地辦什麼員工活動的，我們只有一小時。」

「梅根。」我像救生圈般抓緊我的提包。「我被帝勢錄取了。」

旗桿掉在柏油路上喀啦作響，梅根大聲尖叫到在曼哈頓都聽得見。我被籠罩在捲髮和迷迭香氣味的風暴中。

「怎麼會？什麼時候？」

「剛才。」我身體顫抖得好像幾天沒吃飯了。我把那封信塞在我枕頭底下，但是那些打字的黑線烙印在我腦中：我們很樂意接受妳入學舞蹈系……「他們顯然也寄了email，但我從畢業之後就不再使用了。現在我必須在下週五之前回覆，我不知道該怎麼辦。」

「妳沒告訴妳父母，對吧？」

「他們來不及跟我講話，我就爬水管逃出來了。」

「艾佛。」梅根抓住我的手臂帶我走向學校。「妳不能再這樣了。萬一妳摔斷腿怎麼跳舞？萬一造成永久性傷害呢？」

「我不會摔斷腿啦。」

她皺眉。「帝勢的口氣。妳想去——妳當然想去，對吧？」

「呃，連考慮都感覺很荒謬，對吧？我幾乎申請到醫學院了。妳知道我媽不喜歡舞蹈——全靠身體，不用腦子。簡直是賣淫。反正，我們負擔不起帝勢的學費。如果他們知道我申請了，還錄取了——我真的認為他們會考慮跟我斷絕關係。」
「沒有財務資助嗎？」
「不夠。那封信有提到獎學金。」
「帝勢給的？」
「不是，某個藝術協會。下週六我們在遊行中跳舞之後，我得馬上去克里夫蘭面試。下午一點半。」
「芭蕾？還是爵士？」梅根抓得開始會痛了。
「不確定。」
「這次的舞步怎麼樣？是妳編排的——那也算是成就，對吧？可以跳雙人舞嗎？」
「我沒有別的強項了！」
她皺眉，努力思索。「我們必須從大眾廣場叫 Uber 車子。該死。」她把我推向廁所。「這下我們真的練習了。去換衣服！」

五分鐘後，我跟梅根背對背坐在草地上。我舉起玻璃纖維的旗桿底端做個尖屋頂，讓梅根擺出開場姿勢，內心熟悉的溫暖像蜂蜜般散開：是對韻律與節拍的期待。

低音。管樂器。

我們像花朵綻放，透過我們的脊椎伸展，我們四腿展開。金色閃電的黑旗在日出中，一起揮動。我們對齊把旗子相對展開。「可惡，不對，」梅根道歉。換方向，向兩側敬禮，反方向，慢轉一圈，快轉一圈，像從夢中醒來。

然後音樂爆發——我們也是。

我轉個半圈。梅根的鏡像動作氣流拂過我的頭髮。我把旗子往天上拋起時，黑金色的塑膠布在我耳邊作響，接著踮腳尖旋轉兩圈，雙腳踩碎了草皮，黑髮甩過我的臉上。空氣瀰漫青草香味，我感覺好有活力——我跳舞時從來沒這麼活躍過。

梅根撞到我，我們的旗桿擦撞。

「抱歉！」她喊道，「接下來呢？」梅根總是先想到下一步。我從來不用想。我們訂出的模式，如何在什麼空間變化，用什麼力道和節奏——我的身體會知道。

「大車輪，」我驚呼。我的手滑到旗桿末端。

音樂衝向結尾時，我們用腳尖旋轉分開，用一些家長禁止的性感方式搖擺臀部。我們的旗幟高飛，縱列旋轉，一次，兩次，接著揮出去再回到中央，我用膝蓋落地舉起我的雙臂。

「抱歉我搞砸了銜接，」梅根呻吟。她關掉我們用來記錄這次正式服裝排練的攝影機。

「沒關係，我們會再練習。」我喘息著仰躺下來。我的水泡刺痛，那是好幾小時拿著玻璃纖維旗桿的懲罰，而且我們還沒練完。但是草葉搔癢我的臉頰時，我的心在振奮士氣的韻律中幾乎跳出胸腔。

這會是我的未來嗎？一輩子跳舞，這樣身體癱軟的餘韻——而不是走在消毒水氣味的醫院走廊？

「妳是很厲害的編舞者，妳知道嗎？」梅根抓起我的水瓶喝一口再遞給我。「我們練好這套大眾廣場的舞步之後，百老匯一定會來找我們。」

「哈。」我很迷音樂劇——在百老匯跳舞會像夢想成真。當然，梅根只是說說，但光是想想就令人暈眩。

「說真的。妳怎麼想得出這些東西？我們紅翻天了！」

「我們就算變成綠髮巫婆妳也會這麼說，自然而然冒出來的。妳爸幫我們在遊行中爭取到亮相機會值得拿勳章。」

「呃，他的公司已經贊助十年。他也該拿到一點回饋了。」

梅根拆開一盒Malley's巧克力包裝緞帶，當作我們喘息時的主要獎勵。「真可惜妳沒辦法跟全隊在春季展跳舞，那是最佳機會。而且有一半是妳編舞的。」她把一顆松露口味丟進嘴裡，「我還是不敢相信妳媽那樣逼妳退出排練。」

「我相信，我最難過的是她在全隊面前說的話。」我咬著黑莓口味，那段回憶讓人不寒而慄。「可憐的伊森，她把他當痲瘋病患似的。只因為我跟男生搭檔跳舞。」

「我真的搞不懂她。我是說，妳都十八歲了。」

「一直都這樣。」有梅根能訴苦是個複雜的福氣，因為她的家人放任到她無法理解。「應該是她的華裔浸信會信徒背景吧。妳知道她還沒跟我談過任何性教育嗎？我只從她身上學到——「『性愛是必須忍受的婚姻副產品，最好透過被子上的破洞進行。』妳這麼跟我說過。」梅根大笑，我也差點笑出來，然後她嚴肅起來。「妳會告訴他們帝勢的事情嗎？」

「我不確定。」我感覺胸口一緊，「在我學會說話之前就被安排要上醫學院了。」實現我父母追求安穩並受尊重的畢生夢想。「押金已經付了。舞蹈……他們已經很討厭我花這麼多時間在上面。他們向來期待我高中畢業後，加入現實世界就放棄。」他們知道我會參加遊行，但我輕描淡寫所以他們不會來看——我不能冒險讓他們否決我耗費時間，更別提我的服裝了。

我胸口更加緊繃，起身用手肘撐著。「我現在沒心情去想，我必須練好這支舞。」

我們練習再看影片檢討了五六次，直到梅根終於力竭，剝掉她的鞋子按摩她的腳趾。「我得休息一下。」

我仰躺在她旁邊用拇指壓我的手掌，有幾顆水泡在流血，唉！我在草地上揉一揉，眼不見為淨。即使瞥到自己的血都令我想吐——我怎麼能應付一輩子治療出血和穿刺傷的醫療生涯？

頭頂上的烏雲逼近最後一片藍天。

隆隆雷聲震撼了我下方的土地。

我只是克服小問題，但是大問題依舊。

我忍不住想……如果老爸拿到老媽期望的獎金，如果我在他們心情好的時候去說——

「三點鐘方向，」梅根低聲說，「現在別看，但是有個可愛的男生在偷看妳。」

不像老媽，梅根知道什麼時候我不太想講話。

「足球隊員嗎？」

「對。」

我把旗子像直升機翼般在我臉上轉動。我無法否認——或許因為我自己會跳舞——我特別喜歡運動員。不是因為他們受歡迎，而是因為他們所做的事需要高度的紀律。還有他們行動的樣子——自信、堅定——凸顯出他們在這世界上的地位。

我坐起來，往球門方向偷瞄一下。穿藍色球衣的索隆隊圍成一圈正在踢一個沙包球。有個亞裔男生跟我眼神接觸，我們都移開目光。好像我們之間無聲的默契。當妳是不到五百個學生的學校裡三個亞裔學生之一，妳不會做任何事讓人注意到妳是亞裔——無論他或是我。

「沒興趣。」

「是我就會跟他出去約會。」

「他注意的不是我，只是注意我是華人。」我抓起我的手機。「老實說，我也同樣注意到了。」果然，我打開舞蹈獎學金網站去註冊時，那男生跟他的隊友走掉了。「看吧，他走了。」

梅根嘆氣。「因為妳對每個那種男生散發出休想接近我的氣息。就因為他是亞裔美國人——」

「根據在俄亥俄州的純粹機率，我最後比較可能嫁給五十九歲、離過兩次婚的老頭而不是亞裔美國人。那是我的未來。」我說得好像在開玩笑，但事實上，男生不認為我是可以交往的對象。

這正是我只吻過一個男生的理由——而且最後，他沒選擇我。

「好吧，妳也太誇張了。那個紅髮男怎麼說？他不到五十歲。」

「哈。放棄吧——」一輛藍色敞篷車駛近停在柏油路上，打斷了我。

來得正好。

「丹！」梅根尖叫，急忙站起來。

高大的曲棍球員丹從車裡出來，飢渴地撲向她並親吻。從他上次在萊斯大學讀大一時來訪，他們分開了六個多月。親吻只持續了三秒，但是感覺像永恆。我用腳磨磨地面，熟悉的嫉妒像條緞帶在我心上勒緊。

「嗨，艾佛。」丹的紅金色頭髮比他上次在告別派對時變得更長了，但他露出參差不齊牙齒的笑容沒變。我的緊身衣感覺變透明。當他的淡褐色眼睛對上我，笑得擠出皺紋，在小屋後方的那個下午突然又回來了。

那雙大手放在我屁股上，他的舌頭撐開我的嘴脣。除了跟梅根在國中用橘子練習學到的以外，他教了我對於接吻懂得的一切。

然後老媽和老爸把他趕走了。

「丹想去兜風。」梅根雙手環抱我；雖然我們剛激烈運動過，她的頭髮仍然是迷迭香味道。我察覺她從我付出的代價中得到幸福的罪惡感，她詢問，妳沒事吧？梅根知道那一吻的事，知道那都過去了。她說過，我們還是朋友，因為我有密西西比河東岸最寬大的心胸。事實上，大多數時候我盡量不想起他們——在一起。她捏緊我。「我們明天再繼續吧？我們一定得拿到那個獎學金。」

「謝謝。」我捏捏她背後，不想讓她擔心。接著，因為她在場，我鼓起勇氣也抱了丹一下。好像他只是另一個朋友——

「艾佛特！」

我跳起來，我的腳絆到了丹的腳。我的耳朵磨擦到他的鬍渣臉頰之後我往後跳，看到一個我沒發現的觀眾正在旁觀。

是老媽。她往我們的車子衝過來，翠綠色衣服像降落傘般飄動。在她背後，老爸拉低他的紅人隊棒球帽，好像巴不得躲到地洞裡。他跛行過來，因為上班時擦拭打翻的東西跌倒遭受的舊傷。

我雙手抱胸，擺出徒勞的姿勢。老媽像個憤怒的攻城槌走向我時，丹縮了回去。豆大的雨滴打在我的頭和肩膀上，同時老媽抓住我蕾絲邊的領口，拉得我失去平衡，即使她才五呎一吋高，比我整整矮了兩吋。

「妳在公共場所穿這個？」

我試著掙脫。拜託，我的緊身衣是長袖耶。梅根把丹拉出砲火範圍，但她不需要麻煩：他的眼神宛如野馬，面對已經燒傷過他一次的火焰。

「妳怎麼會在這裡？」我結巴地說。

老媽把一張紙塞到我面前。三對摺的乳白色信紙。寶貴的紫色火焰校徽在她手指底下變皺。是我的帝勢學院通知函。

第三章

「這是什麼？」老媽追問，「妳還藏了什麼東西？」

「妳為什麼沒告訴我們？」戴著玳瑁殼眼鏡的老爸瞪大眼睛。

「所以妳才只申請到一所醫學院嗎？」老媽問。

「不！當然不是！」天曉得我全部身心都已經投入了申請與面試，我清楚這對我家人有多重要。但即使西北大學的醫學院排名比布朗大學還高，我沒被很多學校錄取時，老爸老媽還是怪我生物學拿B。「妳怎麼會有這個？」

「有個女人打來問妳是否要入學，」老媽咬牙切齒地說。我想像在電話中的爆炸，接著狂亂地搜索我的房間。老媽晃動我的信紙彷彿上面爬滿了螞蟻。「跳舞沒有前途！妳想要老年後像阿嘉莎那樣生活嗎？妳要我們那樣生活嗎？」

阿嘉莎是老媽從教堂學到的負面教材，她總是來吃敬老免費餐，歪七扭八的口紅好像是小孩用蠟筆畫上去的，一面講述她在克里夫蘭芭蕾舞團的往事。

老爸臉色震驚到彷彿我掏出一把槍射中了他胸口。「妳有告訴西北大學嗎？」

「當然沒有，」我說，老爸的肩膀放鬆下來。「我沒跟任何人說過！」

但我看得出飄在梅根頭上的內心話框：

想跟他們說什麼就說吧。他們不能一直把妳當嬰兒對待。

「妳以為這麼多年來老爸想要推清潔推車嗎？」老媽逼問，「他是為了養家活口。」因為州審查委員會在他老婆待產時缺乏無法負擔的駐院醫師經歷，就不肯承認他在中國的醫學學位。因為這個世界會粉碎我們所有夢想。我很清楚；天啊，我經歷過。這次，她沒補充她常說的話：**但是很值得。妳可以在美國長大，妳會有我們作夢都不敢想的機會。**

我確實長大了，知道身為長女，我有責任賺回父母人生的代價。

但是你們為何在我小時候讓我跳舞呢？我想哭。明知我未來會糖尿病為何給我吃蜂蜜？為何讓它跟我的肌肉融合滲透到我每吋皮膚底下？

「妳很努力，」老爸咕噥說。他是指申請醫學院。但我忍不住搓揉我手掌上的水泡。

頭上的暴雨雲把天空變成了灰色。

「帝勢——」我幾乎說不出話來，「我是一時興起申請的，一開始我根本沒錄取，沒那麼嚴重——」

「那麼，」老媽把我的通知函捏成一團。「妳就不需要這個。」

她這次投籃簡直是職業水準。我的信掉入了垃圾箱。

「那是我的！」我尖叫。

我撲上前抓住生鏽的垃圾箱邊緣。我往上爬時水泡爆掉了——但是我鞋子打滑，鐵桶太高了，太多腐爛的垃圾，無法救回我在金屬壁外猛跳的心——然後老媽抓著我緊身衣的背後把我拉開，大聲關上桶蓋吹出一股腐臭空氣。

「妳到底有什麼毛病？」她叫道。

我肩膀發抖，我覺得冷。即使是濕熱的六月還是好冷。丹退回他的車子邊，梅根抓著我們的旗子，我真希望他們不在這裡。梅根的褐眼珠似在懇求：趕快告訴他們吧……

我拚命穩住我的聲音。「我只需要下週末在遊行隊伍裡跳舞。」不必告訴他們獎學金面試的事，除非我拿到了。「我會在練習空檔讀生物學，我會準備好進醫學院，我保證。」

「艾佛——」梅根反駁，但我向她搖搖頭。我們讀不起帝勢。那份獎學金是我唯一的機會，在爭取到之前沒必要告訴爸媽任何事。

老爸老媽交換一個我不喜歡的眼色。

「不只生物學，」老媽嚴厲地說，「還有中文。」

「中文？」這一定是那封中文信要求的，但是不會吧？週六早上的中文課根本是酷刑：開車三十分鐘去克里夫蘭上便宜的補習班，在練習簿抄寫幾百個漢字，背誦一個字也看不懂的古詩。

「我二年級就被中文學校退學了。」我的老師抱怨我講得好像兩歲幼兒之後，連我父母都無法承受這種恥辱。今年暑假我不可能有時間學中文。

但在我內心的深處角落，有個警鐘開始敲響。

「我是想告訴妳。」老媽從她口袋裡掏出另一張摺成四等分的紙，瞄瞄我的朋友，以後她會後悔在他們面前情緒爆炸，但是已經來不及了。「妳爸和我覺得妳也該學習自己的文化了，我們幫妳安排了課程，在台灣。」

「台灣？」

我父母經常說要帶我們回福建看看，那是他們出生的中國東南部省份，後來才在大學裡認識。他們在老爸讀完醫學院之後出國。但我們從來沒有旅費回去。家族也沒什麼吸引力。老媽的父母在我出生前就過世，老爸的父母也在四年後走了。

我對台灣只知道它是福建外海的島嶼，我姨丈強尼在溫哥華娶了老媽的妹妹，他是在台灣出生。她還不如宣布我們移民月球算了。我們負擔不起出國旅費，我的學費馬上要付，而且珍珠也要上大學。

「這是個好機會。」老爸突然脫下帽子誠懇地說，「妳會學到fántǐ zì（繁體字）——傳統漢字。」

我不太懂他的意思。「我沒辦法離開一星期——」

「八個星期，」老媽說，「從這個週末開始。」

「這……這個週末？」

她點頭。「星期天。」

「我不去！」我怒斥，「我錄取了西北大學！我做到了你們要求的一切。我沒做錯任何事！」

「做錯？這不是懲罰。」老媽自己差點哭出來，嚇了我一跳。「莉莉安阿姨說那個課程非常好，很多年輕人參加。而且妳的機票好貴。不能退票！」

「等等，」我大叫，「妳已經買好機票了？」

「我把黑珍珠項鍊賣掉了！」

她的黑珍珠項鍊。

那是外公在她比我現在還年輕的十五歲那年過世留下的遺物。我看過幾次她在外公忌日拿出那串項鍊，用一塊紅絲布擦亮珍珠呢？她常說這個故事，是外公去香港洽商失敗回來時帶給她的。

老媽那串項鍊象徵著他們的所有犧牲——她收衣服時拖鞋磨擦走道的聲音，在我熬夜讀書時負擔我的家事；她在期末考前剁烏骨雞給我進補時切到手指的傷疤；老爸開車載我去診所實習；他們對我申請醫學院的所有擔憂。

梅根抓緊丹的手。

趕快告訴他們啊……

我內心天人交戰。隨著母親節來臨的罪惡感，我無法像理論上應該的那麼感激。差得遠了。

迴避老媽對我生活的小小控制是一回事。逃避努力爭取財務安穩、受人尊重的未來又是另一回事。我父母會為了我的幸福犧牲生命，反過來說，我的未來就是他們的未來。

我早該懂得別讓自己被分心。我的肩膀垮下來，我不敢看梅根的眼睛。

「我得去找我的護照，」我說，然後走向車子，把我的心留在垃圾箱裡，像垂死的魚一樣喘息。

第四章

我用力坐在老爸的方格花紋行李箱蓋子上，奮力拉上固執的流蘇拉鍊闔上最後一個角，以便趕上今天下午的飛機時，老爸來敲門。我知道是他，因為只有他會敲門。

「請進，」我呻吟說。

他拿著一個黑色軟包包，他灰白的頭髮在半禿的頭上往後梳。他五十五歲，狹長的臉孔很疲倦，皺紋多到像洛磯山脈地圖，不像梅根的律師老爸幾乎像是她哥哥。

「需要幫忙嗎？」

「我可以的。」

他彎腰走進來，彷彿我的房門不夠高。大多數時候我把自己房間視為理所當然，但現在我要離開了，我的竇加海報、淡紫色書包、私藏的杯裝花生醬——這個空間感覺像我唯一的聖地。

「這不是讓妳帶去台灣的，但我希望妳先拿著。」

拉鍊合不上了。我接過他的包包將一副聽診器撒落在手上。

「我畢業時醫學院的導師送給我的，我一直留著想給妳用。妳——妳喜歡嗎？」

鍍鉻仍然光亮，他從來沒用過：柔軟的Y型頸部，聽心跳用的圓形貼胸片。我像捧嬰兒般在手上掂著它的重量，這象徵著我的家人只能旁觀的高貴職業。

尺寸比較適合我而不是他用，彷彿一直在等著我使用。

地板被老爸的重量踩得作響。

幾年前，珍珠和我在Netflix頻道上看《花木蘭》：古代中國偷了父親盔甲代父從軍的女孩，成為英雄返鄉，把榮譽歸於父親，設法贏得他的原諒。父親說最大的禮物就是有她這個女兒。

珍珠和我都哭了。後來我們發現老爸幾年前在從新加坡回來的飛機上看過。

「你也有哭嗎？」珍珠大膽問他，同時我躲在後面等他的回答。

老爸皺起臉孔，像扮鬼臉，他只會對她這樣玩。「有啊。」

「真的？」我脫口而出，驚訝自己出聲了。奇蹟還會發生嗎？他真的懂其中的意思嗎？

「爸，在哪個部分？」喔，珍珠，妳好大膽。

「匈奴入侵中國的時候。」他老實回答。

如今我們立場逆轉。他希望我珍惜這個禮物，而我卻……

他抓抓我的手臂，罕見的肢體接觸。「去台灣不是懲罰，」他咕噥說，「只是時機不巧。如果我能調整出差行程，或許能在最後幾天陪妳。」去他私下提供諮詢服務的醫院。那只是小錢，他們每年會請他飛兩趟過去。或許以後我也會這樣：身兼兩職。穿著白袍溜出醫院，用生疏的雙腿跳舞。

老媽衝進來，推開老爸。「艾佛，我找了個頸枕給妳。」她塞給我，然後拉開行李箱拉鍊。

「準備好了嗎？」她檢查內容，然後拉出我的長春花舞蹈用品袋，把我的緊身衣和芭蕾舞鞋丟到床上。

「妳在台灣不會需要這些，」她說完匆忙離去。

老爸開口。「艾佛——」

「這麼多干擾我沒辦法收拾行李。」

我放下頸枕，把他的聽診器放到被禁止的緊身衣上，蹲下繼續對付邪惡的拉鍊。我是個機器人，我做的一切好像都是他們下的指令。

即使他關上房門出去之後，我也沒抬頭看。

To：tisch.admissions@nyu.edu

From：ever.a.wong@chagrinfallshigh.edu

親愛的帝勢教務處：

很遺憾，我無法接受貴院的入學機會。

艾佛．王

❖

轉機飛行二十一小時之後，我把包包揹在肩上，睡眼惺忪跌跌撞撞跟著鄰座的人，走下一個金屬斜坡進入台灣的桃園國際機場。我腦中仍迴盪著引擎噪音，我嘴巴乾澀而且後悔吃了現在差點嘔吐出來的鋁箔包照燒雞肉。

機場閃閃發亮，光鮮的白色地磚倒映出大批往來旅客。香水與除臭劑氣味嗆得我肺痛，同時我以炫目的速度被人潮推過一排賣Swatch手錶和Dior太陽眼鏡的免稅店，玻璃箱裡放著盒裝鳳梨酥，有個速食櫃檯販賣黑色漆器便當盒。「快點，快點！」有人從後面擠過我身邊。

我在商店鏡子裡瞥見我自己；黑髮，嬌小，表情驚恐，被陌生人圍繞。我努力鎮定，從背包裡掏出發皺的迎客資料。我的接頭人名叫陳立漢，我的車子應該在行李提領處外面等候。

現在我必須體面地找到他。

下了電扶梯，我忍不住盯著經過的超大尺寸亞洲模特兒廣告看板，穿過一條走道……直到最後……，我進入一個長方形房間分成幾列隊伍蜿蜒通往一排入境審查站。到處是中英混雜的文字，耳中盡是響亮的華語廣播。在家裡，我們只講英語，除非爸媽用國語談祕密的事。我在華人教會學了一點基礎，他們的儀式都逐行翻成中文：「我們禱告吧」和「請坐」，我也認得港式點心推車（蝦餃、燒賣、腸粉）——我心想，我只需要這些吧。希望我沒猜錯。拜託，拜託。

在克里夫蘭機場時，老爸曾經抓著我的手臂低聲說，「一路順風。」這是家族流傳的儀式——包括去德國再也沒回來的大伯，在海上喪生的外甥——就像往背後丟一撮鹽祈福。如果我們不甩，可能招來厄運。向來都是我們給老爸送行的時候說的。

但我縮回了手臂，大步走過安檢站，無視源自家族移民史的偏執不安——萬一他在我回家之前死掉呢？

萬一我迷路了回不來呢？

萬一我被綁架了呢？

大家在說什麼？

我做錯了什麼啊？

我的呼吸變急促。

別慌。

我只需要撐到離開機場，就可以埋頭在漢字表格裡，努力不去想珍珠身在七千六百二十七哩外，或梅根和取代我去遊行的辛蒂．桑德斯在大眾廣場跳舞，或是丹——我不能想到他。幸運的話，我可以躲過中文學校監獄警衛的雷達，八星期內不必跟任何人交談。

在審查站，玻璃後面的移民官向我講了一串中文。

「抱歉。」我把美國護照遞給他，「我不會講中文。」他皺眉，拍了我的大頭照，掃描我的食指，交還我的護照，揮手示意我可以走了。

不知怎地，我來到了行李轉盤邊，老爸的鯨魚級行李箱正在輸送帶上。我擠過兩個正在用中文爭吵的旅客，拉出我的行李箱——比我印象中還重——然後跟另一群旅客一路推擠進入入境大廳，跟著我生平見過最大的亞洲人潮流動。

恐慌！

我看到一片臉孔的海洋，群眾揮舞印著方塊字或英文名字的紙板。有人大聲打招呼從背後推擠我，我跌倒，被隔開我和人群的鋼鐵扶手接住：有穿時髦衣服的婦女，穿卡其休閒褲的男士，即使天氣熱到地板上可以融化蠟筆，又潮濕。我的衣服和頭髮已經黏在我身上了。

我穿過人群走到戶外的燦爛陽光下。有喇叭聲。怪異的方形汽車駛過，怒吼聲讓我頭痛欲裂。

「劍潭中心？」我問拿著另一塊牌子的女士，「我在找——」

一隻鐵爪般的手抓我肩膀，是個禿頭馬臉的男子。香菸和香菜的臭味撲面襲來。

……「Nǐ yào qù nǎ lǐ（妳要去哪裡）？」

「呃……什麼？」

……「妳要去哪裡？」

他放開手。恐慌壓倒了剩餘的所有理智。

「不要！」我掙脫，向後轉身，決心循原路逃回我的飛機上。

但是兩個藍衣警察守著出口。

然後我的沉重行李箱因為慣性，一直把我到處亂拉，讓我的世界天翻地覆。我的腳踝撐不住——接著地面撲向我，這次沒有扶手阻止我出醜跌個狗吃屎。

我喉嚨發出一聲慘叫。

我的行李箱脫手跑掉。

這時一隻有力的手抓住我上臂，在離地幾吋處穩住我。我瞄到一雙穿藍色牛仔褲的腿，黑色耐吉運動鞋。

「哇，小心。」他說，我從這個角度目瞪口呆仰望著我生平見過最帥的男人。

第五章

這個人拉我站起來，彷彿我跟猴子一樣輕。我感覺像隻猴子──急需洗澡、梳頭和口腔芳香劑的笨拙猴子。

「妳沒事吧？」他問道，「這種航班的時差挺嚴重的，對我們的身體是凌晨四點鐘。」

他在為我的情緒失控找藉口；我看起來活像剛被噴射引擎吐出來──這個陌生人的善意救了我。他放開我手臂後，我連忙擦擦濕潤的眼眶。

他的烏黑頭髮亂成尖刺狀，彷彿懶得建立好印象。他的橄欖綠襯衫搭配緊身牛仔褲表示他不是品味很好，就是認識懂時尚的人。他高大精瘦──我從未看過現實世界的男生手臂有這麼精實的肌肉。

「嗨──嗨！」我機智地裝結巴，「呃，嗨！」

他拉下一邊耳機。裡面在播披頭四的老歌，讓我想起去年夏天我打工的燒烤店關門了，只是那家店從來沒有像他這種男生。

「妳是艾佛．王嗎？」他扶正我的行李箱發出一聲悶響，然後皺眉。「妳遲到了一小時，我們都在等妳。」

搭上往劍潭的車子五分鐘，我發現迷人手臂的瑞克．吳有點眼熟。因為他的名字嗎？長相？或許我被時差沖昏頭了，但是我肯定記得某個跟他體型一模一樣的亞裔男生。他佔滿了我旁邊的座位，坐下時座椅發出輾軋聲往他那邊傾斜。他的動作有種克制——幾乎是優雅的力量感，彷彿他人生從未踏錯腳步。同時，我的上臂逐漸浮現他的手印瘀青，我差點在他和這輛十五人座廂型車所有乘客面前擦拭這個痕跡。

「我們以前認識嗎？」我試探問。

「沒有。」瑞克陷入沉默似乎不想對話，他一開始的善良像殘留在機場人行道上的一灘水蒸發。他操作他收不到訊號的手機。失手掉落時他咒罵一聲再撿起來，拆下又裝上他的微小 SIM 卡。喔，糟糕，我忘了照老爸的交代在機場買門號卡……。我從未像我的同學那麼迷手機成癮，但現在我根本無法打給梅根緊急求救。

好處是：我也不必接老爸老媽的電話。瑞克重開他的手機，他輕晃著膝蓋把粗壯手臂放在膝上，用拇指怪異煩燥地摸著手指內側。如果我們周圍其他學生沒有每隔一分鐘就閒聊，他的沉默之牆會感覺比較不尷尬，從我坐下之後他們就講個沒完。他真的這麼不高興大家必須等我這麼久嗎？

我們的司機立漢顯然也是輔導員隊長，從照後鏡裡對上我的目光。他大約比我們大十歲，螢光黃色的劍潭襯衫底下骨瘦如柴，一頭濃密黑髮，戴黑框眼鏡，鬥牛犬似的方下巴。他講中文，突然間，我想起我的中文名字了——愛美——他用表格裡這個名字稱呼我。愛：就是愛，美：表示美麗，在中文裡一向感覺比較不做作。但是除了為我命名的祖父之外，現實生活裡沒人這樣叫我，我四歲時他就過世了。

在瑞克的另一側，車門邊，有個筆直黑髮披在乳白色肩膀上的漂亮女孩結束跟一個名叫馬克的鷹勾鼻男生調情。他旁邊是個太過早衰、頭髮斑白名叫史賓賽・徐的男生，今年秋天他顯然在休空檔年（譯註：gap year，西方習俗，高中生申請到大學之後先休息一年從事旅遊增廣見聞或就業累積經驗）到某參議員的競選陣營工作。我還不曉得那女生的名字，我感覺心痛，希望梅根也在——每個人似乎都已經互相認識了。

車子駛過路上坑洞搖晃時那個女生倚向瑞克。她的瓜子臉往下縮窄成微裂的下巴。深褐色眼睛在她鼻樑兩旁稍微下彎。她的橘紅色洋裝緊貼著美妙的曲線，簡直可以去走伸展台——相較之下，我的淡紫色V領上衣配牛仔短褲顯得頹廢。即使我下飛機前換衣服，也沒有比得上她一半漂亮的衣服。

「嗨，妳好。立漢想要大家認識一下。隨便啦。我是蘇菲・哈——沒錯，哈哈笑的哈！是韓國姓——我祖父是韓國人。我來自曼哈頓，但我現在住紐澤西。我父母離婚，送我來這裡過暑假，但我還是來了。妳是哪裡人？」

「呃，俄亥俄。」亞洲人不是應該保守嗎？但是她好開放，而且神采飛揚。陽光在她左邊耳垂的三個耳環上閃亮，對比出我樸素的單一飾釘。她不知何故讓我想起梅根和珍珠的混合體。

「酷。」她把手肘撐在瑞克肩上當他是個大枕頭。他寬廣隆起的額頭跟柔和的鼻子讓我想起我表弟，不過他的虹膜是琥珀色而非褐色，接近他的膚色。他為什麼眼熟呢？頭型，亂髮，健壯身材……蘇菲和瑞克之間有相似處。他們的眼睛形狀，豐滿的嘴唇。

「你們是親戚嗎？」

「表兄妹，」她證實，我忍不住羨慕有個同齡的帥表哥想必有一大堆好處，例如內建的男生人脈網，讓妳單戀用的測試名單。「我們上同一所高中，我是啦啦隊長，我要上達特茅斯大學。」

「喔，酷——我也有跳舞。呃，舞蹈隊，芭蕾。」

「酷，瑞克要上耶魯——」她迷人地轉轉頭——「去打橄欖球。」她捏他肩膀假裝歡呼，「啦啦姊妹蹦吧！」

「別鬧了，蘇菲。」他在座位上垮下來，更加皺眉，看著窗外。「我們遇到尖峰時段了。」

「我放棄。」她嘆道，「連我都受不了你的悶悶不樂。」

等一下……

耶魯。

橄欖球。

姓吳。

「是你！」我脫口而出。

瑞克皺眉。「蛤？」

我九歲的時候，老爸給我看《世界日報》上的一張照片：生日只差我五天的瘦弱華裔男生，眉毛像熊一樣按照比例放大在我身邊的男生額頭上。紐澤西州的吳光明（先姓後名，光亮的意思）贏得了全國拼字大賽，當時我不知道在我的四年級銀牌之上還有另一個量級。老媽暗示，或許妳該更努力學拼字。

我們十二歲時，吳光明在林肯中心表演鋼琴處女秀。妳該多練習！多努力！

十四歲時，他用某種機械學習運算法贏得了Google科學展大獎。生物學拿B要怎麼進醫學院？我們在這地球上活了相同的年份，他卻有四倍的成就。

我告訴自己他沒有靈魂，他照指令吐出代數方程式，他的手指在打鍵盤時因為被媽媽的筷子責打腫得像香腸。

我唯一不希望神奇小子被雷電打死的一次，是他高一時放棄鋼琴去橄欖球隊坐冷板凳。《世界日報》很擔心，我父母也很傷心。他自以為是誰啊，湯姆．布雷迪[1]嗎？他不上大學了嗎？

我好高興。光明終於做出偏離預設路線的事情了（以亞裔移民小孩來說）。坐在那板凳上，照《世界日報》的標準是浪費時間。那是光明王朝的終結，我再也不用看到關於他的最新剪報放在我枕頭上了。

但後來神奇小子被耶魯大學徵召去當跑衛，不是最強球隊，但是《世界日報》的讀者有誰在

---

1 譯註：職業橄欖球坦帕灣海盜隊的四分衛。

乎呢？是耶魯啊。他再度鼓舞了我父母的自尊也害到了我。《世界日報》上另一個我有些印象的神童是自殺死掉的，他的悲傷父母用一整版他的履歷表紀念他。

「蛤？」神奇小子又說。

就是他。我從來比不上的人生丈量尺，就在面前。

「沒事，」我說，神奇小子緊蹙眉頭。

「從來不認識叫艾佛的人。」蘇菲過來緩頰，「這是綽號嗎？」

「是艾佛特（Everett）的簡稱。」我真心希望神奇小子沒有夾在我們中間手足無措，讓我很緊張。

蘇菲也皺眉。「艾佛特不就是——」

「妳要交換座位嗎？」神奇小子打斷她，從我身邊溜走。蘇菲抬起一側眉毛。我臉紅。我身上有臭味嗎？

「我們即將在呃……五分鐘後抵達校園。冷靜。可憐的艾佛會以為你一直是這樣子。」神奇小子把他的手機塞進口袋，握拳讓曬黑的手臂上浮現血管。他幹嘛這麼匆忙呢？

蘇菲嘆口氣轉向我。「艾佛特是——」

「男生的名字，是啊。」我更加臉紅，比平常的尷尬嚴重四倍。我不想一直談論神奇小子惹惱他。「當時我父母並不曉得。」大多數人的反應是，「怎麼可能？」

神奇小子瞄我一眼。「我猜艾佛特聽起來像伯娜黛特或茱麗葉，很容易搞錯。」

我很驚訝，他竟然懂。有時候應該很明顯的事情——像是男生或女生的名字，或你的整個自我價值並不會因為讓父母失望就喪失——就是會搞錯。如果你不像我這樣子長大。

「是啊！」我說。

這也不能補償他危害到我的存在價值。

「那到底是什麼意思？」他問。

我為何這麼詭異地被他下巴的鬍渣吸引？

「像野豬一樣勇敢。別忘了，不是我自己取的。」

「勇敢的野豬艾佛。我喜歡，」他說。

我不禁輕哼一聲，他不是說真的吧。

「不，真的，總比我的名字好。出自《真善美》電影，叫費德里希，我妹妹名叫麗索。」

我緊抿嘴唇，然後承認，「那太搞笑了。」

他呻吟一聲。「不，才沒有。我們被迫看那部電影上百次，每次我父母都會說——」他像跳爵士舞揮揮手，「『你們的名字是從這裡聽來的！』我妹厭煩到她去年五年級就改名雪莉。」

我忍不住微笑。「她聽起來有點像我妹。」從過時優良音樂劇選名字的家庭——完全出乎我對神奇小子的預料。

他看看擋風玻璃外，還在抖膝蓋，拇指摸著手指內側，再度感覺這些世俗對話無聊。

好吧，沒關係。我面向我自己的車窗，臉頰發熱。感覺世界突兀地古怪，彷彿我掉進了平行宇宙，充滿陌生又老派的汽車，長方形路標，公里單位的速限標誌，還有中文字。接著高架道路帶我們進入森林覆蓋的山區。綠橘色的佛塔從樹梢冒出來：方形多層次的屋頂角落有燕尾狀的飛簷，堆疊成往上漸縮的高塔。就像老爸新加坡出差帶給我那個最愛的珠寶盒，放大成房屋大小的比例。

拜託，我已經不在俄亥俄了——我不確定我有何感想。暈頭轉向，還在生氣，但也……挺喜歡。

「Ai-Mei, nǐ xūyào tíng xiàlái zuò shénme mā（愛美，妳需要停下來做什麼嗎）？」立漢說。

「我，呃，抱歉，我聽不懂——」

「他在問妳是否需要在商店停車買東西，」神奇小子說。

我臉紅。我不需要他幫忙。「喔，呃，不。不用，我不需要。而且我叫艾佛，沒人叫我愛美。」

神奇小子用流利國語回答，轉達我的答覆，又說了些話。他甚至裝出老鳥講話的儀態——語氣變得比較謙虛與尊重。

他當然會了。

或許是宇宙的意志想開個殘酷的玩笑，在我父母強迫我來的這趟旅行中，我偏偏遇上了他們的標竿。

「如果你已經會講中文了。」——我無法隱藏語氣中的酸味——「你父母幹嘛逼你來？」

「喔，他們沒逼我。」他的琥珀色眼睛對我閃爍，「是我自己要來的。蘇菲和我在這裡有親戚，所以我們每年暑假都來。」

神奇小子選擇參加中文夏令營。無話可說。

「當然，你在劍潭的時候會不一樣，」蘇菲說，「妳呢？妳為什麼決定來？」

「我沒有。」我語氣稍微升高，「父母逼我的。」

蘇菲大笑。「呃，這裡沒人會逼妳做任何事。」

「什麼意思？」

「我們的表親參加過這個活動，」蘇菲低聲說，「最好保密。這裡沒有監督。」

喔，真的？「那麼他——」

神奇小子用示警的樣子指著立漢，他可能比外表看起來更懂英語。

「晚點跟妳說，」蘇菲耳語。

我還想發問，但我們的廂型車駛進一條車道，經過一塊寫了兩個漢字的水泥碑。在我們左方有座紅色寶塔從山上突出來，是我看過最大的。在右方有個警衛從崗哨裡敬禮，一支木槓升起讓我們通過。

「劍潭到了，」立漢宣布。

立漢用中文講話時我焦慮地望著窗外。有個點綴著大片荷葉的池塘裡冒出噴泉。我們的車子蜿蜒駛向一群有成排雙格窗戶的紅磚建築物。許多我這個年紀的亞裔美國學生在茂密灌木叢圍繞的草地庭院裡打排球，旁邊一塊岩石刻著劍潭兩字，一對穿紅旗袍的新娘和西裝新郎在接吻讓攝影師拍照。

「這裡是觀光景點嗎？」我問道。台北一定有更漂亮的地方可以拍婚紗照吧。

車子停住。神奇小子跟著蘇菲起身，向我伸出手來。「立漢說，新郎新娘四年前在這裡認識的。」

我內心叛逆的部分想要牽他的手，看看感覺是冷是熱，但是其餘部分對他和我自己很煩躁──我又不是無法自己下車。我不理他，自己跳下車。

「酷。有多少機會？」

「有多少機會？」蘇菲甩甩肩上的黑髮笑道，「這可是愛之船啊！」

「什麼？我不記得看過資料上有什麼船的。」

「不是船啦。」蘇菲意味深遠地瞄神奇小子一眼，但他已經帶我們走到車子後方。「那是個綽號，出自以前的電視影集。請列入稍後說明清單。瑞克，我們先去市場吧。」

「妳去吧，」他說，「我得找公共電話。我答應過珍娜一降落就會打給她，現在已經太遲了。」

「珍娜。」蘇菲怒道，「你應該跟艾佛交往，」她又說，嚇了我一跳。「看，她超適合你的──你打橄欖球，她會跳舞。」

神奇小子翻個白眼。「珍娜是我女朋友，」他告訴我。

喔。

原來他有女朋友。

我猜在我的想像中，神奇小子總是獨來獨往。就像我。

其他學生聚集在車子後門周圍。立漢把鑰匙插入鎖裡，神奇小子從口袋撈出他的手機塞到我面前。

「珍娜・朱，」他說。

他女朋友在螢幕上微笑：即使我在燒烤店打工一年也負擔不起這種專業攝影。她比他更好看——厚重的黑髮夾著修長的臉……，精緻的鼻子和玫瑰色的嘴唇。她的喉嚨處戴的細金鍊有個鑲藍寶石的畢業紀念戒指。成長過程中有時候別人會叫我瓷器娃娃，我又愛又恨。但是珍娜真的符合這個形容，包括她手上的法式美甲。我很驚訝神奇小子沒有意外把她打碎。

他的手臂掠過我的。他站太近了——我退後看到他臉上露出奇怪表情。是驚訝。我拉拉我的馬尾，太晚發現它歪掉了。

「她真的很漂亮，」我說。

「她不只是漂亮，她也超聰明的。」神奇小子的語氣變尖銳，我尷尬地臉頰發熱。我無意暗示她不聰明，這下他可能以為我很膚淺。「她明年要上威廉斯大學。」是我想太多，還是他異常地透露太多她的事了？

「你是說無聊吧？」蘇菲打個哈欠，「『瑞克，你不在的時候我整個夏天該怎麼過？』」她顯然是在模仿。立漢打開車子的後門。

「閉嘴，蘇菲。她有很多事做。」神奇小子不耐煩地拉扯幾下，把我們的行李拿到人行道上，直到他抓起一個黑色行李箱跳上樓梯。

「瑞克，你忘了你的背包，」蘇菲叫他。

「該死。」他轉回來拿，然後對上我的眼睛。「小心走路，好嗎？」他作個鬼臉。「下次我可能無法接住妳了。」

搞什麼鬼？

他說完這句高姿態的話，把背包揹在肩上衝上樓梯，彷彿整個GPA平均成績就靠他在下次呼吸之前打電話給珍娜了。在拉門前，他差點撞倒一個嬌小輔導員。

「瑞克，小心。」蘇菲斥責，但他跑掉了。

走得好。肌肉無法解決他的任何問題。「這是潘美華，」立漢介紹那位女輔導員讓她加入我們，整理一下她的黃色劍潭上衣，底下搭的是有黃綠黑條紋的紅色裙子。「歡迎來到劍潭！」潘美華揮揮雙手表示問候。她講的中文像是母語，不過圓潤的五官不太像華人。她的黑色長髮編成一根粗重的辮子，綁著綠色緞帶。她表情開放又友善，向我微笑時，我差點求她告訴我我到底參加了什麼。

接著一個坐我們的車子後座的女生把她的行李塞到美華懷裡。美華眨眼，但是跟著她爬上樓梯，朝著神奇小子的方向走去。

我抓著自己的滾輪行李。有隻長頸黑鳥落在水泥台階旁邊的樹叢上，爬滿藤蔓的圍牆把我們和其餘的台北市隔開，但是太陽仍然無情地曬著我的頭。

我不曉得愛之船哪裡符合這些景觀了。

但如果我整個暑假要跟神奇小子困在這些圍牆裡，不如現在讓我死了吧。

第六章

沒有機會私下問蘇菲關於「愛之船」的事。

盆栽把寬闊明亮的大廳隔成擺放用紅褐色扭曲樹根雕成椅子的休息區。蘇菲和我一起到註冊桌前去排隊。牆上有六個用拋光裁切漂流木做成的時鐘，顯示出舊金山、紐約、台北、北京、倫敦和東京的時間。

我們周圍有更多學生放置行李箱，互相說，「我好像在萊斯大學太空研究所見過你？」有個穿柏克萊T恤的男生跟另一個矮半顆頭的男生碰拳頭。「唷，我在密西根大學計算中心看過你！抱歉，老兄，下次吧。」三個穿著幾乎相同粉彩洋裝的女生互相擁抱尖叫說，「妳最近怎麼樣？有看到史賓賽也來了嗎？」連蘇菲也短暫地跟來自叫做資優青年中心夏令營的女生相認。

「這裡怎麼有這麼多人互相認識？」我問蘇菲。

「類似六度分隔理論。只是對我們來說，大概只有兩度，懂我意思嗎？」

我不懂。這裡我一個人也不認識，但在這一刻，我的寂寞感被融入的怪異感壓倒。在老家的購物中心，有時候我跟家人走過時會引人側目，但現在，我的亞裔美國人身分隱形了，像電子塗鴉板被擦掉。這是個意外的解脫。

我們龜速前進時，立漢從反方向走過來，捧著放了塑膠杯的托盤。蘇菲拿了兩杯，還有粗吸管。「經典，」她說，「我討厭現在的人放這麼多糖漿。」深褐色彈珠慵懶地佈滿在咖啡奶油色液體底部三分之一。杯口用塑膠膜封住。

「這是什麼？」我不解地問。

「珍珠奶茶！」蘇菲把她的吸管戳進塑膠膜吸起彈珠。「妳真的沒喝過？奶茶加上木薯做的珍珠。」

「我聽說過。」我很謹慎——我從未喝過加入固體的飲料。但我模仿她，比我打算的更用力戳破膠膜，蘇菲笑了。我吸了一口冰涼甜味的茶，裡面有Q彈的小球。「喔，好喝。」

蘇菲又笑了。「艾佛，妳真是Twinkie蛋糕。」

我皺眉。是說像那種甜點——外黃內白嗎？我們青年團裡的葛蕾絲．秦如果被人這樣稱呼一定會揍人，但我沒生氣。只是……再度挫折。即使在一群華裔美國人裡面，我也不夠華裔美國人。突然想念妹妹珍珠的感覺令我腿軟。

接著一群人過來：高的，矮的，瘦的，胖的，多毛的——甚至有短鬚和嚇人的山羊鬍。他們問我們名字，我發現他們有兩個共通點：他們都申請到頂級大學（加大洛杉磯分校，賓州大，史丹佛，麻省理工）而且跟我一樣滿頭大汗。濕氣幾乎在舔著我。被男性注意，眼神急切的笑容和握手——全都有點嚇人。

兩個女生停下來自我介紹。「嗨，我是黛博拉．李。」一個藍色精靈短髮做成雞冠狀的女孩跟我們用力握手。

「我是蘿拉．陳，」她旁邊戴洋基棒球帽的朋友說。

「我們是總統學者獎得主，」黛博拉說，「我們在華盛頓認識的。」

「我們見過美國總統。」

「所以我們受邀來這一趟。」

「喔，黛比，我們該走了。」蘿拉看看手錶露出歉疚的微笑。「我們要見其他獎學金的負責人——晚點見。」

蘇菲和我來不及說出半個字她們就跑掉了。

「喔，恕我告退。有貴賓在等。」蘇菲翻翻白眼，「哇，這也太討人厭了。」

「真的。」我把喝一半的珍珠奶茶丟進垃圾桶，我的胃口完全沒了。現在很明顯，我父母是送我來鍍金的。就像用鐵磨鐵，教養良好的書呆子也會互相磨練——只是這些人不是我這種普通書呆子，他們是神奇小子那種神童。

「王愛美。」一名四十幾歲穿綠旗袍的胖女人，在註冊桌後面向我打招呼。她頭上斑白的燙捲髮活像一頂頭盔。

「我叫艾佛。」

「愛美，」她以將軍的權威大聲對我說。顯然今年夏天我叫什麼名字是由不得我了。「Huāyíng. Wǒ shì Gāo Lǎoshī（歡迎。我是高老師）。」——Gao是「高大」的意思，很適合她。我記不得她說的其他話了。

她伸手到身旁的箱子裡，蘇菲嘀咕，「每個人都稱呼她惡龍。今年夏天我們碰到她當導師真倒楣。」這個綽號很符合她高傲的下巴和鼻子。

我們照抵達順序分配房間。惡龍交給蘇菲和我三十九號房的鑰匙，加上繡著紅白藍三色台灣國旗的提袋，藍天上面不是星星而是白色太陽。袋子裡是學員年鑑和台北市的折疊地圖。惡龍換成我父母的福建方言腔英語，說明這個課程對我們的期待：學習國語和中華文化，認真讀書。

「妳喜歡什麼選修課？」她問，「每項為期兩週，然後我們有校外旅行。」

「我要選兩次烹飪課，」蘇菲說，「我已經申請了。」

「選修？」我說，「我還沒選好。」蘇菲拿到一本食譜同時我翻閱課程表：剪紙、琵琶、扯鈴、做風箏、麻將、象棋、扇子舞、彩帶舞、劍術、舞獅、打鼓、划龍舟、棍術軍訓，哇——

「喔！愛美，妳父母已經替妳選好了。」

我猛抬頭。「是嗎？」

惡龍交給我一張頂端有我中文名字的紙：

中文：一級

選修一：中醫概論

選修二：書法

「欸，我們在一起上中文課耶。」蘇菲說，但我沒在聽。

他們選了我的選修課。

就像他們在我高中時期那樣：選法文而不是死掉的語言拉丁文，先進生物學議題而非舞蹈。

「我可以換成彩帶舞嗎？」

「啊，抱歉。額滿了。」

「那扇子舞呢？」

「也滿了。」

「棍術呢？」

惡龍搖搖頭說：「妳父母要求的是這些。妳可以打回去問他們。」

我想像跟老媽的無謂對話：中醫是為醫學院作準備。書法很實用，對下半輩子寫處方箋有幫助。七千哩外，他們無形的手仍然控制著我的人生。

我咬牙切齒地回答：「好吧。」

「每晚請保留一小時寫家庭作業，出門要有同伴，晚上九點半查房。男女生不准關門共處一個房間。」

「當然不行。」即使蘇菲舉手作出童子軍敬禮，也無法顯得更真誠了。「我們想都沒想過。」

我忍不住微笑。直到惡龍說明扣分制度。

她右邊的牆上有個全體劍潭學員中文名字的表格，多到我數不清。我們上課遲到，交不出作業，上課偷用手機，查房時缺席，熄燈後被逮到偷溜出來都會被扣分。被扣太多分就會打電話通報家長，扣二十分就不准參加兩週的南台灣旅行——課程結束後租巴士環島旅遊。

「什麼？」蘇菲抗議。顯然那趟旅行有一些價值。

我皺眉。書呆子營加上王家等級的規矩。關於惡龍的一切——包括她的福建腔和燙短髮等等——都令我想起老媽。學業第一。妳每天上學都見到梅根為什麼還要跟她出去玩？我的暑假進展得比預期更糟糕。

惡龍轉身把我們的文件歸檔時，我湊向蘇菲。「妳說過沒人監督的。」

「但是有規矩，妳別被逮到就好了，他們這麼多年來只開除過一兩個人。」

「還有一件事，」惡龍回來了，「每年的最後一夜，學員們都會表演才藝秀。」

那還用說。

「或許妳們想參加？」

是啊……單人舞旗如何？我搖搖頭。「喔，我沒有才藝。」蘇菲開朗地把報名表推回去，我忍不住發笑。蘇菲有點誇張，但似乎也相當務實，又搞笑……跟神奇小子是親戚並非她的錯。有她在，或許今年暑假會比較可以忍受。

我們收拾行李前往電梯。蘇菲向我們剛見過的幾個人揮手。「班吉．邱好逗，不是嗎？」她低聲說，「還有大衛要上哈佛——好可愛，妳說呢？」

「嗯哼。」我不置可否。班吉帶了他的填充玩具熊，名叫點心（Dim Sum）——我覺得可愛過頭了。至於大衛——我肯定不是愛山羊鬍的女生。

「喔，妳看看。」蘇菲從布告板撕下一張整疊釘著的紫色傳單，光亮的頁面上提供按摩、家教、夏季演唱會等資訊。她衝進沒人的電梯。「我們需要個計劃！」蘇菲用傳單敲敲我的手臂。「夜店！我有最佳餐廳的名單。喔，還有我們的性感照（glamour shots）！」

「性感照？」電梯上升時我的腸胃往下沉。「喜歡哪個電影明星的範例嗎？」對上週剛把暑假閱讀書單海報釘在輔導室布告板上的女生來說嗎？「我沒錢——」

「他們便宜得很，相信我。我會幫我們預約。還有，瑞克跟我月底要去探望我們的阿姨——當然，歡迎妳一起來。」

「喔，嗯。哇！」真大方——她似乎真的喜歡我，我不忍心讓她失望。「妳確定嗎？」

「室友就是家人，尤其是快要被抓去輔導室的人。」

我們大笑。「我很樂意去，但我們不是整天要上課嗎？晚上要寫一小時作業？我們哪有時間去做別的事？」

電梯停在三樓，我把行李箱拖到一個藍絲絨沙發圍繞著黑漆茶几的休息區，蘇菲的眼睛發出頑皮的光芒。「每天上午兩小時，加上下午兩小時的文化課。誰在乎家庭作業，其餘時間都是我們的。」她壓低音量。「如果我們翹課他們能怎樣？趕我們回家嗎？不可能。他們希望我們對台灣有好印象。」

「但是扣分——」

電梯在我們背後發出叮一聲。惡龍手拿鐵橇走出來，嚇我一跳，她臉色陰沉彷彿要噴火了……。剛才神奇小子撞到的嬌小輔導員潘美華跟在她後面。

「歐喔，」蘇菲吸口氣，「出事了。」

兩人大步走過我們，到左邊第三道白色門，惡龍用鐵橇撬開。她宏亮的聲音大聲斥罵。我們經過門外時一個半裸女孩竊笑著衝出來，抓著她的粉紅洋裝遮住胸罩。在她背後，有個穿黑衣的男生慌忙從凌亂的床上跳下來。他遮到臉上、烏黑捲曲的凌亂頭髮發出反光。他抓起他的短褲——但我已經瞥到了他的……裝備。

歐買尬歐買尬歐買尬。

在家鄉，我根本不准看接吻戲——每當家庭電影之夜出現吻戲，老爸總是換頻道。現在我太震驚無法閉上眼睛。幾秒鐘後，他穿上了短褲，擠過惡龍到走廊上。他的手臂掠過我的。傲慢的眼神——黑暗、液態又混濁——跟我目光交會。他揚起嘴角露出貪婪的微笑，我看到興趣的火花，像邀請。或是挑戰。

那女孩又竊笑。她穿上了她的洋娃娃洋裝。「沙維耶，我們走吧！」

這個性感名字很適合他。我們脫離互看時我感到小小震撼。惡龍沿著走廊追過去，蘇菲用梅根的方式抓著我的手臂。我們走向房間時她默默笑得全身發抖。

如果老爸在場，他會用捲起來的《世界日報》沿著走廊追打沙維耶……，並且為了保護我把我禁足。

或許書呆子營終究沒那麼書呆。「所以那個——」我終於說。

蘇菲憋笑憋得臉頰脹紅。「那就是愛之船。」

我開始懂這個意思了。

✥

我們的門卡住，因為潮濕膨脹卡著門框。我轉鑰匙推門，然後換蘇菲轉鑰匙推門；接著她說，「來，妳一直轉鑰匙我們一起推門。」以我們體重合力，門咻一聲打開了。

「我們真是好團隊。」她笑著暈倒在她的條紋床墊上。「歐買尬，艾佛！那個沙維耶是我見過最帥的男生。」

「他已經有對象了，」我指出。倒是那個粉紅女生沒有阻止他亂看別的女生。

「有對象？」蘇菲哼一聲坐起來，把她的頭髮甩到肩後。「四分之一的戀情會因為愛之船分手。」

「哇，真的嗎？」

「是啊，我表哥有個女朋友，後來她在註冊時認識一個男的，然後他們就在一起了……」

蘇菲繼續說的同時，我把皮包放到梳妝台上走向我們的……雙併窗戶看看風景。我們的房間乾淨但是簡樸：兩張床，兩張書桌，兩個梳妝台，一個熱水瓶。三層樓底下，茂密的草坪把我們跟一排磚造建築隔開。一道有綠色葉飾的水泥牆，蜿蜒包圍整個園區。牆外，左手邊，藍綠色的基隆河把我們跟對岸隔開——台北的大片長方形高樓，在那背後，地平線上是灰藍色山脈。景觀原本很好——除了延伸過整條河的淡藍色管線，用兩根水泥柱支撐。上面有紅色的維修走道。應該是下水道？真礙眼。

「妳都聽什麼音樂？」蘇菲把她的耳機纏到細長的iPod shuffle上。

「喔，嗯——我喜歡音樂劇，」我坦承，有點尷尬。我的大多數同學喜歡搖滾、嘻哈、金屬／哥德的東西。

「妳最喜歡的是什麼？」

「喔，很多。所有迪士尼的作品。《悲慘世界》、《歌劇魅影》。我和好朋友看過《大娛樂家》（The Greatest Showman）五六次吧。」

「我喜歡《大娛樂家》。菲利浦跟著安妮跑進失火建築的時候，我差點嚇死。」她伸手放在心窩，誇張到我不禁微笑。

「我喜歡她的鞦韆舞。她告訴他他們不可能交往的時候。」

「同一個作曲家也寫了《樂來樂愛你》（La La Land），」蘇菲說。

「真的？」她知道這點真酷——她知道好多我不懂的事情。

蘇菲把迷你喇叭插到她手機上。開場節奏令她書桌震動，我忍住跟著跳舞的衝動，我在自家房間裡就會這樣。她打開她的床單蓋到床墊上，細數她在百老匯看過現場的音樂劇名稱。我只看過《獅子王》，全班去曼哈頓旅行的時候。她太棒了，但我們在家鄉的生活必定很不同。

「那，妳有認真交往的男朋友嗎？」蘇菲問。

沒有，但是我最好的朋友有。天啊，我好想她。「我父母說直到上醫學院之後才能約會，我必須先建立我的事業。」

「他們當然這麼說。」蘇菲傻笑，「不准約會，然後突然在某天指望妳找到王位繼承人生出孫兒女。我交過四個男朋友——我父母都不知情。」她翻個白眼。「對了，妳在尋找什麼？」

「尋找？」我還卡在繼承人和孫兒女的部分。

蘇菲抱著她的枕頭芯。「我有條件——我稱之為七個C：可愛Cute，酷Cool，有錢Cash，聰明Clever，有創意Creative。領袖魅力Charisma和迷人Charm。」

「喔，哇。」這是權力的清單，根本不是我會假設想要的特質。

「每個女生都有清單。」

我點頭。「我的好朋友有一長串——藍眼睛，六呎高，有肌肉，翹臀。她自己全部都有。」

蘇菲大笑。「她真幸運。那妳呢？」

我把枕頭裝進枕頭套裡。有個比我低一年級的女生，葛蕾絲．秦，清單很短：基督徒和華人。我的更短——不要史丹利．余，我這年級唯一的華裔美國男生，從幼稚園以來大家都想撮合我們交往。

「能和我一起跳舞的人。完全不切實際。」但我心裡已經沒有這個想法。能像音樂劇那樣輕鬆把我高舉到空中的人——如果搭檔跳舞沒有違反我父母的不准不妥的肢體接觸規則。

我又回到了那個垃圾箱旁邊。我的腸胃糾結。

「我敢說妳會在這裡找到他。」蘇菲撫平她的被子。

「在八星期內？」我嘲笑她，但她只抖一下眉毛。

「這可是愛之船，很多父母把小孩送來希望他們能找到對象。」

「父母會這樣？故意的？」我以為我父母會干涉呢。

「瑞克和我的父母都是那樣老派。」蘇菲聳肩，「但是我說過，反正我還是會來。」

我或許該害怕，但我反而有奇怪的快感。如果梅根在這兒，她應該已經把我推出門說，「上吧，艾佛！」不是去找他，而是做些退縮以外的事，希望丹和一般男生的情況有所不同。

我打開自己的行李箱拉鍊。出乎意料，我的舞具袋子放在中央，像顆藍紫色的蛋在我衣服築成的巢裡。

我哽咽起來，但努力吞下去。即使太少也太遲，這是媽道歉的方式嗎？

我拿起來但是不對勁。沉重長方形對折的東西，不是柔軟的緊身衣——所以我的行李箱才這麼重。不祥的預感漸增，我翻過袋子倒出藍紅色的……教科書。

《分子生物學原理》。

我在書上看過用來在黑暗中跑來跑去的小偷燈籠的故事。它用金屬盒製作以免讓任何光線漏出來，除非使用者打開一條窄縫。我就是那個火焰。我的每個需求都撞到金屬牆，就像關在鈦合金監獄裡的超新星。

「怎麼了？」

我轉向蘇菲。「妳知道我的生活是怎樣嗎？」我撕下一頁，在手中捏皺。「成績全部要拿A，別再跳舞，離譜的門禁，穿得像修女——」

「直到妳死都不准做愛？」

「那是最神聖的規矩！」我丟下教科書。

「呃，今年暑假別再守規矩了。」蘇菲把紫色傳單推給我。「這星期四，我們溜出去。」

我低頭看看傳單：

CLUB KISS

廿一歲以下不准入場！第一杯飲料免費！

有個男子穿黑皮衣戴鍊子有刺青，在彈吉他。他的金髮像漁網亂飄。他來自曼哈頓一個叫三聲尖叫的樂團……，看起來就像我父母根本不曉得存在的那種人，即使他們知道，也絕不會允許我去聽他唱歌。

「整晚泡夜店，」蘇菲說，「想喝啥就喝啥，跳舞，盛裝打扮，妳父母可以一邊涼快去。」

我在克里夫蘭拒絕過梅根和朋友們幾次吃晚餐看電影的邀約，因為會違反門禁，或因為有男生在場？

「樓下有警衛，」我指出。

她露出嘲諷表情。「是啊，他們有壯漢警衛，但是瑞克說我們可以爬牆。」她用赤腳把清空的行李箱推到床底下。「這是愛之船，一場大派對，長達整個暑假，沒人會毀掉它。」蘇菲向我翻開她的年鑑。「艾佛，妳絕對不會在一個地點遇到這麼多單身漢了。參加人選超挑剔的。我等這趟旅行等了，呃，永恆那麼久。我真是受夠了那些跟我一起長大、假扮搖滾樂團的男生。我要在這裡找我的男人。」她指著我好像在揮舞國會議長權杖。「女士，您的遊戲計畫呢？」

我伸手一掃，兩百美元的教科書掉到地上，我往後把它踢到床底下。我拿起她的Club KISS傳單在背面寫下我的清單。

王氏家規

成績全部拿A

穿得像修女

門禁晚上十點

不准喝酒

不准浪費錢

不准跟男生跳舞

不准親吻男生

不准交男朋友

我興奮地寫出最後一項，好像在簽懸崖跳傘的切結書——應該不會發生，但是天啊，如果實現呢？我在蘇菲面前晃晃清單：我比起全世界其他人像個嬰兒的所有理由，因為我要上醫學院，因為我是父母的女兒，因為我是艾佛．王。

「今年夏天，我要打破所有王氏家規。」

「呃，那妳漏了最重要的一條。」她拿走我的筆在底下補充：

不准做愛

「才不是。」我搶回我的筆，痛恨自己臉紅了。即使這是最神聖的王氏家規。或許我看太多維多莉亞時代小說了，但我要保留給真愛。

「好吧，」蘇菲笑著指指門禁。「這條優先！我們需要溜出去的辦法。」

我看向窗外研究圍繞園區的水泥牆。「如果我們疊椅子，我們可以爬牆，但是牆外跳下去的高度很高。」牆有整整十五呎高。我掃描庭院直到目光再次落在跨過綠色河水的礙眼管線。它消失在高架道路底下。在我們這邊，它的起點就在草坪對面建築群旁邊的水泥柱上，有紅色維修梯子往上連接到它。另一端應該也能下到地面，肯定有一百呎長，劍潭的所有人在白天都看得到。

但是晚上不會。

「那就是我們的路線，」我說，我發現我下定決心了。如果梅根知道一定會宰了我。

蘇菲站到我身旁往外看。「妳不是認真的吧，萬一我們掉下去——」

「有維修走道。」我緊張地向犯罪搭檔微笑，不理會我腹中的恐懼刺痛感，墜落幾十呎掉進黑色河水裡的景象。「週四晚上，一言為定。」

第七章

蘇菲宣布，我們的第一個任務是尋找上夜店的服裝。

但在樓下的潮濕大廳裡，美華和其他輔導員正把學生們趕進一個光線昏暗的演講廳準備開學典禮。我窺探裡面。房間建造的設想似乎沒打算容納這麼多人，因為紅布幕舞台前的每個座位都有人，還有更多學生擠在後方牆邊又溢出到走道上。

「快點，」蘇菲耳語，我們繞過一群人，避免被美華看到。

「這裡到底有多少學生啊？」

「五百個。」蘇菲暫停在一張桌子邊，幾十顆蛋在裝著醬油混茶葉的銅缸裡跳動。

「五百個？」蘇菲用長柄勺撈出一顆茶葉蛋……，放進紙杯再塞到我手裡。「比我高中的全校人數還多。」

演講廳裡迴盪鼓聲，誘人地低沉又優美。我伸長脖子去看舞台，上面兩個穿無袖白衫黑色褲子的男生正在振臂敲打一組大鼓。有隻中式舞獅搖晃著過大的鑲金獅頭，從大鼓之間跳出來。

蘇菲抓著我手臂。「走吧。我們離開這兒。」

我差點提議留下來——我從未看過這麼不可思議的舞獅。門口處，有個戴螢光黃色帽子的輔導員招手向我們說，「來，來。」

但是蘇菲拉我繞過轉角，我手臂刮到了磚塊，接著我們推開雙併門進入炫目的陽光下，有兩個園丁跪在泥土地上種花。

「上！」蘇菲催促，我跟著她衝刺沿著車道繞過荷花池，經過警衛亭到了街上。

「希望他們不會追上來——哎呀！」我跳開閃避一群冒煙的機車去路。它們呼嘯而過發出引擎噪音，吹起了我的頭髮和裙子。

「還沒有人認得我們是誰。」蘇菲咯咯笑著同時用力把我拉回人行道上，然後開始輕快地走路。「小心別被車子撞了，好嗎？這裡的交通簡直違反人權。」

⌘

陽光曬在我頭上，我剝著蛋殼努力跟上蘇菲。我很多年沒吃茶葉蛋了，因為……我打開便當盒聽到驚恐的尖叫，「那是什麼？」我求老媽別再讓我帶詭異的中式食物。蘇菲吞掉她自己的蛋，發出活像電視上我不准看的場景那種呻吟聲。我咬一口，聞到八角和肉桂的溫暖香氣。

「喔，好吃。」我說。

劍潭的車道通往一條大馬路，面向一座綠樹覆蓋的山，山頂有個巨大寶塔建築。我們的正對面，有幅描繪中國農夫的磚牆壁畫直接崁入山壁。在街上，我們經過一座炫麗屋頂的紅色小廟——像翻開的平裝書倒扣在桌面上，兩側微傾，角落像船首往上翹。上面的塗裝五顏六色——

紅花，細緻圖案，穿藍袍的中國學者。一條綠色的長龍，背上燃燒著黃色的尖刺，在廟頂上起伏。

「很狂野，」我說，「我挺喜歡。」

「全台灣都有那種東西啦。」蘇菲把空杯丟進垃圾桶裡，「妳看了就知道。」

我們轉向穿過一個綠樹排列的公園，再穿過三層樓建築構成的窄街，一樓都是車庫大小的店面。我們經過美髮店，一間茶室，一家威士忌店，標示全是中文字。

最後，我們走進一個擠滿攤車、小店和只有幾張板凳座位的小餐館的露天市場。有個男人在給一座甘藍菜小山噴霧。一名健壯婦人頭上包著紫色頭巾，把麵團拉成一呎長的棍狀……丟進她的銅製油鍋裡；另一個則是在展開一匹紅絲布，首飾像七彩螢火蟲般閃亮。

我跟在蘇菲後面逛進了一個油布攤位。小販呼喚我們，「Xiaojiě, laí laí（小姐，來來）！」指著他們的水果攤或衣架。他們的活力吸引了我，我踏進了想必可以追溯幾百年甚至幾千年的傳統。蘇菲每隔幾個攤位就掏皮夾——她買了凱蒂貓衣服，印著卡通小熊的布鉛筆盒，還有兩瓶瓶裝水。

「妳不想買東西嗎？」她問。

我腹中有點糾結。我的家庭錙銖必較，我從來無法自由地買我想要的任何東西，顯然跟蘇菲不同。我們的目標是服裝，我必須保留火力買那個。

「嗯，是啊，沒錯，」我回答，「還在找。」

蘇菲翻看一疊DKNY牛仔褲，試穿一件黃色North Face外套，掂掂Coach皮包的重量。「大家都知道這些是假貨，但是好便宜啊！」她貪婪地說。她在我身上比畫一件條紋Elle標籤洋裝。「這件怎麼樣？剪裁剛好是妳的體型。妳很苗條，但是結實。」

「謝謝，但是這件不行。」我推開它，「我要我媽看到我穿會宰了我的服裝。」

她大笑。「我喜歡妳的想法。」

「嗨，蘇菲。」真不巧，神奇小子往我們走過來……，歪著頭讓出空間給他扛在肩上活像小鯨魚、大概一百磅重的麻袋。原來他也翹掉了開學典禮。百分之百的溼氣黏在我皮膚上，但不知何故，神奇小子的森林綠色襯衫穿在他寬廣的肩上看來像在橡木樹蔭下一樣清爽。我作個鬼臉。

「白米？」蘇菲震驚地一拳敲敲他的麻袋，「你要轉來我的烹飪選修課嗎？」

「我想要報名，但是額滿了。」神奇小子舉高他的袋子。「這是代替啞鈴的。原來這裡真正的啞鈴每公斤要五十美元，所以我改買這個。一公斤一角美元。」他笑了，顯然非常自滿。

我抬高眉毛。有創意，又意外地坦誠。

但是蘇菲嘆氣。「我們來這裡不到三小時，你已經在健身了。」

「我在飛機上膝蓋貼著耳朵坐了十五個小時，休息時間夠我度過整個夏天了。」

我同意——我沒有時差，感覺活力充沛到可以繞著全市跳舞一圈。神奇小子把袋子換到另一肩上。他的T恤掀起，讓人瞥見曬黑平坦的肌肉，我趕緊移開視線——但他已經發現了。該死！

真不巧。

「至少你心情好點了，」蘇菲說，「電話打通了？」

「是啊，我的SIM卡活過來了，我房間裡也有市話。」

「不公平，真的嗎？我們沒有耶。」

「我室友是VIP的小孩。沙維耶。還沒見到他。」

「他們當然會讓VIP小孩跟你住了。」蘇菲看我一眼動動眉毛。沙維耶。

「隨便啦。珍娜問候妳。我買了這個給她。」他摸摸從他口袋冒出來，用紅絲帶綁著的木雕小鳥的頭——原來神奇小子也是神奇男友。當然了。我仍然不敢相信蘇菲建議他跟我交往——我絕不會那樣子辜負全家老小對我的期待。完美SAT先生為何不能至少在外貌上低調一點：例如瘦弱、戴厚眼鏡、長青春痘。蘇菲說得對——他的心情完全逆轉了。

「我們週四晚上要去Club KISS，」蘇菲說，「艾佛的主意。」

他抬起粗眉毛。「毫不浪費時間，是吧？」

「Carpe diem[2]。」我聳肩扮酷。拉丁文，不是中文，在台北的街上。太棒了。

「Carpe noctem，」他回答。意思是把握夜晚。

該死（Deodamnatus）！神奇小子又贏我了——他到底懂多少種語言啊？我忍不住想像自己用他那巨大結實的身體當沙包。

「十一點在我們房門外會合，」蘇菲繼續說，「拜託別穿黃色。會讓你——」

「像黃疸病，妳說過了。」神奇小子向我翻個白眼。我的心跳停了一下，真糟糕。「克莉兒阿姨聽到你求我護送，甚至用這麼優越的時尚建議賄賂我會很高興。我會到，不想讓任何人傷心。」

「瑞克・吳的本性又出現了，歡迎回來！這該不會是你跟珍娜電話性愛的結果吧。」

「拜託別想這些有的沒的。」

「呃，不用擔心我們。」我努力遺忘不想看的景象時蘇菲勾我手臂說，「沒人能傷我們的心。」

「喔，我擔心的不是你們。」神奇小子假笑一下之後走掉，米袋還扛在肩上。

「我們不需要護衛！」我大聲說，但他不見了。

一小時後，我懷疑地望著試衣間簾幕裡的落地鏡，我的黑色雪紡裙只到膝蓋上面兩吋處。我扭腰檢查黑色背心的襯衣狀背面：緞子花邊，露出鑽石形肌膚的寬眼孔。它在催人跳舞——抬腿，腳尖旋轉，強壯的手環抱我的腰。我不在乎襯衣款式很老派，我喜歡。

但在我裙子的腰帶和上衣之間，有條蒼白的寬帶皮膚在發亮。

好丟臉！老媽的聲音響起。妳想要男生們認為妳是壞女孩嗎？

我的回憶退去。穿得像修女的規則這次必須打破，但或許不是用這件衣服。況且，我懷疑保鑣瑞克會怎麼想，然後想起我不在乎。

2 譯註：意為把握當下。

我不情願地剝掉裙子和上衣還給抗議的小販，反正那真的超過我的財力，但是它給了我一個想法，或許我可以在台北找個舞蹈教室加入。這個念頭給了我新希望。

我找路走出店裡的衣架群，橫越小巷到另一家店，蘇菲正在對鏡擺姿勢。她拉下一件金色亮片加精緻花卉飾邊的洋裝裙襬，絲綢緊貼在她身上，她拿起一把金色鍊子掛到頸上。鍊子從低胸V領洋裝垂到她的乳溝上，她就是性感的定義——而且不怕炫耀。

「Duōshaˇo qián（多少錢）？」蘇菲問小販。這賣多少錢？「什麼？」小販報價之後她大聲說，「Tài guì（太貴了）！」

我目瞪口呆地旁觀蘇菲作出值得拿奧斯卡獎的表演：她討價還價，比手畫腳，差點就要哭哭啼啼，直到她拿到原價的三分之一，小販也滿意地拍手。

「哇，」老闆用報紙包裹洋裝的時候我低聲說。

蘇菲示意我閉嘴。「他賣了好價錢，」她低聲說，然後衝到下一家掛著Burberry外套的店。

我從店內衣架上拿了一件黑色小禮服在自己身上比畫。鏡中的我皺眉，我看起來好像要參加喪禮。即使在七千哩外，老媽還是把我變回了小女孩，而蘇菲會顯得就像個晚上要去跳舞狂歡的十八歲大人。

跟我們小巷交岔的街口傳來喇叭聲。我走出店外看到一輛黑色窗玻璃的銀色BMW，強力驅趕行人讓路以便停在人行道邊。有個穿黑襯衫的面熟男生從後門伸出一條腿來，嚇了我一跳。黑色捲髮垂到了他臉上，耳垂上的蛋白石耳環閃閃發亮。

跟粉紅女孩親熱的那個男生——沙維耶。瑞克的VIP室友。

我躲避視線移到兩塊塑膠布之間的縫隙，從縫隙看沙維耶下車到一半突然停住。車裡，有個長得像沙維耶的男士抓住他手臂。是沙維耶他爸？他住在這裡嗎？

他們以大聲憤怒的語氣交換了一長串國語，引起幾個觀光客匆忙走避。我聽懂他爸講的一個字，只因為我小時候我的表姊妹會用來互罵：báichi（白痴）。沙維耶豎起中指，跳下車，用力甩上車門。銀色轎車尖叫離去。我往後退，被他們憤怒的程度震撼了。

沙維耶望著車子的背影時全身都是僵硬、憤怒的線條，雙手下垂，緊握拳頭。他臉頰上有一塊紅色發亮——瘀青嗎？他爸打他嗎？無論他爸想要怎樣——更好的成績、嚴守規矩、絕對服從的孝順——沙維耶可不會像艾佛．王這樣吞下去。

他在反抗。會有效嗎？甚至有可能嗎？

丹飄進了我的記憶中央。我初次真正的迷戀，他在十一年級化學課坐在我後面。他是唯一高年級生，威爾．馬修斯也罵他是白痴。他借我一支鉛筆……，後來我借他一支，我們開始在實驗室搭檔，互相幫忙解碼老師在黑板上的鬼畫符。丹對溶解度計畫有困難所以求助。

「沒問題。」我差點興奮得願意跳舞去接受眼科洗眼機。「你要過來嗎？」

當時我好傻好天真。

老爸開門迎接丹——雀斑，藍眼，比他高出半顆頭並且開口找我——老爸驚訝地合不攏嘴。

我們在咖啡桌上研究時，他像黃蜂似的在附近晃來晃去，翻他的報紙，像吹號角一樣大聲擤鼻涕。

丹又在星期二來了兩次。他不是白痴；他的世界史很強，他的腦子線路只是不適合計算。或許我在他上門時笑得太多了，他用我的筆在他手臂上的雀斑玩連連看的時候笑得太用力。因為當我們溜出去到後院的工具間後面，他抓住我的腰，我們只相處了五分鐘，老媽就像狂牛氣沖沖地過來罵我們，痛打我們。你們沒有羞恥心嗎？丹從我們家車道逃走之後許久，她的叫聲仍迴盪在我耳中。

隔天我跑去班上找丹，想要解釋。但我抵達時，他正在清空我背後的課桌。「抱歉，艾佛，」他咕噥說，「我不能惹上這種麻煩。」我來不及說話，他已經溜到後排的座位去了，然後一下課在我逮到他之前就跑掉。幾天變成幾星期，我失去了開口的勇氣。他在我要求時會借我鉛筆，但再也不向我借，如果他沒開始跟梅根交往，我不會夠了解他，在他畢業之後向他道賀。

我驚醒回到當下。在路邊，沙維耶的肩膀垮下來。他有點脆弱，幾乎像小男孩的寂寞感，被他爸的高級轎車丟在塵土中。他雙手插口袋走入人群中，閃過低頭用吸管喝椰子汁的一家人。人群像舞台布幕在他背後合攏。

趁我失去勇氣之前，我回到對街小店拍拍老闆的肩。

「我還是決定買那件裙子和胸衣。」我說。

第八章

「星期四，熄燈之後。」

「星期四，星期四晚上。」

到了上午，耳語已傳遍整個潮濕的走廊，每當輔導員經過才安靜下來。每個人都受邀。我在大廳電信行讓我的手機恢復部分功能，但或許我用了廉價方案，因為網路不通，我不能接電話或簡訊。櫃檯後面的開朗女子教我怎麼下載中國的通訊應用軟體WeChat。這表示我可以私下聯絡珍珠和梅根，而爸媽找不到我——我會盡量往好處想。

我邀請珍珠加入WeChat。想念妳，我傳簡訊給她。**最近怎麼樣？這裡還可以。我室友似乎很酷，但是她花錢不眨眼。我們一票人要在週四溜出去泡夜店。**

嗨，我邀請並且傳簡訊給梅根。**丹的探訪順利嗎？目前這裡狀況還好，不過很多學生似乎已經互相認識了。表親或活動同伴。課程無所謂，但是我在找舞蹈教室。週四晚上也要溜出去夜店玩——希望我們別被逮到。**

我盯著螢幕，希望有回覆。但他們在世界的另一端睡著了。

我來到103教室，有個空虛的白色方塊崁進五排白色課桌和橘色曲背椅子之間。真不幸，穿著綠色連身服的惡龍站在白板前，顯然在親自負責補習語言的學生。她印出了符號：國語注音符號，我只有在中文學校隱約的印象，很容易拿到不及格成績——至少有一條王氏家規保證要打破了。

這時從背後有一個又一個身體撞到我，差點把我撞倒。藍髮的黛博拉和戴洋基棒球帽的蘿拉匆忙衝向前排。

「抱歉，艾佛！」她們同時說。

另一個總統學者獎得主，山羊鬍的哈佛男大衛，緊跟著她們跑進來。他的古龍水氣味瀰漫在空氣中刺痛了我的鼻孔。

「妳想如果我們週末補考，他們會讓我們升二級嗎？」他問道，「瑞克·吳是十級，混蛋。」他的語氣很羨慕。

老實說，他們真的在乎他們讀到幾級嗎？我很少喜歡爬山，也肯定不愛做無關成績的事情。我轉身往反方向回到後排，脫離老師叫得到的範圍。我很高興沒有排在跟神奇小子同班。

我就坐時沙維耶走進門，捲髮垂在他臉上，身穿剪裁精緻的藍襯衫駝著背。他的黑眼睛看著我，又酷又嘲諷。該死！我假裝翻我的作業簿，希望他是走錯教室。前方兩排外，有三個女孩在低聲討論她們穿著性感服裝的相簿——性感照，顯然這是典型的愛之船體驗。所有的女生都會預約。

我旁邊的座椅被往後拉。

「我是沙維耶。」他的聲音平緩低沉，深褐膚色混雜著櫻桃色。即使他記得惡龍衝進房間時蘇菲和我盯著他看（全身上下），也沒有露出異狀。

「呃，我是艾佛。」

「妳是哪裡人？」脆弱的沙維耶也消失，變成了面帶奸笑的浮誇帥哥。連他臉上的傷痕都不見了。

「俄亥俄。」

「俄亥俄州有亞洲人？」

他對我家鄉州的觀點有偏差，但不離譜。我忍不住輕笑一聲。

「你是哪裡人？」我問道。

「曼哈頓。」大都市男孩，不意外。

「你是瑞克的室友，對吧？」

「是啊，我整個暑假跟Whole Foods[3]分不開了。我們不會在這裡看到他——他的成績很好。」

「我聽說了。」我根本不必問他說Whole Foods是什麼意思——瑞克簡直是乾淨生活的樣板人物。「神奇小子再度出擊。」我皺眉說。沙維耶的嘴角上揚，我微笑回應——我們很能互相理解。

「嗨，兩位，還好嗎？」歐洲預校生兼橄欖球選手馬泰歐．鄧坐到我們前面。他的義大利家庭是富裕的服飾店老闆，講話有義大利腔。他把燙過的黑髮梳成頭上的一座高原。

我來不及回答，有隻手抓住我的二頭肌。一條淡藍色絲巾拂過我的臉頰。

「艾佛，我有事想問妳，」蘇菲向我耳語，「沙維耶，馬泰歐，失陪一下好嗎？」

3 譯註：美國有機食品連鎖店，諷刺瑞克太健康。

我跟著她走出門。她的藍色洋裝擺動，絲巾在她背後像風箏尾巴似的飄揚。

走廊上沒人，但她還是壓低音量。「馬泰歐今天早上買珍珠奶茶給我，沙維耶在早餐時跟我調情。現在他們都在我們的中文班！我該鼓勵他們嗎？邀他們去夜店？」

「有什麼問題嗎？」

緊急狀況就是這個？不會吧？「妳真的很愛男生。」我笑了，她迷人地聳聳肩。

「這是——」

「愛之船。我知道。呃，妳喜歡他們嗎？」

「馬泰歐很可愛。妳聽過他講話嗎？雖然我聽過他罵美華失手把他的筆電袋子掉到地上，但可能是時差的緣故。他有道歉。至於沙維耶，」她誇張地抓著自己肚子。「歐買尬，艾佛。他讓我好緊張。」

「呃，醒醒吧。粉紅女孩？」

「喔，明蒂。」她出手打蚊子，「他們一星期前在機場認識，她顯然是投懷送抱。她早餐時也在，他們根本沒坐在一起。」

活動開始不到二十四小時，蘇菲已經認識每個人知道每件事了。

「好吧，邀他們兩個，」我說。

「好。我下課後再邀。」她顫抖著呼吸一下，「如果我沒膽子，幫我一下？」

我憋住笑意，把一撮頭髮撥到她耳後。在老家，我對舞蹈隊的女生們很友善，但其實朋友只有梅根。至於蘇菲，我們的友誼感覺怪異地輕鬆。

「一定會。」我說。

她燦笑，我們溜回教室裡。

「愛美。寶芬，妳忘了，」惡龍說，「短處。」

「幹，不會吧？」蘇菲嘀咕。她抓著我手肘帶我快速走向後排。

「什麼？」我警覺地低聲說。不懂一個字會很快退流行。

「我們都被扣分了。因為遲到。」

「什麼？我們剛來——」

「注音符號。跟我唱。」惡龍指指白板上的符號表。她用低沉的聲音唱出「一閃一閃亮晶晶」的旋律：「ㄅㄆㄇㄈㄉㄊㄋ，ㄌ……」

我們到後排時，馬泰歐向蘇菲飢渴地微笑，她緊張地竊笑。馬泰歐背後的沙維耶仍癱在座位上，裸露的雙腿在腳踝交叉。

蘇菲拉開我在沙維耶旁邊的座位坐了上去。我有點驚訝——我的皮包還掛在椅背上，或許她沒發現？我拉掉背帶溜進她旁邊的座位，沙維耶又陰沉地瞄我一眼。他發現了。我把目光轉向惡龍假裝跟著唱。

隨便啦，對吧？是沙維耶。我或許對他爸的事情很難過，但那並不表示他不是玩家。必須小心應付。

我們又唱了兩次注音歌。「ㄅㄆㄇㄈㄉㄊㄋ，ㄌ……」這比中文學校還折磨人，因為當年我才六歲。幸好，或是不幸，坐前排的砲手唱得夠大聲可以掩護我們其餘人。

接下來一小時，我們學習四個主要聲調與輕音，我們的聲音像唱歌似的抑揚頓挫，我們結合兩個注音符號與聲調發出單字的完整聲音。接著惡龍推開白板露出另一塊，上面用注音符號和羅馬字母寫著五個句子，英譯慈悲地附在底下。

馬泰歐在座位上轉身，椅腳發出尖叫聲。「當我的搭檔，」他用誘人的義大利腔向蘇菲低語。難怪她為他神魂顛倒。

她瞄瞄旁邊的沙維耶，再向馬泰歐微笑。「我還以為你不會問呢。」她悄悄離開座位，移到他旁邊的空位上。

「恐怕妳跟我困在一起了，王同學。」沙維耶坐進蘇菲的空位。「妳先請。」

「我們要幹嘛？我什麼也聽不懂，」我抱怨說。

「輪流唸出並回答那些問題。」

「那你先來，你真的看得懂作業。」

「不，妳先。」他雙手抱胸。

「好吧。你好，我的名字是愛美。你呢？」我用令我尷尬的美國腔唸出注音。哈囉，我是愛美。你呢？我還以為從小聽老媽跟阿姨講電話會有幫助，顯然沒有。

「祥平（Xiang-Ping），」他回答。

我唸完其餘句子，最後是：你最喜歡的電影是哪部？

「《方世玉》（Fong Sai-Yuk）。」

「英文怎麼說？」

「《方世玉》。是史上最棒的功夫片。」

「功夫片？」我作個鬼臉，「哈。」

「有什麼好笑的？」

「我爸才看功夫片。」

他抬起眉毛。「呃，或許妳也該看看。妳在別的地方看不到那種武打場面，套招很高明。」

「套招？[4]」我從沒想過功夫片是編排過的，但他講的是我的語言——我憑什麼批評他的品味呢？「或許我該看看，」我說，「我有偏見，抱歉。」

「確實應該。」

我微笑。他很酷又有戒心，但也有種黑暗嘲諷的風趣，讓我自己比較沒那麼警戒。或許我太急著淘汰他了。

蘇菲掉了鉛筆，往後伸手來撿，向我們露出時機完美的酒窩。「不准講英語！」她精準得嚇人地模仿惡龍斥責，然後回去找馬泰歐。

沙維耶換邊用流利的華語問我第一個問題。他幾乎沒看白板。低沉的聲音配合正確的聲調，

4 譯註：Choreography，與編舞同字。

有種唱歌的感覺；他比神奇小子更厲害。

「你在這裡長大的嗎？」我問。

「出生在這裡才搬到曼哈頓。」他聳肩說。

「你應該去更高級班。」

「我只會講。沒學過讀和寫。」

「懂了！中文學校的大多數學生都是這樣，所以我才跟不上。」

蘇菲仰頭垂下她的黑髮，上下顛倒看著沙維耶。「艾佛提過我們要去夜店嗎？」

這話令我腸胃糾結。進來不到一天我已經被扣分了。我真的要這麼做嗎？有這麼多人知道，惡龍怎麼可能沒發現我們的計畫？

沙維耶的黑眼睛向我發亮。「還沒。」

「馬泰歐要加入，你也該來。」蘇菲慫恿說。這時惡龍叫我們唱〈兩隻老虎〉，幾年前老媽教過珍珠和我這首關於兩隻小老虎的歌。我們隨著〈約翰修士〉（譯註：德國原曲的歌名）的旋律唱了一遍、兩遍、三遍，輪唱，然後反覆不停。她在白板右上角寫了個紅色大A。

「很好，很好。」她誇獎我們，「Hěn cōngmíng, xiǎo péngyǒu（很聰明，我的小朋友。）」

「讓我死了吧，」蘇菲咕噥。

「是啊。」我愁眉苦臉，用鉛筆戳我的作業簿。我或許不是總統學者獎得主或十級高材生，但我再怎麼努力裝傻，還是會精通這門課。

第九章

午餐過後，我去用大廳裡的電腦終端機。我搜尋台北的舞蹈教室，查看專精芭蕾、爵士、現代舞、中國傳統舞蹈的機構。如果我父母必須選一種，他們會為了培養紀律與專注選擇芭蕾。用barre綜合運動訓練十二年給了我基礎，讓我進入帝勢，但近幾年來我擴張了——舞旗隊，跟舞蹈隊練爵士舞。我不是純粹派，我喜歡所有風格，喜歡學習新招——如果可以我會加入所有舞蹈教室。

但是十分鐘後，還是找不到。每家機構都超出我財力範圍，我不能要求父母付錢——他們會叫我專注在劍潭學業。但這是我最後的歡呼，對舞蹈的告別。我必須找個像齊格勒的小教室，或許離市區遠一點。或許小到根本沒有網站那種——

「妳用完了嗎？」明蒂戳戳我肩膀。她的粉紅背心炫耀著豐滿的雙臂，眼睛塗了閃亮的藍色眼影——但她表情很急躁。「選修課要開始了，我必須上網。」

「當然，抱歉。」我讓出座位，走出大門進入強烈濕氣中。接下來是中醫概論，我希望不是動手操作的針灸課。我走下台階時一面祈禱：拜託不要有針。

草坪上，學生們聚集成三群。中醫在正對面的白色大帳棚裡上課，池塘邊有群學生用木棒猛敲水桶尺寸的大鼓。排球網的遠處，一群女生正在從陳老師拿的籐籃裡領取藍絲綢扇子。我到黛博拉後面排隊，伸展小腿發笑時，蘿拉假裝害羞地用鑲金絲布遮臉，撞到了她的洋基球帽。我腦中浮現一段舞蹈。

我面對陳老師時，她給我一把扇子。我啪一聲張開，扭手腕，像知更鳥飛行般上下拍動。

「漂亮，」黛博拉說。

我手裡的扇子被搶走。

陳老師皺眉說，「Zhèxiē jǐn shìyòng yú shànzi wǔ xuǎnxiū kè（這些僅適用於扇子舞選修課）。」

「什麼？」

「只限扇子舞學生使用。」

「喔，」我結巴，「我不曉得。」排隊的下一個女生點著腳跟，等陳老師，但我的腳彷彿黏在草地上了。

「我可以換選修嗎？」我脫口而出，「我在家鄉會跳舞。」我從來沒有這麼久不跳舞。「拜託」——我聲音沙啞——「我真的很想加入舞蹈選修。」

她輕捏一下我的肩膀。「Yǒng guóyǔ（用國語），」她斥責。「Bàoqiàn, zhè mén kè yǐ jīng mǎn le（抱歉，這門課已經滿了）。」她輕輕示意我走開，她的善意比她一腳踢在我臉上更糟糕。整個宇宙共謀在我踏上西北大學校園之前阻止我跳舞，要是帝勢——

但我不能想起帝勢。

我只能設法找到舞蹈教室了。

我渴望地注視著大鼓選修生。我走離兩個選修團體前往中醫概論時，大鼓發出的節奏拉扯著我的靈魂。在白帳篷底下，潮濕空氣像毯子一樣濃密。沙維耶和一些我在機場巴士上、昨晚晚餐時見過的人正在分發鋼瓶。沙維耶遞給馬克・貝爾-梁，他撥開遮住眼睛的巧克力牛奶色瀏海喝了一口。

「那是不是——？」我問道。

「台灣的飲酒年齡是十八歲。」沙維耶駝著背雙手插口袋。

「真的？」

「對。」他拉出身旁的椅子，「請坐。」

我坐下，國語課之後在他身邊比較不緊張了。瓶子從馬克傳到未來政客史賓賽，再到哈佛大衛，一路傳過整桌。看起來是我在光天化日下打破規矩的機會，但我從來沒喝過酒——上個月在艾美・庫克的婚禮上，浸信會信徒的老媽從侍者的瓶子底下收走我們的香檳杯。我根本沒質疑她。

「是強悍的下顎線條。」馬克用拇指和食指摸過他自己的尖下巴。他正在跟大家聊天。

「手臂肌肉？」大衛喝口酒呻吟說，「啊，那才強悍。」他抓抓自己的山羊鬍，把酒瓶遞給底特律來的粗手指鋼琴家山姆・布朗，他老媽是在台北出生的。大衛握拳趴在草地上做了幾個伏地挺身，每次撐起來都發出呻吟。山姆把瓶子交還馬克，也在他旁邊跟著做，他們一起上下起伏，表現男子氣概。我猜有用，因為有幾個扇子舞學生停下來觀看。

「愛現。」馬克翻翻白眼。

大衛咕噥，「你跟不上。」

「才怪。」馬克趴在他們旁邊，他們開始比賽，三個身體像鋼琴鍵此起彼落，直到山姆癱倒臉孔貼地，馬克和大衛繼續比。他們的活力對我有莫名的吸引力，但是爭強鬥勝很煩人。

沙維耶的肩膀碰到我。他湊近。他不做逞英雄的事，令我驚訝，但我喜歡他這一點。「他們有個櫃子保管額外的東西，」他往陳老師方向歪歪頭。「如果妳想要，晚點我幫妳弄一把扇子來。」

「喔，嗯。」原來他注意到了。「我不希望你惹上麻煩。」

「這是我的榮幸。」他的笑容帶著一點邪氣。

這時鋼瓶傳到一個叫彼得的男生。越來越近了。熟悉的聲音傳入我耳中，我抬頭看。是神奇小子，他的紐約巨人隊棒球帽拉低遮著臉，正在跟陳老師說話，同時扇子舞者們把藍絲綢扇子開開合合，好像一片盛開的花田。陳老師抱著那一籃扇子大笑。

神奇小子根本沒選這門課。真—是—馬屁精。

我移動我的椅子背對著他。

「他好高，」史賓賽說，「而且還有胸毛。簡直像地毯。」

「我還是認為要看強悍的下顎線條。」馬克說。

蘇菲走過來，把花卉圖案藍色絲巾披在她肩上。「你們在說哪個帥哥？我要加入。」她拉過來一張空椅子，坐到沙維耶旁邊露出只有她能做到的半眨眼。

「抱歉，蘇菲，」馬克說，「那是你表哥所以會很噁心。我們在辯論瑞克為什麼是我們見過最有男子氣概的華裔美國人，很客觀地。」

「真是浪費氧氣。」我說，沙維耶哼了一聲。

蘇菲大笑。「不想吐槽你們，但是他異性戀，而且有對象了。」

「我們不會追他，只是品頭論足。」

「還有，他是台裔美國人，」史賓賽說，「跟我和沙維耶一樣。」

「那也算是華裔美國人，」馬克說。

「我不同意。」

「我是亞裔美國人，」蘇菲說，「我有韓國血統。艾佛呢？」

「我不清楚，」我承認，「我沒有認真想過。」我是美國人。我從來不想太過強調我的亞洲特質……但那是以前。

「所以如果瑞克像男子漢，我們其他人又是什麼？」大衛怒道，「交不到女朋友的陰柔亞洲男人？我討厭那個刻板印象。」

馬克上下打量大衛。「你的體重比艾佛還輕。」

大衛面露不悅。我打斷他拍拍我的大腿側面。

「因為我的腿害的，練芭蕾。我這裡的肌肉比你們全部加起來還多。」

蘇菲又笑了起來。大衛咕噥，馬克假裝查看桌子底下。「從來不想要被芭蕾舞者的腿比下去。」

我笑了，對自己的大膽很驚訝。我在家鄉沒有親密的男性友人。才到劍潭一天，我感覺好像跟這些人認識了一輩子，真詭異。因為這是夏令營？因為我在老家比較害羞，現在面對不知道我青春期尷尬史的人們感覺比較有力量了？

這些人適合跟我接吻嗎？

鋼瓶從沙維耶傳給蘇菲——我發現即使建立了情誼，根本沒人想把酒瓶傳給我。

「你們週四晚上都會來，對吧？」蘇菲說。

「在外國被逮捕不是我未來政治生涯需要的新聞標題，」史賓賽說。

「放開一點。」馬克向蘇菲瞇眼，「妳確定我們過了管線之後有辦法出去嗎？」

「艾佛和我會找出來。」蘇菲越過桌面把瓶子遞給他。

「欸，馬克。」我伸手要拿瓶子，同時蘇菲說，「十一點，會合——喔，啊，嗯。」

我們的導師立漢把一疊薄冊子放在我們桌子的中央。酒瓶消失到馬克的短褲裡。大衛拿起一本冊子翻閱，立漢推推他臉上的黑框眼鏡走到別桌去了。

我拿起一本，馬上就後悔了。有個人體豪豬平躺在封面上：是個背面每吋皮膚從脖子到腳跟全裸的男性，身上插滿了針。我腸胃不適，把冊子倒扣在桌面上。

遠處扇子舞者旁邊，陳老師從她籃子裡發給神奇小子一把藍色扇子，調情地微笑。有何不可呢？她比我們大不了幾歲，而神奇小子可能用完美的國語拒絕耶魯和橄欖球隊五六次了。

陳老師把舞者叫到身邊時，神奇小子走向我們，他手上的摺扇顯得好小。

「說曹操曹操就到，」神奇小子走近時馬克說。

「最好不要，」我嘀咕。

「我怎麼了？」神奇小子抬起眉毛，毫不知情，所有人爆笑起來。「很高興我讓大家開心，」他誇張地說。

「你跟我們上中醫課嗎？」馬克問。

「我是打鼓班。」他往後回頭，然後他找到了我。「給妳。」他把扇子拋給我，但我太驚訝沒有接到。

「喔，呃——」我來不及擠出道謝，他的手機響起泰勒絲的歌聲，他抓起來貼著耳朵，撞掉了他的帽子，用空閒的手接住。

「珍娜！妳打來了。」

「她不能等等嗎？現在不准講電話，」蘇菲斥責，但他的T恤在快速離開時在風中飄揚，瑞克跑向惡龍的鼓陣。

我張開扇子。花梨木的香氣隨著輕柔微風飄散，金絲線在藍絲綢上閃亮。我可以用來跳森林精靈的嬉戲或城堡庭院中的仕女角色。

立漢把一個紙袋的東西倒在我們桌上。一堆扭曲的草根掉出來，刺激性粉塵害我咳嗽。

「酷，這是什麼？」大衛拿起一根。他是認真的。

立漢用我聽不懂，也不在乎的國語回答。任何選修課都好過中醫概論。在惡龍的鼓手旁邊，神奇小子微笑著拿手機貼著耳朵踱步，他愚蠢強悍的下顎線被太陽映出來。一排把船槳放在肩上保持平衡的學生走過——是划龍舟隊，遮住了他。他們通過之後，班吉和另一個男生想要舉起超大的中式獅子頭，它賣弄地眨著大眼睛掠過神奇小子的頭上，但他以超人類的速度躲過，還順勢旋轉了一圈。

「天啊，你動作好快！」男生們很敬畏。瑞克笑了，手機仍黏著耳朵。來到劍潭一天，他不僅躲過違規使用手機的扣分，還有粉絲俱樂部呢。

但那個俱樂部不包括我。

我把扇子丟給蘇菲，她站起來走向她的烹飪課場地。

「妳留著吧，」我說，「跟妳的絲巾很搭。」

第十章

我不能穿這個。

週四晚上，我望著蘇菲廉價買來貼在我們房門上的鏡子裡的倒影，慷慨到不行的蘇菲給了我宛如女王的大改造。以我保守的俄亥俄標準，我的煙燻眼影和豐唇可能害我被逮捕。

但最令我害怕的是我的衣服。在我裙子的腰帶和省布的黑色胸衣之間發亮的一截蒼白肌膚，還露出背後的鑽石形皮膚。我在市場裡戀愛了，決心要打破端莊服飾的規則，但我無法穿這麼……暴露的東西出門——

「我們該出發了，快十一點了。」蘇菲對著倒影嘟嘴唇然後塗上第二層口紅，她的金色亮片裝閃閃發亮。「沙維耶和馬泰歐會在廚房跟我們會合。」一星期來一直有個用國語調情的四方形，從沙維耶到我和蘇菲到他到馬泰歐——不出意料發生在愛之船各處。八卦消息鏈盛傳誰在追誰，而我忍不住覺得今晚會引發更多事情。

「等我一下。」我從抽屜裡拿出柔軟的短袖黑衫。我套上，遮住裸露的肩膀、腰部、上衣縫隙。我放在梳妝台上的手機響起。

珍珠：老爸老媽快把我逼瘋了夏季閱讀班還剩兩個月希望妳在家妳找到舞蹈教室了嗎

沒用標點符號告訴我，她是口述簡訊並且用筆電讀出來，她都這樣解決她的閱讀障礙症。

我：撐下去。如果妳現在讀，就不能記在妳的檔案裡了。我找到了一家教室但是太貴，還在找。

珍珠：他們會找別的東西

我：唉，我知道。撐住。愛妳喔！

「準備好了？」蘇菲抓著門把，向我皺眉。「我們要去夜店，妳這樣穿會太熱。」

我把手機放在美華叫我打電話給父母的紙條旁邊，我還是沒打。我黑色雪紡裙下的雙腿在鏡中閃亮，露太多了。我把裙襬往下拉。

「我不會熱。」我謊稱。

「妳確定——」

敲門聲，蘇菲拉扯卡住的門。「喔我的天啊，」她怒道，然後用雙手拉，門突然打開。一頭亂髮的神奇小子穿著緊身鮮黃色馬球衫和黑色褲子走進來。

蘇菲舉起雙手。「黃色。瑞克，我投降了。」

他笑了笑，像一幅土黃色的純真圖畫。她說得對——黃色很不適合神奇小子。如果今晚的遊戲是用服裝討好別人，他絕對沒搞頭。

如果他是別人，這倒會令人有點佩服。

「別忘了我只是來護衛的。況且，妳看起來有兩人份的好看了。」他對上我的眼神。

「艾佛。」他瞪大眼睛。我突然意識到我的瞳孔放大片和嘴唇，我的黑衫貼著瘦長軀幹，裙下露出雙腿的樣子。他的濃眉在額頭上皺起連成一線。「妳的緞帶鬆了。」

「喔。」我伸手到背後摸剛才蘇菲打的結。

「我來吧。」神奇小子走到我背後，語氣有點不耐煩。他把我罩衫下擺底下的緞帶打結時，我的胸衣在胸腔周圍繃緊，一次，兩次，超穩固。好像我十二歲而他是我爸。太丟臉了。

而且他根本不在意。不知不覺間，他已經在窺探門外走廊。

「安全了，走吧。」

✤

弦月高掛在天上，我們從宿舍出來走進廚房後方的狹窄空地。藤蔓圍牆高聳在我們面前，垃圾的酸臭味令我皺鼻。我走過一把細枝掃帚、一疊塑膠籃子和一個卡車大小的垃圾箱，途中盡量跟神奇小子拉開距離。

但是其餘人緊跟在後面。我抵達建築物邊緣時，沙維耶溜進月光下在我身邊。他手插口袋裡，弄皺了含有銀絲會發亮的名牌黑襯衫。他的黑眼睛觀察我，嘴角露出一絲笑意。

「我喜歡這件裙子，艾佛。」

不像神奇小子，他穿了夜店服裝。他的蛋白石飾釘在耳朵上發亮——我父母會很反對我靠近他。我的手彆扭地遮住胸衣背後，即使他看不到那裡的鑽石形皮膚。我強迫自己平靜地回應他的注視。

「我喜歡這個態度。」

「葉先生。」蘇菲挽著他的臂彎，「很高興你加入我們。」

他的嘴角笑意加深，彷彿懶得費力氣露出完整笑容。他上前時手臂擦過我。

我吸到古龍水麝香味，腹中一沉——今晚每件事都感覺新奇又危險。

「迪奧的 Sauvage，」蘇菲低聲說，「他很可口吧？」

「艾佛，幫我個忙好嗎？」是神奇小子的聲音，近到幾乎觸及我耳垂的背面，嚇了我一跳。

「幹嘛？」我的聲音有點抖。他聞起來像戶外，好像青草與自由。

「離沙維耶遠一點。」

「什麼？」我轉向他但是我們鼻子相撞，我輕呼一聲往後彈開。

他來不及回答，一群學員插入我們之間——十個，十五個，然後二三十個——亮片、手鐲、在月光下露出很多蒼白皮膚的性感造型，比我預期的多太多。有人竊笑，然後十幾個聲音噓她。

正前方，沙維耶倚著藤蔓圍牆，拇指勾在皮帶環上，在跟沒戴棒球帽的蘿拉和黛博拉交談，她們都穿了可愛的黑色小洋裝。

大家都準備好大顯身手，除了保鑣瑞克。我越想越覺得他的警告很煩人——他又說了像我父母會說的話。

對，沙維耶或許是個玩家，但也是今晚一起打破幾條規則的最佳同伴。

「接著去哪裡？」黛博拉把藍髮甩到腦後。

我把神奇小子保鑣趕出腦中。「高架走道，有個梯子，蘇菲和我勘察過。我們一過河就找計程車。」

「還有保持安靜。」蘇菲補充。

我們沿著圍牆溜向有梯子通往夜空的水泥柱子。我們的逃脫計畫有個缺陷，月光像探照燈照在藍色管線上。這表示應該要花整整兩分鐘的過河期間，劍潭每個面河的窗戶都看得到我們。

「幸好我們有這麼多人，」蘇菲開始攀爬時我低聲說，她的高跟鞋鞋跟掛在每根橫槓上。「他們不能把我們全部趕回家。」但我肚子裡有個疑慮。梯子往上進入一個圓弧軌道構成的金屬隧道，有鐵鏽味。我攀爬時，微風吹動我的雪紡裙子貼著大腿背面。我緊抓著，默默催促蘇菲，超擔心神奇小子在下面幾階的體重。

我為什麼沒讓他先上呢？

但是終於，我匆忙爬上了三層樓高的柱頂，強風把頭髮吹進了我眼睛裡。「等等，」我大聲說。風吹走了我的聲音，把泥土和有點魚腥的河流氣味吹向我。我抓住油漆扶手窺探底下的黑暗河水，我馬上後悔。一陣暈眩中，我把視線拉回來看著前方台北呼喚著我的燈海——應許之地。

一排人影已經陸續通過了走道。

「快點，」蘇菲嘀咕。我抓著扶手專心在金屬方格上跨出一步又一步。我想像著劍潭窗戶看我的目光，感到背後刺痛。

「他們到對岸了。」神奇小子近到令人發癢的聲音又嚇了我一跳，我不能再過度反應他做的每件小事了，真的。

「酷！」我冷靜地說。

我跟著蘇菲謹慎地又跨一步。又一步，又一步，又一步。

這時我腳跟下的震動搖晃了走道，力道害我撞到蘇菲汗濕的背後。她驚叫一聲時我奮力保持平衡。我的腳從邊緣滑落，我的肋骨撞到鋼鐵，鞋子飛掉了，畫出弧線掉向黑水。我匆忙找支撐，只抓到空氣，然後神奇小子的手臂接住我的腰，像安全帶阻止了我跌落。

下方，黑暗像個沉默的河神吞噬了我的鞋子。

「沒事吧？」他扶起我時嘴巴貼近我耳朵，令我一陣顫抖直到尾椎骨。「妳的鞋子掉了，或許我們該回頭。」

「不可能。」我掙脫之後摘下另一隻鞋，我心臟狂跳，這時他擋住了我的路。

他皺眉。「妳的腳會割傷——」

「歐買尬，我不需要護衛——」

一道光束掃過前方的高架走道。

蘇菲咒罵。「有人醒著。」

我回頭看——光束碰巧照到我整張臉上。

「衝啊，」我大叫，「快快快！」

我的視野中光點亂飄，我又掉了另一隻鞋子。我擠過神奇小子，抓住蘇菲的兩肩跌跌撞撞地衝過最後幾碼，隨著每個碰撞聲畏縮。走道因為我們後方的人群奔跑，開始搖晃作響。

我們下到一個水泥牆圍繞的無人停車場，被一排五個街燈照亮。有隻虎斑貓發出刺耳的吼聲跑掉，牠逃出了由兩根石柱構成通往外面街道的大門。

我應該恐慌，但我喉嚨裡反而想笑。「我們瘋了！」我身旁的蘇菲在喘息。「來吧。」我抓她的手拉她前進。我腳下的砂礫感覺又硬又冷。

「我去找計程車。」神奇小子飛奔掠過我身邊，「小心玻璃。」

我及時避開一個破瓶子。

大門外十呎，黃色計程車排列在人行道旁。鍍鉻保險桿映出頭燈的反光，引擎在濕氣中怠轉。

我驚訝地急停下來。「怎麼可能。」

蘇菲歡呼。「台北比我們更了解我們自己！」

「Xiaˇo péngyoˇu, tíng,tíng.Huí lái（小朋友，停停，回來）！」來自左方遠處的聲音穿過黑夜。手電筒的光芒旋轉逼近，兩個黑衣警衛和立漢從街上四分之一哩外的陰影中出現。

「糟了。」蘇菲把我拉向中間一輛計程車，「別讓他們認出妳！」

接著洪水般的學生像一群精心打扮的野牛，從我們背後的大門湧出。

「我們走。」神奇小子拉開前車門向我示意。「走——快點！」

「別扮什麼英雄。你也快走！」我推他肩膀，揮手叫蘿拉和沙維耶到後座。「走了，走了，快點！」同學們跟著沙維耶湧來。有個女生擠到前座神奇小子的大腿上。計程車群尖叫著駛離，直到只剩蘇菲和我在路邊，立漢和警衛快速逼近。我推蘇菲坐到最後一輛計程車後座時已經看得到立漢睡衣上的藍條紋。

「王愛美，lái la（來啦）！」一個聲音大聲說。

聽到自己中文名字害我愣在人行道上。

惡龍本人從對街跑向我們。在她背後的路邊，一輛黑色轎車裡發出燈光。她的萊姆綠色睡衣像鱗片翅膀在她身上飄揚。

「Ai-Mei，nǐ yào qù nǎ lǐ（愛美，妳要去哪裡）？」

「艾佛，上車！」蘇菲把她的車門踢開。

我衝向前但惡龍的手抓住我的二頭肌，她的手好像鋼鉗夾著我的肌膚。

從計程車後座陰影中，蘇菲的眼神對上我，充滿不確定感。沒道理害我們全部被抓。

「先走！」我大叫，但計程車不動。

惡龍抓得更緊。「愛美——」

突然間，她的車子旁發出像爆竹的一聲爆炸，往四面八方噴出白色火花。

我趁這分心的瞬間掙脫衝向蘇菲，撩起我的裙子和褲子鑽上車。古龍水氣味塞滿我的鼻孔，車門在我腳邊猛力關上，有人慘叫一聲。

「走！」我大叫。

「Kuài diǎn（快點）！」蘇菲大叫。

我們的計程車往前衝，我往側面撞到牆壁般的胸膛。我掙扎著坐直，膝蓋卡在某個男生胯下。我撥開眼前的頭髮時沙維耶抓住我的腰，在他大腿上穩住我。

「怎麼回事？」我喘息，假裝沒注意他手上的溫熱。

蘇菲在笑。「瑞克幹的。」

前方，神奇小子用拇指和食指舉起一個小圓盤。「甩炮。」

這一招驚人地像珍珠。「你毀了她的車嗎？」

「她的車沒事，至於妳就很難說了。」

我擦掉額頭上的汗跡。「我完蛋了。」我叫苦，準備好接受「我早說過」的訓誡。

神奇小子露齒發笑，只說，「那我們最好讓今晚值得。」

第十一章

Club KISS就像名稱一樣糟糕。烏煙瘴氣的座位區牆邊擠滿了中年男子，打量舞池裡的女孩。頭頂上，有顆閃光球往四面八方散發出光束，同時探照燈照亮用黑色箱子臨時搭建的舞台，上面散落著麥克風和電線。台上擠滿穿著清涼的女孩，尖叫著向其實來自明尼蘇達而非曼哈頓的三流樂隊揮手。低音令我全身骨頭都在振動。

「他們太爛了！」我大叫。但我不會挑剔音樂，只要有脈動，我就能跟著跳舞。蘇菲和我陪著蘿拉、黛博拉和住在我們宿舍走道附近房間的女孩搖頭晃腦，我的襪子——小腳史賓賽捐贈的——沿著地板滑動。

我跳舞時發生了一件事。如果有人在查格林佛斯的街上認識我，他們會以為我是寡言的人，用功讀書，努力工作。我讓大多數人看到的那一面。

但是我跳舞時，我會變成動態的音樂。女神，我自己。

蘇菲甩掉了她自己的鞋。她抓住我的手，牽著我在她手臂下旋轉，同時我扭腰歡呼。我想像老媽目瞪口呆，老爸摘下他的眼鏡，如果他們知道我已經學到的這些文化。我打破了第一條王氏家規——門禁——還擦了唇膏。

我拉拉上衣，讓它貼緊遮蔽的胸衣背面。空調開得很強，但今晚稍後我敢脫掉嗎？因為今晚某個時候，另一條王氏家規會被用優美的方式打破。

黛博拉伸出她的手機自拍。蘿拉擠過來，我躲到鏡頭外——不要有社交媒體讓老爸老媽能干涉。在我對面，蘇菲跳了個性感的圓圈，掃瞄，掃瞄，掃瞄人群。閃光球在她的嘟嘴和只有她能戴的巨大假睫毛上灑下星辰般的亮點。

「妳在找誰？」我大聲說。

「只是看看！」

這時神奇小子擠過舞客抓住蘇菲的肩膀，他的鮮黃色上衣上半部布滿了汗跡，潮濕的頭髮像瑪瑙般發亮。「他們聘請了一個蛇街來的傢伙，妳一定得看看——這是台北最棒的。」

蘇菲掙脫，把頭髮甩成滑順的降落傘形。「蛇街——休想！」

「什麼是蛇街（Snake Alley）？」我問。

「噁心的觀光客陷阱，」蘇菲說，「在往南邊走的一個夜市裡。」[5]

我跟著神奇小子的視線看向後方的某桌，有個穿皮革圍兜的男子從木頭籠子裡抓出一條青龍狀的蛇。

貨真價實會爬行的活蛇。

---

5 譯註：以殺蛇聞名的華西街夜市。

哎呀呀。神奇小子還有這種異國風味的興趣啊。

「那是幹嘛用的？」一群舞客把我們擠到旁邊時我問他。

神奇小子假笑。「妳自己看。」他抓著我的手，把我拉進跳舞的人群中。他牽著我的手很粗糙，有長繭，好大。像男生的手。但這沒什麼；如果他沒抓緊，人潮會把我們沖散。果然，我們看到桌上的一塊厚砧板時，他放開我。

然後我馬上後悔。

幾吋之外，三條蛇蠕動著捲成一團有鱗片的線圈：紅黑黃色的鑽石形花紋，斑駁的青龍色。深紅血漬弄髒了砧板，砧板上鋪了嶄新濕潤的鮮花。在蛇群後面，瘦臉蛇主在圍兜上擦拭粗短指甲的雙手。

「身為妳的非正式護衛，我必須勸妳不要吃。」神奇小子對我露出令人火大的優越感奸笑。

「哈，隨便啦。」但我的肚子緊縮。原來我們要吃蛇。我吃過烤鰻魚，但從未直視食物的眼睛。從未看過它爬過同類的血泥。金屬氣味照例令我頭暈——我在克里夫蘭診所實習時差點暈倒，因為我必須觀察醫師縫合皮開肉綻的膝蓋。

「我猜猜看。我們要自己烤蛇肉。」

「若是這樣就好了。」神奇小子舉手作手槍狀指向蛇主人。

「什麼意思？」我問道，但他已經走向吧檯和酒保了。

「我去買票。」

「我可以自己——」我抗議，但他不在聽力範圍內。算了。

無論神奇小子策畫了什麼挑戰，我可以應付。一條褐色的蛇抬起頭來，盤成圓圈吐信。我強迫自己面對它，設法接受我的命運，不要嘔吐或暈倒。

「要抓一隻嗎？」

沙維耶溜到我身邊嚇了我一跳。我從搭完計程車，從他腿上跳出車門之後就沒看到他了。他襯衫上的銀絲在發亮。他向蛇群伸出裸露的前臂時，身上氣味撲向我——那個麝香味，加上我認不出的味道。他的動作像貓，把我逼到角落，但不完全是用壞的方式。

然後龍形蛇在他手臂上捲成繩索狀。

我的心跳停住。

沙維耶的嘴角上揚露出挑逗的淺笑。他轉動手臂，讓蛇的外皮像珠寶折射出光線。牠的分叉舌頭在他蒼白的前臂內側吞吞吐吐。

蛇爬上他的手臂停留在他衣領內，沙維耶抓我的手，他的手像一杯茶那麼溫暖。蛇以螺旋狀爬下到他手腕時一股恐懼感鑽入我腹中，牠腹部的厚重突起滑過我們牽著的手，我想像牠的小獠牙多尖銳時不禁皮膚發癢。

「牠肯定喜歡妳。」沙維耶改抓著我的手指，讓我勾在他的食指上。

我心虛地笑笑。「你怎麼知道？」

「怎麼知道？」他的笑容加深。我來不及反應，他已經用我從維多利亞時代小說學到的手勢舉起我的手。

然後親吻我的指關節。

我的呼吸暫停。

這時我背後響起蘇菲的聲音。「我絕對不吃任何從那些玩意生出來的東西！」

我掙脫。神奇小子和蘇菲正穿過人群往我們走來，馬克和史賓賽跟在後面。神奇小子手上晃著一長串藍色的嘉年華門票。

「喔，艾佛，他有咬妳嗎？」蘇菲衝上前。

「不，當然沒有！」我結巴了，然後蘇菲指的是蛇，不是沙維耶。

神奇小子的視線落到我手上，彷彿上面還在發出脣形亮光。

這時沙維耶轉回去看砧板，讓蛇溜下去，好像沒什麼重要的事情被打斷。蘇菲把下巴放到他肩膀上，沙維耶慵懶地捏捏她的腰──唉，他真的是個玩家。

「妳準備好了？」神奇小子把票遞給蛇主人。

「無論你怎麼裝神弄鬼都不可能那麼糟糕。」我學蘇菲那樣甩甩頭，「蛇肉味道像雞肉，不是嗎？」

神奇小子笑著看蛇主一刀剁在血污的砧板上，發出不祥的悶響。

「等等，」我說，「他不會──在這裡吧──？」

蛇主用熟練的手指在托盤上排好六個小玻璃杯，從沒有標籤的瓶子裡往每個杯子倒一些透明烈酒。這是我打破王氏家規第四條的機會，但是，呃，他為什麼抓著那條褐色蛇呢？

他抓住三角形蛇頭下方幾吋處，接著把抓住蛇的拳頭放在砧板上。

他的大砍刀猛力劈下。

帶獠牙的蛇頭飛向史賓賽，他大叫使出手刀把牠打掉。我太震驚來不及尖叫，腿軟時聽到蘇菲大叫，「好噁！」

「那簡直是即將爆炸的潰瘍。」史賓賽擦掉他手臂上的血，「抱歉，瑞克。我不喝那玩意！」

「喝？」我警覺地打量那條癱軟的死蛇，斷頭的傷口噴出深紅色血液，我還以為那條蛇會送進廚房裡，用煎鍋料理。「等等，他不是要料理嗎——？」

蛇主人把蛇血擠進一個接一個杯子裡，深紅血液脈動流出，把酒染成粉紅色。

神奇小子露出奸笑。「蛇血酒。」

「等等。」桌緣刺痛了我的手掌。完美先生似乎有種黑暗的冒險心，或許跟我一樣下定決心要放縱一下。但我的心思回到了克里夫蘭診所，皮開肉綻的膝蓋變得像朵深紅色的花。「等等……」我大叫。

蛇血的鐵銹氣味傳入我眼球後方的空隙。深紅色緩慢流動，蛇主人在六個杯子上面搖晃死蛇，接住最後幾滴紅色。接著他把死蛇塞進圍兜口袋裡，把托盤大聲放到我們面前。

神奇小子、馬克和沙維耶各自拿了一杯，史賓賽拒絕。有剩下的。

「蘇菲？艾佛？」神奇小子挑戰地瞄我們一眼。

蛇。

血。

酒。

「休想。」蘇菲點了一杯葡萄酒，她晃晃酒杯。「女生不喝蛇血。」

「有人想要第二杯嗎？」神奇小子提議。

「一杯就很多了。」馬克用手指旋轉他的沾血杯子，盯著杯裡。「天啊，還是溫的。」在他中分的巧克力牛奶色瀏海底下，臉色很蒼白，上唇冒出大顆汗珠。

只有沙維耶的表情若無其事。

我腦中浮現一個情境：我昏倒在地板上，血水從未曾沾脣的杯子裡灑出來。打破不准喝酒規則一定有比較非異國風情的方式，像是好喝的芒果雞尾酒之類。

我心虛地伸手去拿杯子。是溫的。被照在可憐的蛇還活著蠕動時身上的加熱燈烘熱了。

我觀察混濁粉紅液體時手在發抖。

神奇小子抬起眉毛。

三個拿著小杯子的男生都在看我。

我忍住噁心，舉起我的杯子。「我加入。」

「敬我們一生最棒的暑假！」蘇菲到處用她的酒杯碰杯。「Gānbēi（乾杯）！」

我往後仰頭。溫暖鹹味的血液和酒讓我喉嚨宛如火燒。有苦味，好像金屬，或藥物。溫熱撕裂我的胸腔，打開了一條我從未感受過的管道。我緊閉著眼睛強忍過去。

別嘔吐。別嘔吐。別嘔吐。

我感覺腦袋裡塞滿白米，然後往上百萬個方向炸開。萬花筒似的刺痛在我全身上下舞動——而且不只是酒的緣故。我克服了我對血的恐懼，我還沒倒下，我又打破了一條家規——以此速度，我在俄亥俄州日落之前就能完成這項任務。

蘇菲捧著酒杯搖搖頭，相當驚訝但在微笑。馬克往痰盂裡嘔吐，沙維耶閉上眼睛。

但是神奇小子看著我，喝乾手上的杯子。我們四目交會時，他歪頭往手臂貼近。我的手正抓著他的手臂，像在抓救生繩索。

「喔，抱歉！」我在他曬黑的肌膚上留下了四個指甲印。

但是他眼中出現新的尊重眼神，像酒一樣令我溫暖起來。

「你比馬克更有男子氣概。」

馬克愁眉苦臉。他皺起鷹勾鼻，用手背擦嘴。

「喜歡嗎？」神奇小子問。

「太糟糕了。」我微笑說。酒的熱力像條河流在我全身鼓動，溫暖了我的手指和腳趾。

原來，我讓神奇小子佩服了。

我鼓起全新的強烈自信，抓著他空閒的手，再抓沙維耶的，把他們拖進燈光閃爍的煙霧中。

「來吧。我們跳舞！」

⸎

幾小時後，我還在跳舞。

我在跟黛博拉和蘿拉搖滾，她們都是舞林高手。我抓著黛博拉的手臂湊近她。「妳是怎麼做到的？」我在音樂中大聲說，「妳見過總統，又會跳舞！」

黛博拉對我彆扭地微笑。「什麼？」她大聲回應。

「妳們兩個太棒了。」我手上拿著第三杯——或第四杯？——芒果雞尾酒。我不懂為何要短視狹隘地禁止這麼美味的東西，我根本喝不出酒精味。天佑酒保，他很喜歡蘇菲和我，整晚免費招待我們飲料。

說到蘇菲，這妹子跑哪去了？

「妳有看到蘇菲嗎？」我大叫。黛博拉搖搖頭上的藍髮微笑，彷彿我說了加密語言。我重複了幾次，舞客們把我往她身上擠。我的襪子好想黏在地上啊。

沙維耶突然冒出來抓住我手肘，他的黑捲髮被汗水泡濕往後貼在頭上。我從幾小時前蘇菲拖著我到吧檯就沒看到他了。

「跟我跳舞。」他改扶著我的背後，閃爍的燈光照亮了他突出的顴骨，他看著我的眼睛在發亮，試探我敢不敢拒絕。

我跟他跳舞了。雞尾酒濺到了我們的手臂上，但我不在乎。他拉我靠近，他動作的韻律配合著我。我在發亮——向他，他背後的舞客，還有到處跑的酒保傻笑。

我在跟男生跳舞，又一條王氏家規打破了。

他溫暖的手指滑到我上衣裡面摸過裸露的腰，停在我的背後凹處。在心跳一下的瞬間，我有點愣住，好像被液態氮凍結了。

但在我們周圍，情侶們貼在一起，隨著節奏互相磨蹭。

只因為男生邀我做超過調情的事，我不會逃走躲起來。

所以隨著音樂節奏加快，我專心配合。我扭我的腰，在肩上猛點頭，一手扶在腦後，另一手仍拿著我的酒杯。他的目光掃過我身上，他的脖子汗濕發亮，我的頭髮也濕了。我跟著他蠕動，搭配扭腰。他的腰卡到我臀部同時拉我貼緊，貼緊——

然後我感覺到他。

歐買尬，歐買尬。那是我猜想的東西嗎？

這時穿金色洋裝的蘇菲站在我旁邊，項鍊反射出燈球的光線。她伸手攬我肩膀，把我拖離沙維耶。

「或許妳最好別再喝了，妹子！」她在音樂中大喊。

「妳出現了！」我的笑聲響起，一切都好好笑。「一點多了！妳敢相信我們還在外面嗎？」

她拿走我的酒杯放到喇叭音箱上，向沙維耶微笑。「我馬上回來，」她說，「我得幫一下艾佛。」

「我不需要幫忙。」我反駁，但蘇菲的手臂緊抱著我。她自己的背後也汗濕了。

我們穿過人群走向牆邊時被舞客撞來撞去，我傻笑著灌酒。我好像跑過克里夫蘭的兒童遊戲區裡懸掛很多巨大防撞柱的迷宮，一個撞擊令我天旋地轉。

「瑞克，來幫忙。」蘇菲在跟他說話。他把手機收進口袋，拇指用怪異煩躁的動作摳手指內側。他烏黑的頭髮呈尖刺狀，彷彿剛才刻意抓出來的。光束掃過他嚴肅的眼神，咬緊的下巴。

「你在這裡可以找誰？」我問。至少，我想我有問。我聽不清自己的聲音。

而且剛才殺蛇時他還在笑，為什麼現在皺著眉頭？

神奇小子的手臂在低處攬著我的腰，他扶我走向門口時活像大人帶小孩。強風吹來倒胃口的香菸與甜香氣味……，我好像剛爬出雲霄飛車般腸胃翻攪。

然後我掙脫神奇小子，稀哩嘩啦地嘔吐在柏油路上。

第十二章

我的頭撞到一個健壯的胸膛。

我睜開眼睛看到一片黑暗。我走過一條長廊，經過很多扇門和銅製門把。不對，不是走路。我雙腿懸空，我是被抱在某人懷裡，聞起來很舒服的人：像青草、汗水、剛劈開的木頭。步伐很穩重的人。

「蘇菲在哪裡？」我跳起來驚慌地問。我隱約記得閃爍的燈光，跟沙維耶一起蠕動……

「欸，是我，放輕鬆。」

是瑞克。

我呻吟一聲，我的頭痛得像在打大鼓。我的臉頰開始察覺到他穩定的心跳脈動。

「我自己可以走。」我掙扎，推開他毛茸茸的胸膛。

但我雙腳觸地時，只覺天旋地轉。瑞克的手臂又伸到我膝蓋下抬起我，彷彿我只有一個羽毛枕頭重量。他裸露肌膚的體溫溫暖了我的臉頰。他的上衣到哪去了？

他乾笑一下，黑暗中的聲音柔和又溫暖。「如果妳要喝酒，必須設定限制。沒人跟妳說過嗎？」

「沒有人教過我任何事情，」我不客氣地說，接著又一波黑影籠罩著我。

我在我的床上醒來，月光斜向照進我的雙併窗戶裡。

瑞克的臉出現在我身邊，是從椅子上俯身過來。我先前沒發現他的嘴唇挺豐滿的。

「我在妳的口袋找到了鑰匙。」

我突然心生懷疑，往下一瞄。我穿著他的鮮黃色馬球衫蓋住我的黑色雪紡裙子。瑞克把毯子拉到我下巴時，粗糙的纖維滑過我的肚子。

「別擔心。蘇菲在夜店有罩著妳。」

我臉紅，很慚愧他這麼輕易看穿我。紙杯裝的水塞進我手裡。「來，喝掉。」

「是你揹我回來的嗎？」他絕不可能揹著我通過那條高架走道，他一定是從正門進來的。

「不然就得搭計程車亂逛直到妳醒來。」

我好像酒醉的約會對象，但我根本沒跟他交往。我呻吟，他抓抓我的肩膀。「妳有沒有受傷？」

「我的自尊心扭傷了。」

他放開手，然後哈哈大笑，笑到我開始懷疑他比我還醉。他好詭異，心情變幻莫測。有什麼問題嗎？

終於，他說，「妳是從哪裡學會那樣跳舞的？」

「怎樣？」

「好像在舞台上表演。」

「所以你有在看我的舞步？」我想像瑞克的視線穿過閃爍的燈光盯著我的身體，讓我心裡有點快感。

「我還以為妳只是頭腦發達呢，」他逗我。

「誰是腦魔怪[6]啊？」我咕噥。我的大腦飄浮在迷霧中，我頭皮發痛。

他拿回我的杯子。「妳的頭髮都壓亂了。」

他的手指摸過我臉頰，滑進我頭髮裡，拉開糾纏的一撮，釋放一部分緊張。我該退開的，但我記不得理由，所以我讓自己享受他手指在我頭髮裡，拉開第二撮糾結的陌生親密感。

「老是這麼完美不累嗎？」

他大笑，但是這次，他的聲音沒有笑意。「我離完美差得遠了。」哦，是嗎？他拿過甲下嗎？或者——天啊——乙嗎？

「去跟我父母說吧，」我小聲嘀咕，免得被他聽見。

「《世界日報》？」他聽到了。

「我十一歲時寫過一封信給你，爸媽逼我寫的，詢問家庭作業的建議。」

---

6 譯註：brainiac，超人漫畫中的天才反派角色。

「我有回信嗎？」

「沒有，混蛋。」

「所以妳才這麼討厭我嗎？呃，我猜猜看。妳自己想出了家庭作業問題的答案。」

「他們要我問個大略的建議。開始通信。」

「我有點像是每個華人移民父母的夢幻子女。」

「我後來燒了你的照片洩憤。」我的眼皮像土石流；我睜不開眼睛。

「幸好我已經有女朋友了。」

「是啊，可憐的女孩。你大概是那棵吸光土壤裡所有養分的樹，在你身邊寸草不生。」我打個哈欠差點說不出最後幾個字。

但隔著越來越暗的空間，我感覺到他退縮了。

我打到痛處了。

我想要說：抱歉，不是故意的。但這話感覺無比艱難。

然後黑暗吞噬了我。

「醒醒，艾佛！醒醒！我們睡過頭了！」

窗簾在軌道上拉開發出尖叫，蘇菲的聲音加上炫目的陽光穿透了我破碎的夢境。我俯臥在我的床上，被單纏在我的雙腿，一邊手臂因為垂在床外而麻木。我的頭脹痛，彷彿所有動脈都轉移到頭骨裡面了。

「我是怎麼到這裡的？」我迷糊地說。

「瑞克帶妳回來的。」蘇菲以各種衣衫不整的狀態在房裡跑來跑去。「那樣也好！葛蕾絲．浦像喝醉的海象在停車場滿地打滾。她的所謂朋友還想丟下她不管！歐買尬，艾佛，我有好多事要告訴妳，但是我們遲到了！」

我坐起來，揉眼睛驅逐睡意，陽光從蘇菲穿上黑色蕾絲胸罩時裸露的肚子反射發亮。我的黑上衣和根本沒在夜店裡露出來的胸衣都掛在我的椅背上，緞帶垂下來，因為清洗擠壓變皺了。

我隨著昨晚的記憶恢復，一股模糊的驚恐卡在我喉嚨。瑞克目睹了永遠不該讓任何生物，尤其是他目睹的亂七八糟事情。如果他想討回去的話，我送還他的上衣之前會洗乾淨——兩次。還有……我在這裡說過什麼不該說的話嗎？原來你在看我的舞步……你可能是那棵樹……我得去找他解釋。道歉。可是我永遠沒臉再面對他了。

「瑞克有沒有說——」

「快點！」蘇菲把我的綠洋裝丟到我肚子上，再穿上一件條紋背心。「惡龍會點名，如果她發現我們在這兒，我們就完了，而且燕妮往後整個夏天都滿檔。我們不會再有機會見到她。」

「燕妮？誰是燕妮？」

蘇菲的急迫感再度傳染到我身上，我急忙脫下瑞克的上衣。

「我們的攝影師啦！拍性感照的！昨晚我不是跟妳說過嗎……？燕妮是最棒的。所有檔期都滿了，但我幫我們搶到了取消的空檔——我們只要翹掉國語課就好。」

「就算妳說過，我也不記得了。」我呻吟說，我的頭好像裂成四塊——第一個宿醉的早晨不是我會選擇拍性感照的日子。蘇菲怎麼會像吸了毒的飛蛾飛來飛去？

「呃，今天是妳的幸運日！男生們一旦開始翻閱妳的寫真集，這裡沒有人能抗拒妳！」

我笑了起來，但是頭好痛。「沒人會看我的照片，更別說所有男生都無法抗拒我了。」雖然擺姿勢拍性感照可能是放棄穿得像修女的最佳方式，因為我似乎只能這樣。我拉掉皺巴巴的雪紡裙，有張紙巾飄落到地上彷彿在抗議，好像蝴蝶的奶油色與藍色翅膀在發亮。

其中一面有圖畫。

「這是啥？」我好奇地俯身把它撿起來。

是粉彩素描。

畫我。在跳舞。

側面角度，我往後仰頭，烏黑的頭髮垂下，鼻子指向天花板。舉起一隻手臂。我記得那首歌，那個動作——神祕畫家只用簡短幾筆在我的身體線條中捕捉到了張力與活力，而且塞到我的口袋裡。

「那是什麼？」蘇菲用梳子梳理幾撮潮濕的頭髮一面走過來，然後驚呼。「太棒了！」

「我不知道是誰畫的。」

「妳有祕密仰慕者！」

「或許吧。」我臉紅說。這是頭一次！神奇小子也是米開朗基羅嗎？這個念頭令我驚訝——只因為他帶我回家不表示他是仰慕者。正好相反。

「不只是仰慕者。」蘇菲指著圖中我看起來纖細又性感的嘴唇。畫家甚至抓到了我胸部的精確輪廓還在我雙腿附近加上陰影。雙腿間的梯形，用絲綢紅色。「這傢伙很哈妳，艾佛。」

誰？我無法否認這幅畫讓我感覺多麼赤裸。

走廊上有人敲門，拳頭敲木頭聲，嚇了我一跳。蘇菲把耳朵貼到門上，同時我把素描藏到皮包裡。「是惡龍，」她嘶聲說，「她在隔壁。快，我們離開這裡。」

⁂

惡龍一走進我們隔壁房間的瞬間，蘇菲和我合力打開房門，衝過走廊，兩步併作一步下樓梯。我們掠過一張宣傳才藝秀的藍色傳單，經過扣分公佈欄底下，上面新增了少數檢查符號。我的名字後面有三個紅點。我腸胃緊繃。

我跟著蘇菲躡手躡腳經過狹窄門窗看到教室已經坐滿了學生——夜店咖為了避免扣分，現在準備唸書了。「如果惡龍在猶豫要不要打電話給我父母，翹課可能確定我的噩運。」我低聲說。

「我們如果現在不拍性感照，以後永遠沒機會了。」

我深呼吸一下。我已經走這麼遠了。「好吧。」但我隔著一〇三教室的窗戶窺探。有別人賴床，激怒了惡龍嗎？

我們的旁邊只有一個座位空著——沙維耶。

我臉上灼熱，跟著蘇菲匆忙跑過走廊。昨晚，跟沙維耶跳舞似乎是個好主意，但現在我只想爬回掩蔽底下躲起來。明知我讓他勃起了，他也知道我知道，我每天都必須在班上見到他。

蘇菲低聲咒罵。我們來到大廳，美華、立漢和另外兩個輔導員圍坐一桌，把三塊象牙磚用力拍到桌面上。「碰！」他們在打麻將。福建腔又讓我想起我父母。只差我父母不玩任何博弈，他們去上班，精疲力盡回家，心情很不好。美華揮舞瘦小的手臂在椅子上胡亂跳舞，立漢在喝罐裝伯朗咖啡，說了句話讓美華搥他肩膀。原來她是台灣原住民；她父母出身平埔和卑南族，是自古一直生活在這個島上的原住民。她比我們大不了幾歲，卻是我們的輔導員，真奇怪。

「我們得繞過他們，」蘇菲說。

這時明蒂走出一個電話亭，還穿著皺巴巴的粉紅睡衣。打從第一天發現她跟沙維耶在一起，隔天被她趕出電腦終端機，……我不常看到她。她把油膩的頭髮綁成馬尾，揉著哭到紅腫的眼睛。她髒污的臉孔看起來很粗糙。

她的視線落到我們身上，眼中泛淚。「賤人！」她大罵，跑上樓梯不見了。

我滿心歉疚，呆站在地上。我一向不會單戀男生，從未處在這種立場。

但我並沒有倒貼沙維耶。我只是——跳個舞。

輔導員們從麻將桌抬頭看看。蘇菲趕我從側門出去，進入因為早上有暴風雨仍然很潮濕的庭院。

「蘇菲，或許我該跟她談談——」

「不是妳的緣故，是我，」她低聲說，「妳歉疚只是想太多。走吧，趕快。」直到我們慢跑經過荷花池，蘇菲才湊過來低聲說，「沙維耶和我勾搭上了。昨晚。」

我猛停下腳步。「勾搭？意思是——？」

「我們做了。」

「昨晚？」

「還有今天早上！」

她挽著我的手臂，滔滔不絕地敘述我不需要或不想知道的更多細節：他們怎麼在回來的計程車上親熱，摸索走過陰暗的走廊，闖入一樓某個沒人的空房間。

「我的天啊，艾佛！現在我懂為什麼很多女生倒追他了。」

我先前沒發現，但蘇菲的嘴唇變腫，顏色變深了，甚至沒有口紅。她脖子上有個粉紅色、兩毛五硬幣大小的痕跡。我無法想像跟只認識一星期的男生睡覺。老媽對女生為了男生張開腿的批評在我腦中迴響，但她的話完全不適用於蘇菲，蘇菲像吞了太陽似的容光煥發。

「妳不會也生氣了吧？」蘇菲問，「我是說，我知道妳有跟他跳舞……」

「不，當然不會。」即使我內心叛逆的部分希望我會生氣，我躲過了子彈。跟沙維耶跳舞是一回事——勾搭又是另一回事。

「妳才剛認識他耶！」我說。

「妳開玩笑嗎？這裡每天都像一星期那麼久。」蘇菲揮手說，「這是愛之船，而沙維耶是好貨——至少我認為是，」她修正，彷彿劍潭的半數女生流的口水還不夠淹死他。「妳一定不會相信我阿姨告訴我他們家的故事。葉家幾乎擁有半個台灣，他們建立了電子帝國——他們擁有龍舟財團！」

「龍舟？哇。」我們選購衣服時去了一家十二層樓的百貨公司，但價錢跟我的預算差了十萬八千里——水晶吊燈，無窮的電扶梯，愛馬仕，香奈兒。只能看不能碰。

原來沙維耶是帝國的繼承人。

而蘇菲參加這個活動之前就知道了。但她整週分享了價值如同機密報告的情報之後只把這資訊保密：馬克的爸爸在洛杉磯有一家自助洗衣店，他想要當個窮酸記者——太糟糕了，因為他很可愛。克里斯．陳出身富裕世家而且要進柏克萊。

我最驚訝的是她透露出來的競爭心。沙維耶對她的意義遠超過她透露的。

「可是明蒂怎麼辦？妳不會困擾——？」

蘇菲轉轉頭翻白眼。「欸，所有男生都亂槍打鳥——至少不是書呆子的就會。她只跟他睡過一次。我是他事後才發現的女生。所有的約會守則——老實說，唯一有道理的是『戰爭與戀愛中一切都是公平的』。即使他們從小就訂婚了，在他們結婚之前都不算數。」

我皺眉。我不懂什麼守則，但我向來假設有女朋友的男生是不能碰的。就像丹和梅根，瑞克和珍娜。

「妳相信他嗎？」

「我幹嘛要相信他？」蘇菲微笑說，「『下手時眼睛睜大一點，』克莉兒阿姨是這麼跟我說的。況且，我了解他這種人。他需要夠強悍能跟他正面對抗的女生。看！」她拉開頭髮露出沙維耶的蛋白石耳環，在她耳垂上發亮——在我乾瘦的手腕上拍一下。我只有菜鳥修女的經驗，憑什麼批判呢？

「那——小心一點，好嗎？」我說，繼續邁步前進，但不曉得接下來要去哪裡。

第十三章

我們搭台北捷運紅線往南到一個我看不懂站名的地方，然後搭很長的電扶梯，進入一條怪異地混雜著光鮮高樓大廈、整排三層樓建築和五顏六色的台式屋頂的街道——好像三種不同的兒童積木混雜在一起。攝影師的工作室在銅製香爐裡冒出線香煙霧的道教廟宇旁邊，某棟狹窄大樓的二樓。

我很慶幸終於到了，只希望逃離蘇菲不停地講沙維耶的事。我跟著她走進香水氣味的房間時頭上有個銅鈴作響，光亮的木地板上鋪著紅絲綢地毯和天鵝絨坐墊。壁爐架上點著柑橘味的蠟燭。

一名頭戴方格花紋扁帽的中年女子，從面向佔滿整面牆的白色背景布幕的三腳架邊轉過身來。「Ah, xiǎo mèimei dàole（啊，小妹妹到了）！」她把相機舉到臉上時，身上的深藍色直排扣襯衫隨著冷氣飄揚。

噗！噗！噗！

白色燈光在我視野中漂浮，我對著強光猛眨眼。我原本預期是像老媽每年帶我們去的簡單商場式肖像攝影棚，不是這麼花俏的閨房。牆上貼滿了真人尺寸的肖像照：用手指把玩寬邊帽的女孩，肩上掛著鮮紅外套的男生，互貼著臉頰的情侶。

「她真的會讓我看起來——像那樣嗎？」

「更好看。」蘇菲自己從水晶碗裡拿了一顆糖果，彷彿在她家一樣輕鬆自在。

我連坐下來都害怕。如果在家鄉，我會跟梅根在公共游泳池吃洋芋片，把我的連身泳裝藏在條紋浴巾底下。我不屬於這種奢華工作室，排隊等著像電影明星用噴筆修圖。我的頭還在宿醉脹痛，我感覺像個冒牌貨。

蘇菲跟燕妮聊天，後者只會講國語和台語，不會英語。她們走向玻璃櫃檯上的收銀機，我跪在散落著傳統塑膠相簿和一台展示數位照片的 iPad 的咖啡桌旁。我翻閱那台 iPad：穿露背裝的女孩們躺在蕾絲床單上抬高腳跟，或日出時的金黃色沙灘——顏色鮮明又大膽。我觀察一件檸檬色雪紡長袍的拖尾式裙擺，努力想像自己穿上的樣子。

接著我翻看相簿。我發現有一本拍的是上海來的特技團，穿著搞笑的服裝活像綠色加粉紅色的花朵、發亮的星星、有鱗片的海洋生物，在鞦韆上擺姿勢，好像令人驚嘆的人類叢林體育館。

我突然有個主意，放下相簿。「蘇菲，燕妮有幫其他劇團或舞蹈團拍過照嗎？」

蘇菲停止聊天，翻譯給燕妮聽。「有，她在那邊那些裡面有作品。」她指著角落一個書架。

我拿出幾本皮革封面的相簿——功夫大師授課，大鼓隊，去年春天台北某家昂貴舞蹈教室的表演，我在網路上看過。但我想找的東西還沒出現。

終於，我發現一本不起眼相簿的標籤，「司徒芭蕾教室」。我俯身細看穿著舞衣的卡司：《灰姑娘》、《胡桃鉗》、《睡美人》。去年八月是《柯貝莉亞》——我在齊格勒舞蹈教室全部參與過。

同一批女孩年復一年擺姿勢，每次都老了一歲。那是個很小的舞蹈教室。興奮之餘，我用指尖摸過壓印在背面的地址，我們拍完之後我可以去看看，但他們會有名額嗎？

「Āiyā! Wǒ fēicháng xǐ huān tā, dàn wǒ fù bù qǐ（唉呀！我非常喜歡它，但我付不起）。」蘇菲舉起雙手揉太陽穴然後搖搖頭。

我不驚訝，目睹蘇菲在市場的殺手級議價技巧之後就不會。蘇菲會慢慢逼近直到她拿到想要的價錢；奇蹟的是，攝影師會同樣高興我們對她作品有這麼高的評價。

最後，蘇菲轉向我。「她會給我們買一送一，因為我們要一起拍……。各換三套服裝，如果我們付美元她還會給折扣。」

「多少錢？」

她說了之後，我猛嚥口水。費用比美國的價格低，但會吃掉我儲蓄帶來的三分之一零用金。

皮包裡，我的手機發出簡訊提示聲。挖出手機時我的手指摸到了那張神祕素描。

珍珠：老媽要檢查妳國語進步了多少快打電話回家

我腸胃緊縮。老媽的魔掌在追殺我。我還能躲他們多久？我回簡訊：

多謝警告

我把手機收回皮包，到櫃檯去加入蘇菲。我用手摸過她面前的金色押花相框，裡面是個相簿裡的美女。

性感照。我無法想像更浪費錢的方式了。

又一條王氏家規打破。

我闔上相簿。「我們拍吧。」

⚘

整個第一波拍攝期間，蘇菲繼續講沙維耶的事，同時穿著黃色蠟染布連身服擺姿勢，踩著三吋高跟鞋站在白布幕前面對燕妮的鏡頭。「我們真的有共鳴，艾佛，」和「我們根本沒脫掉他的上衣！」

角落裡，在掛衣架包圍中，我拿著一件石榴紅色長袍在身上比畫，查看鏡中的倒影。完全不對勁——我已經數不清試過幾套衣服了。我把它掛回架上發出洩氣的碰撞聲，挖掘大配件箱裡的絲巾，珍珠鍊，還有手肘長度的手套。

但是終於，蘇菲的拍攝結束，我穿著及膝長靴搖搖晃晃去替換她，絆到了通往用來反光照亮背景的倒放雨傘的電線。我終於選定了一件肩上、胸部和腰部有交叉黑緞飾帶的靛藍網紗洋裝。燕妮的美髮師把一條搭配的靛藍飾帶和我的黑髮編成跟衣服反向的辮子。白皮靴是個完美對比，我很喜歡整體效果。

但我面對燕妮的銀色裝備時，感覺像個冒牌貨，彷彿我出現在克里夫蘭芭蕾舞團排練場地讓整個團隊大惑不解。

燕妮發出一大串令人警惕的指示。我瞄向蘇菲求助，她暫停煩惱沙維耶是否喜歡她穿金色，幫我翻譯：「抬起下巴，眼睛看著鏡頭，膝蓋再彎一點還有保持挺胸。再來——很好！」

我強迫自己手指放開我的裙子。照燕妮的指示，我在一輛有香水味的白色輕馬車上伸展。抬起一條腿。燕妮調整我的姿勢，拍攝我正面、背面、側面時天鵝絨在我皮膚上滑動。她玩弄光線，在背景上打出星光。我終於開始放鬆後，我的身體沉入坐墊裡。

「漂亮！」燕妮摘下她的扁帽搔搔染金色的短髮。

到我第一波拍攝結束時，我已經專注到臉色發紅。多年來我聽過的任何讚美——我充滿情感的眼睛，我滑順的黑髮，我洋娃娃似的五官——通常只會因為被注意到亞裔特徵令我畏縮。

但現在，我內心的餘燼燒亮了。

我換上白色連身服，同時蘇菲穿第二套服裝拍攝：藍色大衣內搭黑色洋裝，她刻意每張照片都拉開露出肩膀。「這張照片我會塞到沙維耶的枕頭底下，」她開玩笑說，然後收起笑容。「艾佛，我需要妳的建議。好多女生在追他。」

老實說，這麼聰明、足智多謀的女孩怎麼會對男生這樣死心塌地？她跟瑞克說沒人能讓她傷心，跟我說她會睜大眼睛談戀愛。但她好誠懇，急切到不像她充滿自信的個性。

不過，當了梅根的側翼這麼多年，表示我扮演了很棒的道德支持者。我一面思考選項一面把一條葡萄酒色的飾帶綁到腰側，讓末端垂下。我向鏡中倒影微笑：高雅，帶點武術家氣息——我喜歡。

「月底邀他一起去妳阿姨家怎麼樣？」我提議，「那樣妳可以讓他遠離校園。」

「喔，好主意！我會打去問他——我相信他會答應。就是阿姨告訴我他家的故事。」她走向更衣室，又折回來。「喔，艾佛？請不要誤會。但我們只有三套服裝所以或許該選比較……性感的？不像昨晚那種小女生洋裝——肯定也不要那件幼童的連身服。我是說——放開一點，好嗎？」

她送我一個百分之百誠心的飛吻。這是蘇菲．哈愛護朋友的方式，就像她建議瑞克別穿黃衣服。表示我是她的自己人，也表示雖然我很努力要打破家規，我的棋子根本沒在前進。

我結巴地回答好，沒問題之類的。

但我只能盡量不笨拙地走回拍攝用的衣架。

◆

我把連身服換成露出幾塊重點肌膚、粉紅與黑色蕾絲的高領長袖緊身衣，大膽多了。燕妮的美髮師把我的頭髮盤成高髮髻露出脖子。燕妮不斷拍攝時，我擺了幾個舞蹈姿勢，從背後抓住我的腿炫耀我的彈性。我露齒發笑，對鏡作出怪獸鬼臉。

「這才像話，」蘇菲說。

「如果我父母知道我拍這個會宰了我。我肯定違反了穿得像修女的規則。」

穿白色義大利比基尼凸顯長手長腳的蘇菲走到攝影棚後方，打電話給她阿姨。她發出可疑的怪聲。「等到我下一波拍攝——妳就知道什麼是真正的叛逆，妹子。」

我放下腿，忍住煩躁。我很叛逆啊。

在我第二波拍完之前蘇菲跟她阿姨聊天。她掛斷後，笑得嘴巴快裂開了。「搞定了！那個星期五她會派車來接我們。」她擁抱我尖叫，撞掉了我的寬邊帽。「艾佛，妳的主意太棒了！我阿姨住在一棟神奇豪宅——連瑞克都這麼說。沙維耶一定會很佩服——妳也會喜歡。」

「瑞克……」該死，他當然也會在。我撿回我的帽子。原來你在看我的舞步——為什麼，艾佛？為什麼？

我的手機又有簡訊提示聲。又一聲，又一聲，又一聲，又一聲。是珍珠——有什麼問題嗎？

我伸手進皮包，差點撞倒了穿比基尼走向背景布幕的蘇菲。

我俯身看手機，背對蘇菲。

快回電。

妳有好好吃飯嗎？認真讀書嗎？

發現那本生物學沒有？我們聽說會有空閒時間讀書。

希望妳善用學習國語的機會！那邊很熱但是注意穿著！

「有什麼問題嗎？」蘇菲問。

起初我握緊拳頭，無法回答。我關掉手機，塞進我皮包深處，那張素描底下。「沒事。」只是我父母又出手了，侵犯珍珠的隱私也侵入我的生活。我的肚子緊繃，我轉向蘇菲。「我只是——歐買尬！」

我的室友赤腳站在布幕上，背對燕妮的鏡頭。她的比基尼像一坨白絲布堆在地板上。她裸體。

不是幾乎，真的裸體。燕妮的燈光從她的金色肌膚反射出來，照亮了比較蒼白的比基尼遮蔽痕跡，凸顯出她的玫瑰底色。我目瞪口呆看著她，對她的大膽無比敬畏。她把雙手放在臀部。

「艾佛，妳真古板！這是藝術，不是色情。」

但她嘴上露出得意的傻笑。她是性感的化身，她不斷換姿勢，同時燕妮繼續拍攝她背面的連貫線條，我心裡湧現一股嫉妒。

我想起我六歲時某天下午在公園裡。我穿裙子坐在草地上吃一顆青蘋果，老媽突然驚慌地過來罵我，嚇唬我，直到我哭出來。顯然，我的腿張得太開了。暴露了自己讓公園裡所有人看到，無論他們有沒有在看。

隨著我的身體成長出更多感覺羞於示人的部位，那次恥辱感的影響只會加深。

我不想再讓她的羞辱控制我了。

我第三次換的服裝是背心。蘇菲穿上浴袍，伸手拿碗裡的糖果，坐到沙發上看我最後一波拍攝。

我緊張地嚥口水，赤腳踏上背景，把一撮不聽話的頭髮撥到耳後。我選了我所能忍受最挑釁的服裝。半透明裙子開叉到大腿中間，無袖上衣前方敞開，像天使翅膀飄向兩旁。胸部上只用一個金色安全別針固定住布料，像花瓣脆弱到我無法在底下穿任何東西。

沒有胸罩。

沒有內褲。

真正的猥褻，蘇菲風格。

我深呼吸一下。

在燕妮指示下，我舉起雙臂作出自由的Y字型，我拱起我的背、我的脖子。別針拉長了幾乎不存在的布料，開叉誘人地在我腿上升高了幾吋。

蘇菲把她的高跟鞋翹到沙發扶手上，一面翻譯。「收下巴——很好！現在甩頭髮——讓妳自由一點。對——美極了！以我的小室友來說不錯喔！」

我咬緊牙根——蘇菲有時很高傲的。但我第一波拍攝的害羞消失了，我從未感覺這麼赤裸或這麼性感過。

幾十個姿勢之後，燕妮用拇指和食指向我示意OK。

「再一個姿勢，」我說。

如果蘇菲能拍裸背照，我也能。

我轉身背對燕妮的相機，聳肩讓整件衣服滑落到我腳踝。我全裸踏出柔軟的衣服堆，用腳趾把它推到背景之外。我心臟狂跳，雖然只有蘇菲看得到我正面。我弓起一條手臂遮胸，另一手遮胯下。

蘇菲第一次陷入沉默。

我驚恐到僵硬，維持姿勢讓燕妮的閃光燈從背景上輻射出來。我張開手臂擺出第二個姿勢。我往後仰頭，讓頭髮垂下到我的背後。我像水中精靈雕像般往側面彎腰——穿得像修女——這條規矩肯定打破了。

終於，連珠炮的快門聲停止。燕妮用國語說話。

蘇菲不再微笑。「我們拍完了。」

「這麼快？」

「我說過，她的下個顧客幾分鐘後就要來了。」

我沒有移動。

這是藝術，不是色情。雖然很孩子氣，我想要用前所未有的方式看我的身體。像我室友一樣美麗、自由又大膽——不對，比蘇菲更大膽，她整個早上稱呼我妹子之後，現在說不出話來了。

「再一個姿勢就好，」我說，「只給我自己看。」

「還有我。」蘇菲翻翻白眼，「我會陪妳一起挑照片，對吧？」但她翻譯給舉起相機的燕妮聽。

我雙臂環抱自己然後繃緊，就像表演新舞步的驚人開場前那一刻。

我想像門外燕妮下一個顧客的腳步聲。

我的時間到了，就是現在。

我雙手垂到兩側，輕輕伸展手腕，我轉身面對燕妮，向暴風雨般成千上百次閃光燈露出我自己。

第十四章

「我不該那麼做的。」我跟蘇菲走過停滿輕機車的人行道前往捷運站時滿心懊悔，她要回劍潭中心，我要去司徒芭蕾教室。「最後那個姿勢——」

我想起來就臉頰發燙。我閉眼時，仍然看得到燕妮的閃光燈，感受得到它照在我裸體的皮膚上。最糟的是，如果讓我自己決定，我會穿著那件白色和葡萄酒色的連身服無比開心地回美國。為什麼？為什麼我媽說過的一切都讓我想要做瘋狂的事？

「冷靜點。」蘇菲把頭髮打個結用髮夾固定，她不耐煩地皺眉。「又不是張三李四都能看到妳的照片，除非妳打算發給大家看。」

「萬一我父母發現，他們會跟我斷絕關係。」

「呃，他們不會發現的，妳太在意他們了。老實說，艾佛。妳這麼缺乏安全感開始讓人很煩了。」

她是想讓我別擔心，但我只能想像梅根驚恐地瞪大眼睛。珍珠也是。

她們會說：這不像妳，艾佛！

她們會是對的嗎？

這我無法確定，令我很害怕。

蘇菲和我在捷運站分開，我又走了幾個街區去搭藍線，仍在努力甩掉我的憂慮。拍就拍了，別人不必知道。

司徒芭蕾教室距離校園四十五分鐘路程，在台北市外圍。我跨過幾條安靜的街道來到一棟不起眼的二樓建築，打開一扇玻璃門——

然後踏進了天堂。

褪色的粉紅牆壁圍繞著布置了老舊，但維護良好的中式木造家具的接待室，空氣中有丁香氣味。我經過一張辦公桌，來到一間排列著鏡子的教室，有十幾個跟我同齡的女孩，她們沿著兩排光亮的鐵槓彎腰伸展時，黑色馬尾甩來甩去。現場播放著柴可夫斯基的〈花之圓舞曲〉。一名紅髮女子不時大聲說話，不可思議地混雜著國語和法語，「Sì ge rond de jambe，shuāng rond de jambe,arabesque——fēicháng hǎo, Lu-Ping！Hěn hǎo, Fan-Li（非常好，魯萍！很好，范麗）。」

熟悉的儀式令我心情一振。接著一名優雅的華裔女士，黑髮編成整齊的法式辮子，緩步走向我。她四十幾歲，優雅的舉止顯示她自己也曾經是舞者。

「有什麼事嗎？」美國腔英語——我猜她可以從我的衣服判斷。她似乎很驚訝。

「呃，我住在劍潭那邊，在一家攝影工作室看到了你們的《柯貝莉亞》表演相簿。我，嗯，也是舞者——」我一時詞窮「——在想妳們的課程或夏季表演裡是否有名額。」

「劍潭，當然了！我是司徒夫人。歡迎妳加入。」她陪我走回接待櫃檯給我一張業餘者節目單。「我們八月要在社區劇場表演《天鵝湖》的部分摘要。」

「喔，天鵝湖！我最愛的戲碼之一！」歐黛特公主被詛咒變成天鵝，她的白羽衣，她的邪惡替身，還有讓我哭泣的愛情故事。「呃——學費要多少呢？」

我的直覺沒錯——她肯定十年沒有漲過價了。

暑期課程費用，每週收費，還是會吃掉我其餘的積蓄。

但這是個跳舞的機會。

「要試演嗎？」

「不需要，只有獨舞者必須試演。」她翻開她的帳簿。

「哪段獨舞？」我脫口而出。

她抬起眉毛。「除了王子以外全部。歐黛特——」

「歐黛特！」

「——歐迪爾，羅斯巴特男爵……老實說，這些角色比較可能派給整年跟我們練習的學生。妳可以試試，但必須準備兩分鐘的片段——」

「沒問題。」我撞掉了櫃檯上的一隻舞鞋，連忙撿回來放好。「我做得到。」

「呃，大多數學生準備了好幾個星期——我不希望妳失望。」她翻開筆記簿。「我可以安排妳在下個週日——早上八點？我知道有點太早。」

如果有機會飾演我徹底研究過編舞的角色就不會！我甚至可以臨場發揮一點來炫耀我的能力。我可以從蘇菲阿姨家搭捷運，我讀了那本小冊，表演在八月的第三個週末——到時劍潭正在南下旅遊，是整個暑假的重點。但對我來說，舞蹈也是。這會是我最後一次跳舞，我的告別。我會找到辦法脫離旅行團。

「我接受這個時段，」我說，「謝謝！」我結巴的同時她把王愛美寫在帳簿上。她給我一張舞蹈用品店的名片以便採購舞衣和舞鞋，我像救生繩索般緊抓著不放。

回到戶外的豔陽底下，雖然我不認同炫耀性的側手翻觔斗，我還是把手貼到人行道上翻了一圈。

⚜

惡龍在晚餐時的說教讓我們耳朵刺痛。她站在紅色紙燈籠下的舞台上，面對我們幾十張圓桌，但她的表情毫無喜色。

「你們都是前途無量的聰明年輕人，為什麼做些可能傷害你們自己的傻事？過了門禁時間離開校園的人會有嚴厲懲罰，可能遣送回家。」

昨天，如果我夠勇敢能忍受我父母的憤怒與失望，我會歡迎這種機會。現在，我不想回家了。我可以自由跳舞，用我想要的方式花錢，如果我喜歡就親吻男生。我在家鄉快淹死了，劍潭是艘救生艇。

「看來我們不用被記一好球了。」蘇菲把她的空餐盤推向懶鬼蘇珊，再打開一盒她讓沙維耶買給她的美食糕餅。四塊方形，頂上的烤奶油印了精美圖案，放在一塊紅絲布上。她給我一塊。

「下午茶吃芝麻球還是蓮子糕？」

我咬了甜味的蓮子糕。「嗯，好吃。兩種都要？」
「甜點呢？刨冰還是自製麻糬？會太多糖嗎？」
看來造訪克莉兒阿姨家的計畫在接下來兩週會全速前進。但我不介意，我很期待見到蘇菲的家人——更別提她在我腦中填滿了好像直接出自《美女與野獸》的房間和餐點等等故事。
「每天吃一種如何？」我提議。
「這些糕餅是妳自費嗎？還是叫妳的有錢男朋友買單？」
一聽到明蒂的聲音，蘇菲暫停動作。她咀嚼嚥下去之後才轉過身面對穿淡藍洋裝的明蒂。
「知道自己想要什麼沒什麼不對，」蘇菲冷靜地說。
「所以，妳承認了。」明蒂雙手抱胸，「妳追他是因為他來自台灣最有錢的家庭。」
蘇菲水平方向注視著她。「我喜歡好東西，那又怎樣？」
明蒂放下雙手握成拳頭，然後快速離去。
蘇菲喘一口氣。「她嫉妒，這可以理解。」
我感覺臉頰燒焦。沙維耶對他家的財富知道多少，對於追他的女生是個吸引力？我從未仔細想過男生的錢財；我總是假設我會是養家的人。但或許像他那種人必須想清楚。
「妳不是說真的，是吧？」我問道。
蘇菲把最後一口月餅丟進嘴裡。「我七歲的時候，我們的房東每幾個月總會來敲我們爛公寓的門。我還記得要躲起來。等他走後，我會問，『我們必須搬家嗎？』我媽會哭著說，『你保證過你會照顧我們。』讓我爸感覺真的像個窩囊廢。」

「天啊，蘇菲。」她的品味很好又穿得很漂亮——我還以為她自己出身豪門，原來不是這麼回事。「對不起。」

「我媽的人生正是我不想要複製的。所以是啊，沙維耶來自台灣最有錢的家庭——我如果說我不在乎就是說謊了。但並不表示我不喜歡他。」

我皺眉。他的錢不應該重要，但她也說得對——那是他不容忽視的條件。

蘇菲往我靠過來。「或許妳的畫家是班吉，他要上羅德島設計學院主修藝術。」

我不禁左顧右盼尋找他的填充玩具熊，點心。

「天啊，我希望不是。」我打個冷顫，然後發現她很高明地轉移了話題。

◆

國語課時蘇菲端正地坐在沙維耶和我之間，我有機會現場觀察他們戀情的成長，也有遠離沙維耶的必要空間。他和我眼神交會的少數幾次，我就有藉口轉向坐我另一側的史賓賽。

在蘇菲看來，馬泰歐已經脫離地球了。

接下來的一星期，我們在市場練習殺價並且討論我們的家庭（jiātíng）、男朋友（nán péngyou）和女朋友（nu péngyou）。搭檔朗讀時沙維耶每次都讓蘇菲先上，就像他對我一樣，她會奮力前進——這似乎象徵著他們的關係特徵。

至於我，我每次考試都很好。即使能幫助我打破王氏家規，我僅有的一點自尊不允許我寫下錯誤答案。

我在地下室洗衣店洗乾淨瑞克的上衣，但無法鼓起勇氣拿去還他。我爬上樓梯時懷裡還有烘乾機的餘溫，內心掙扎要不要跟我下一批送洗衣物再洗一遍。當我在大廳看到他在寄明信片給……珍娜，我停住腳步往反方向跑掉了。

中醫課堂上，馬克、大衛和山姆三人自稱「憤怒的亞洲人」。在不時作伏地挺身和從鋼瓶偷喝酒的空檔——我終於喝到了一口去污劑味道的酒——他們列舉了亞洲男生的刻板印象清單：

「功夫大師，」馬克說。

「書呆子工程師，」山姆說，「追隨者而非領袖。」

「陰柔，」大衛在伏地挺身中怒道。

「兄弟，你真的有。」馬克把大衛的頭壓下去。「那個山羊鬍騙不了人啦。」

「閉嘴！」

「這是戰爭。」山姆折他的指關節說，「我們必須去除這些刻板印象。」

「是嗎，怎麼做？」大衛問，他們擠在酒瓶周圍商量。

我轉向沙維耶。「你為什麼不生氣？」

他聳肩。「我在亞洲長大的。」他一點兒也沒有那些刻板印象。但他也不跟別的男生衝突。他表現得好像不在乎，但我認為他還是會。我有預感他還隱瞞了很多事，例如他跟他老爸的關係。我猜想他的滿頭亂髮底下還隱藏著什麼，但我覺得失禮不敢問。

加入愛之船才一個半星期，已經處處桃花。有人在南卡州的莉娜枕頭上留下匿名花束（大家都知道是史賓賽）。黛博拉和蘿拉偷走瑞克的橄欖球引誘他到她們的房間，完全不甩珍娜。蘇菲研究了十幾種不同菜單，仔細到該要求她阿姨拿出哪種酒杯的名稱。

至於我，我跟著蘇菲的喇叭發出的音樂節奏動腳，研究我的神祕素描。我溜過班吉打開的房門，尋找藝術作品，但只發現眼神呆滯的點心坐在他枕頭上。我幻想我一查出神祕畫家，要雙手抱著他的脖子打破不准吻男生的規矩。或許我會親吻娃娃臉班吉，但我夠勇敢去吻山姆嗎？或不顧山羊鬍親吻大衛？

我桌上累積了叫我打回家的留言，但既然珍珠的 WeChat 帳號被徵收了，我只發 email 給她——她很寂寞，朋友都離開去過暑假了，她在努力改進她的莫札特C大調奏鳴曲，強迫自己克服閱讀障礙看完所有音符。老爸老媽要我打電話。梅根很好，但很難聯絡——她帶著丹跟她父母出海了，雖然我本來想要跟她保持聯絡，但發生太多事了。我在email裡說，等我回去再告訴妳。

晚餐後的夜晚，我會揹著舞具袋跟舞鞋跑去司徒芭蕾教室。

「Kànzhe wǒ, xuéshēngmen（看著我，學生們）。」夫人用無聲流暢的動作橫越地板示範每段舞步：「pas de bourrée,pir-ou-ette（內旋，腳尖旋轉）。」我貪婪地仿效她雙腿的滑動，手臂完美無瑕的橫掃。她先說國語，然後為我說英語，我開始聽懂各種舞蹈術語。「腳再往外翻一點，但是手臂很棒，莉莉。妳手肘要這樣彎曲。很優雅，珮。」她堅守技巧……但會設法向每個學生說點鼓勵的話。在我的第二堂課，她用堅定的手指抓住我的二頭肌說：「多運用妳的手臂，把它拉開到這裡，感受在平衡中看起來怎麼樣，感受能量的線條，在兩側從妳的頭頂拉到妳的腳趾。」她把我的下巴抬高。「妳喜歡跳舞的時候，會顯現出來，我的新天鵝，讓它出現吧。」

她懂我。她的讚美像泡在溫暖的蜂蜜浴裡，我勉強擠出一句「xièxiè（謝謝）」致謝。我對芭蕾沒有現代舞和爵士那麼喜愛，但在她指導下有點改變了。如果我有獨舞，演歐黛特，就有機會單獨被她指導。所以我彎下腰——加強我的旋轉，拚命跳得更高——然後像在雲端跳華爾滋飄然回到劍潭。

✤

我一直沒睡好，進入愛之船將近兩星期，我的時差還是調不過來。加上今晚，我腦中的歌曲要求滿足感。我腳癢想跳舞，我全身隨之蠢動。

我溜下床換上背心和短褲。在對面床上，蘇菲的蒼白手臂呈打勾狀擺放在她頭上，黑髮披散在枕頭上。月光下，她的臉看來比較柔和，好像小女孩。她咕噥著翻身抱她的另一個枕頭，我把她的被單拉到她裸露的肩上。我們卡住的房門差點整死我，但我最後用扳手拉開它，聲響迴盪在走廊上。聲音消散時我憋住呼吸，數到二十，但黑暗中沒有任何動靜。

斜向的月光在走廊地磚上照出條紋，在我的赤腳底下感覺涼爽。我戲謔地跳過每個條紋，無聲落地，大步走向下一條。我跳著華爾滋進入休息區，桌上散落著空酒瓶，空氣中仍殘留著啤酒、米糕和違規燉鍋散發出的紅豆湯氣味。我每晚在這裡打混很開心，但現在，我喜歡這種寂寞，只有我體內的音樂陪伴。

通往陽台的雙併門稍微虛掩著，我走出戶外進入混濁光暈裡的巨大弦月光線下，周圍星辰為之遜色。當我抬起手臂膝蓋作個腳尖旋轉讓我落在石砌扶手前，潮濕的夜間空氣像毯子包裹著我。

「嗨！」

我轉過身。在我左方，瑞克的高大身影在動。月光從他的亂髮反射出來，在黑暗中形成銀色亮點。他穿著無袖上衣坐在長凳上，健壯的手臂抱著膝蓋。在他背後，有根黏土排水管在磚牆上閃閃發亮。

「瑞克！我——」

我閉嘴，顯然在跳舞啊。他琥珀色眼睛裡閃爍著小月亮，表情照例難以解讀。我分不出誰被打擾比較不高興，是他還是我。

「我在洗你的衣服，」我脫口而出，「我是說，我已經洗好了，兩次，我想要再洗一次。我保證很乾淨。我是說，我不會讓它放著發霉。」天啊，我趕緊閉嘴。

「我相信妳。」

「很抱歉讓你看到我出醜了。」

「我看妳不像通常需要人護送回家的女生。」

「喔，我不是。」

他挪到木頭長凳的一端。「要坐一下嗎？月亮很好看。」

跟他一起坐在這麼美麗的月亮下是浪費，我應該跟馬克或山姆在這裡，除了神奇小子誰都行。但我不知不覺間坐下了。「我應該沒看過這麼大的月亮。」天上一條陰暗帶圍繞著月亮，裡面有些星星，然後台北市的光害淹沒了其餘的星光直到地平線。

「我喜歡看星星，」他說，「它能讓你看清事物，看出我們比起宇宙多麼渺小。」

意外的謙虛，但是我懂。

「它們很永恆，」我說，「比起我們短暫的生命好老好老。」

「妳知道有個黑洞會散發比中央C低五十七個音階的降B音符嗎？」

「那是我聽過最詭異的隨機小知識了。」

「但是很酷，對吧？」他微笑著露出牙齒。

「是啊，很酷，」我承認，「你喜歡天文學嗎？」

「我小時候看過奧斯朋公司[7]所有關於恆星和行星的書。」

「喔，我也是。」我不該驚訝的，但我從未想像過紐澤西的小孩也讀我喜愛的書。「你為什麼這麼晚不睡覺？」

「睡不著。」停頓一下。「想念珍娜。」

所以，他想念她，然後覺得月亮很浪漫。蘇菲提過他每天都打電話又寄明信片給她。他是個好人，會送素昧平生的酒醉女孩回家。或許我沒有給他應有的正確評價。

「妳大多數晚上都熬夜嗎？」他問道，「妳錯過超好吃的早餐了。」

他注意到了？「嗯，是啊。我一直睡不好。」

「妳為什麼現在醒著？」

「聽起來會很怪。」

他聳肩。「我是怪人。」

「說真的。」我微笑說，「有時候我腦子裡會有一些歌聲，我在腦中看到舞步播放，然後我必須跳一遍。所以才作腳尖旋轉。」我往扶手歪頭。

「真的很怪。」

「謝謝。」

「很怪但是很酷。妳學跳舞多久了？」

「一輩子。我四歲時父母就讓我學芭蕾。」

「難怪。所以，妳是芭蕾女伶？」

「不是，我跟芭蕾一起長大，我喜歡它——現在還是。但我同樣喜歡舞蹈隊，還有其他舞蹈——爵士，現代舞，混在一起。我知道這樣不認真，但是我——我就是喜歡。」

「我懂。我幾乎能學會任何運動項目而且相當拿手，但橄欖球是我的最愛。擬一大堆策略，團隊合作。妳喜歡舞蹈的什麼？」

7 譯註：Usborne，英國童書出版商。

跟瑞克的對話在一片昏暗中我不必看著他的完美臉孔時比較輕鬆，真是奇怪。

「是團體的能量。每個人獨立動作，但仍然有協調。」

「就像橄欖球。」

「是嗎？」

「每次進攻都非常有策略性，整個團隊必須協調。」

「你打了很久嗎？」

「從高中開始。那是你可以晚點起步仍然可能精通的那種運動，至少夠上耶魯了。我不在馬克的類型裡，如果他沒那麼投入新聞學，可以當職業田徑選手的。」

「他很搞笑，」我說，「很多憤怒亞洲人的笑話，奪回刻板印象。」

瑞克沉默片刻。「馬克很特殊，我們現在是跑步夥伴。」

對，我看過他們一起沿河慢跑。我吸了口氣，然後冒險說了。「我去Club KISS之後在我口袋裡發現一張素描。畫我，畫得很棒。」

「哦？」他的琥珀色眼睛難以解讀。「誰畫的？」

「我不知道，我正在調查。」我坦承。

「明天讓我看看，如果妳想要，我會到處打聽。」

「謝謝！或許是班吉？」天啊，太冒昧了。「蘇菲說他要上羅德島設計學院——拜託什麼都別跟他說。」

「我會很謹慎，」瑞克說。

走廊遠處有鉸鍊尖叫聲。柔和的腳步聲逼近，我連忙站起來。「該死，有人來了。」我根本猜不到如果我們被逮會有什麼處罰……，男生和穿背心的女生在熄燈後長時間共處。

我衝向黏土水管，被瑞克伸出的腿絆到。那是從兩層樓上方的屋頂延伸下來，直到地面的水管。我伸手抓扶手穩住：堅硬粗糙的表面，適合手的尺寸，比我老家臥室外面的細金屬扶手堅固多了。庭院，通往大門的水泥台階都在三層樓底下，但途中的牆上，有個壁架與水管交叉。

「妳不會爬那個下去吧？」瑞克不敢置信地低聲說，但我已經爬上扶手，學消防隊員抓住水管利用磚塊踏腳，我沿著水管緩緩下降直到雙腳踏上壁架。我的鼻子幾吋外，有坨鳥糞黏在磚牆上。

我在狹窄壁架上側行，用腳趾保持平衡，同時瑞克來到我身邊。他的體型害我失去平衡，但他抓住我肩膀抱我貼著他側面，緊抓著水管穩住我們兩人。他很溫暖，有青草和牙膏的氣味。我心臟大聲狂跳到差點出賣我。

瑞克體貼地收緊手臂。在我們頭上，立漢穿著漩渦花紋睡衣出現，站在陽台扶手邊。他抬頭看月亮，月光從他的眼鏡折射照亮了他細長的臉頰，他手裡肥短的綠色品客洋芋片罐子在發亮。我們毫無遮蔽——如果他往下看，就會看到我們。

我縮到瑞克身邊憋住呼吸，我們的汗都沾在他的衣服上，他抓水管的手發出摩擦聲，我們繃緊神經。

但立漢只是吃洋芋片。又一片，再一片。我的背逐漸汗濕，腳也開始劇烈刺痛。我靠近瑞克轉動我的腳踝，想要叫醒它。一顆碎石墜落彈跳了幾下，大聲掉在台階上。瑞克的指尖掐進我肩膀，我們都暫停呼吸。

立漢又吃一片洋芋片。

立漢終於離開後，我悠悠喘了口氣。他的腳步聲慢慢退去，然後瑞克看著我，疑問的眼神。我點頭，他沿著水管往上爬回去，我跟上直到我的手抓到了扶手。瑞克抓著我手腕把我拉上陽台。

「我們瘋了。」我解脫地輕笑一聲。「我不敢相我們——」

「妳差點讓我們惹上麻煩。」瑞克突然放開我，我往後倒，身子靠在石頭扶手上。「他們會打電話通知父母，把我們踢出去。」

顯然這對他不是開玩笑的事。

我站直身子，拍掉手上的塵土。「是我想辦法避免被抓到的。」

「如果一開始妳不在這裡，我們不會被迫爬那根水管。」

搞什麼鬼？「我跟你一樣有權使用這個陽台！」

他皺起濃眉。他雙手抱胸，確信自己是對的，因為他是神奇小子。

好吧。

「請原諒我差點玷污了你的好名聲。你只在乎這個，對吧？如果老爸老媽打電話來，你可以說是我的錯。」

我沒有當著他甩上陽台的門，但只是因為會讓立漢跑過來看。

第十五章

被惡龍威脅之後，我們保持低調。但在星期五晚上，我考好第一次國語測驗之後幾小時，蘇菲和我跟同樓層的五六個女生決定再度冒險。我們躡手躡腳進入潮濕的午夜，走下三段樓梯。

惡龍在後門派了個警衛，雖然我心裡不太相信我們能再度越獄，我們還是精心想好了計畫：分散成小組，午夜後再離開，車道頂端崗哨的警衛下班，連惡龍也應該熟睡了之後——加上偽裝：我把絲巾在臉上綁得更緊了。

在大廳，我們悄悄經過盆栽，櫻桃根做的椅子。戶外，滿月照亮了草坪……。我們匆忙繞過荷花池，噴泉的水聲掩蓋了我們腳步聲。我忍不住笑了，蘇菲捏我的手臂。

「噓！」她喘氣說。

我們靠近警衛亭，看得到街上了。有輛計程車經過，我們加快腳步。

這時我們背後一個微弱聲音說，「Xiaˇo péngyoˇu,tíng-tíng（小朋友，停停）。」穿漩渦睡衣的立漢在我們後方慢跑，推推他臉上的眼鏡。跟在他後面的是氣喘吁吁的美華，她的原住民裙子的色彩被月光模糊掉了。

「快跑！」蘇菲大叫，我拉緊我的絲巾。立漢出現在我們後面的轉角時我們正在街上攔計程車，急忙關上兩邊車門。我們爆笑到蘇菲幾乎無法告訴司機去Club Babe。

「他們不是真的想阻止我們，」我們駛離路邊時我驚呼，我忍不住覺得歉疚。「美華看起來好像寧可跟我們出來而不是追我們。」

「她不是雷厲風行的那種人。」蘇菲用手指梳整她的頭髮，「這向來是一種遊戲。」

「怎麼說？」

「他們必須表現有努力過，但不是真的想抓我們。如果他們抓到，接著怎麼辦？揪著我們的頭髮拖回去嗎？」她搖搖頭，「這個活動希望我們過得開心，其他學生才會一直參加愛之船。」

「惡龍似乎很認真，」蘿拉說。

「我們被訓斥過了。」蘇菲嘲笑說。

「或許是亞洲人避免衝突的習性。」黛博拉調整她手指上的戒指。「妳們父母什麼時候出面跟任何人對抗過？」

「我父母從來不惹事的，」蘇菲說。

我調整我的背心肩帶。「我父母會阻止我。」

「或許他們比較美國化。」

「不會，我爸多年來一直對他上司忍氣吞聲。他們只有關於我的事情才跟人衝突。」

蘇菲大笑。「他們不在這裡真是太可惜了。」她說。

我微笑。「太可惜了。」我往後轉身看到美華在立漢後面望著我們，他皺著眉頭在用手機發簡訊。

趁他看不到的空檔，美華在我們轉彎之前向車子稍微揮了揮手。

◈

其他劍潭學員的事件已經在Club Babe鬧開了。

蘇菲直線走向吧檯的沙維耶。神奇小子也在這裡，原來，他的舞技超爛——誇大動作，缺乏變化，只是最基本的搖擺，跟著節奏點頭。哈雷路亞，終於有缺點了！但反正他不常跳舞。他跟男生們逗留在吧檯，活像黏在岩石上的鮑魚，在我看來，他距離我在舞池裡的空間越遠越好。

但在音樂間歇的空檔，我不知不覺間排隊在他前面去拿水喝。他穿著森林綠色，看起來好多了……。我盯著前方那壺冰水，假裝沒看到他。

然後他拍拍我肩膀。

「嗨！」他說。

「嗨！」我說，再面向前方。

「很抱歉前幾天晚上我失禮了。我——我是說，我其實不在乎我們是否有麻煩，那不是妳的錯，我可能像變身怪醫變來變去。我只是……今年暑假我有很多心事。」

他為什麼非來道歉不可？我已經把他收到我腦中架子上的適當位置。現在他不只承認自己的行為，還夠成熟能說抱歉。我想要問他有什麼煩惱，但我們交情還沒到那個程度。

「我肯定注意到這一點了，」我終於說，轉身面對他。
他的眼神發亮。「真的？」
「是啊，但是謝謝你的說明。」
他肩膀放鬆下來，剛才我沒發現他多麼緊張。「妳什麼都不怕，對吧？」他說，「我是說，我們在三樓高度耶。」
「我怕很多事情，」我給我們各自倒了杯水。「就是不怕高。我在老家習慣了那樣溜出房間。」
「我還在打聽妳的畫家。妳說得對，班吉真的很會畫，還有另外幾個人。」
「喔，嗯。謝謝。我不知道你在調查。」
他的笑容有點害羞。「我說過會幫忙，如果我能看看證物可能有幫助。」
或許他只是好意而已。但我還是從皮包撈出那張精美素描。
他吹口哨，我忍不住高興得臉紅。「妳看起來——好逼真。」如果瑞克就是畫家，他一定很會演戲。但是當然了，他不是——他是世界上最認真的遠距離男朋友。
「可能是班吉。」他傾斜畫面讓我的舞姿迎向閃爍燈光，讓我在畫面上移動。「我跟他漸漸混熟了，我會叫他讓我看看他其餘的作品。我保證會慎重。」
他意外地認真。「酷。謝謝，瑞克。」
他把素描放在吧檯上，把一盞檯燈拉近照亮。他的拇指摸過我頭髮的曲線，好像在試著解開素描的祕密。我看著他，抗拒從他手指底下把畫搶回來的衝動。

我們接下來一個星期每晚都「溜出來」。

遊戲重複——我們和輔導員玩貓捉老鼠，他們抓到我們的企圖心隨著每次越獄越來越弱。美華甚至開始在我們盛裝打扮經過走廊時假裝沒看到。我會說她嚴重怠忽職守，但這樣子對大家都好。她可以穿著睡衣，我們也不必衝向大門跑到冒汗。

免費飲料驅使著我們的目標——我們為了免費喝酒時段停留在Club Kinki，然後搭計程車去Club GiGi，接著去下一家。我們在外面混到四點鐘然後在晚餐前醒來，沒人來敲我們的門；倒是大家的考試都當掉了——又一條王氏家規打破。

這對我是第一次，但我拋開罪惡感。況且，如果扣分夠多，就不用擔心南下旅遊跟天鵝湖表演撞期了。惡龍在走廊上大步走向我時，我原地轉身躲到外面去。

開學三週後，同住同食，一起上課和翹課的張力讓同學們比我在高中時期大多數時候更緊密連結。祕密，迷戀，傷害，羞辱——每個主題在深夜休息區的真值表（truth table）中都是公平的。又有兩張素描出現：一張在我門縫底下，另一張塞在我皮包裡——畫我跟算命師用易經卜卦；還有我穿黑洋裝從計程車裡走出來，眼神充滿期待。

「會是誰啊？」夜晚我們溜過走廊要去Club Omni時蘇菲猜想。

「我不知道。」三張素描全都是在有好幾十個劍潭學生的公共場所。「他躲藏得很不錯。」我心裡有點快感。祕密仰慕者。除了跟丹的短暫火花以外，從來沒有男生對我感興趣。

在夜店，我跟黛博拉和蘿拉在明滅不定的綠色燈光下隨著幾首好歌跳舞，直到我累癱在吧檯的瑞克旁邊，兩三口就喝光了他的水。

不知何故，我總是會來到神奇小子身邊。

「嗨！」我驚呼。

「嗨！」短暫微笑閃現然後消失。他的心情又變緊繃了：他手肘放在吧檯上，右拇指用煩躁的姿勢摸著他的手指內側。他已經警告過我他的心情多變，我沒那麼介意了。我希望無論他在煩惱什麼能趕快結束。閃爍燈光照亮了每根手指內側中段四個蒼白的疤痕。

「你一定需要縫合。」短短幾天前，我絕不會問。「發生什麼事了？」

他握起拳頭把手放下。「只是去年有個小意外。」

「你想翻越鐵絲圍籬嗎？」

「差不多。」他轉向瘦削的酒保，用國語點了兩杯我的新歡，芭樂雞尾酒。我的關鍵食物字彙增加了不少。

「我有錢。」我往口袋裡掏，但他已經付了。

「我請客。」

「呃，謝謝。下一輪我請。」

瑞克跟我碰一下杯。「不是班吉，他畫漫畫的，風格完全不同。有好幾個男生想追妳，但我一根小指頭的藝術能力都比他們全部加起來多。」

「幾個人？」我拿水瓶往自己杯子裡倒水，「誰啊？」

「不是妳的菜。」瑞克雲淡風輕地揮手帶過。

「呃，無論是誰，他又出手了。」我從皮包拿出新素描，「或許我還沒見過他。」

瑞克舉起圖畫對著光源看，仔細研究。「喔，妳見過他。」

「什麼？你怎麼知道？等等，你知道是誰嗎？」

「不知道，但他跟妳說過話。看，這邊。」瑞克指著素描中我的嘴巴。「妳興奮時嘴唇會這樣子扭曲，如果他沒跟妳說過話就觀察不到這一點。」

我尷尬地笑了，感覺我的嘴唇像畫中一樣扭曲。「嗯，以前沒人跟我說過。」

瑞克還在研究我的素描，我從他手上拿走收起來。他驚訝地抬頭看我。

「呃，那妳呢？」他問道，「妳有什麼線索嗎？」

我在愛之船認識了來自全美國和加拿大的幾十個男生。我肯定不時會感覺到一點火花，對我也是個新體驗。

「呃，山姆和我仔細聊過我的成長，身為班上唯一的亞裔女生，而他是半黑人半華人在底特律長大。」

「山姆不錯，我會查明他的畫圖能力。大衛呢？我聽說妳成了他的醫科預校顧問。」

「男生還說女生愛八卦呢。」我面向舞池，隱瞞喜悅的臉紅。「其實我很沒用，這些理學士轉醫學博士（BS/MD）課程用的是不同的流程，我不必考醫學院入學考試（MCAT）。」

「我相信妳幫得上忙。」他把手肘放到吧檯上，掠過我的手臂。「妳跟他說過關鍵在面試。」

「他告訴你的？那是我的升學顧問說的，他們會發現你是哪種人。」我皺眉。

「怎麼了？」

「只是回想起來。」

「妳的素描畫？」

「我的入學申請。為了學習克雷布斯循環差點累死，花那麼多時間寫論文。面試，等待，痛苦，我永遠不想再經歷一遍——但那只是開始而已。」

「是啊，高三真是地獄。所以我才在這裡——我需要休息一下。在這個暑假簡化生活準備迎接天下大亂，妳知道嗎？」

「我很高興來到這裡，」我承認，「我本來不這麼想的。」

樂隊改奏流行電視節目主題曲，舞池裡發出一陣集體嘆息聲。一雙手臂爬上我的頸側，我的笑容僵住。他不會想要邀我跳舞，但我怎麼會想到這種事呢？我的目光落到蘇菲，她的橘紅色洋裝像花瓣貼在沙維耶的黑衣上，白皙的手臂環抱他的背，臉頰貼在他胸前，閉著眼睛搖擺。她似乎真的很喜歡他，不過我希望她不會經常要求他買東西給她——鳳梨酥、石頭耳環。那些東西感覺像她計算得分的方式。

在他們旁邊，舞池裡有對情侶在接吻，另一對隨著音樂在緩慢磨蹭，渾然忘我。空氣中充滿了荷爾蒙，我移開目光，卻對上瑞克的眼睛。

我更臉紅了。我把酒杯放在我們中間。「說說看神奇小子為什麼放棄鋼琴去橄欖球隊坐冷板凳？」

他的嘴角上揚，我有感覺他知道我想幹什麼。「妳要淨化版還是老實話？」

「你沒有直接簡單的說法，對吧？兩種都要。」

他臉頰下方閃現我先前沒注意到的酒窩。「七年級，在林肯中心排在我後面彈鋼琴的傢伙連毛細孔都散發出音樂。我不是他。我可以演奏，但我無法感受到——不像他那樣。我發現問題不是鋼琴，我要的是熟練。所以，我想出了我願意投入那麼多時間的事情。」

「橄欖球。」

「該死，老吳。」馬克伸手越過瑞克拿走他的雞尾酒，他的瀏海在眼睛前晃動。「原來你是這樣搶走我在耶魯的名額。」他向我眨個眼，喝光瑞克的酒。我咧嘴笑了。

「你是加大洛杉磯分校的田徑隊，」瑞克反駁。「你是我認識過最聰明的人之一，如果能讓你好過一點，班吉搶了我在普林斯頓的名額，不過他婉拒他們了。」

「你不可能確定，」我反駁，「你不能說你沒錄取是因為他害的。」

「想想看，」馬克向劍潭同學們揮揮手。「這裡每個人都申請相同的幾間學校，我們都是在同個桶子裡的亞裔美國人。一個有完美SAT成績的亞裔男生錄取，就得刷掉另一個。配額啊！」

「你和你的亞裔美國人謬論，」瑞克說，「他們說他們沒有配額的。」

馬克冷笑。「他們這麼說，但他們永遠不會承認。」

瑞克的拇指挖挖他的傷疤，語氣平靜。「世界上有遠超過長春藤聯盟名校的空間，如果你很厲害，就會出頭。」

「所以，你放棄鋼琴的真正理由是？」我試探。

「我是整所國中最矮的人，體育課有半數女生會比我先被選上，接收我的隊長會翻白眼，真是折磨。八年級結束後，高中橄欖球隊教練來招人，保證有終生的榮耀和尊重。我回家跪下來求我媽讓我放棄。」

「她同意了？這麼簡單？」

「她從來不干涉關於學業或課外活動的事——倒不是她對我的人生沒有自己的意見啦。」他臉上出現陰影，「還有，她有類風濕性關節炎，所以不算是最強硬的家人。當時我父母正在鬧離婚，我想那也對我有利吧。」

「喔，對不起。」我咬著我的下唇。珍妮．李的媽媽也有那種病，而且要坐輪椅。我以為他是同樣被父母驅使的人偶，真的大錯特錯了。

「貝爾．梁，你玩不玩？」賭桌有個男生大喊。

「多謝招待了，老吳。」馬克戲謔地敬個禮，然後跑掉。瑞克把一大張綠色鈔票塞到馬克的杯底下，再把一盤黏答答的米糕推向我。

「那，妳要怎樣才能成為職業舞者？」

「職業舞者？」我差點噎到，「你從我上夜店就看得出來？」

「對。」不動聲色。

「我必須去紐約芭蕾舞團，或百老匯的劇團試演。」我盡量講得好像不可能的任務。

「呃，怎麼不試試看？」

「因為沒人天生是舞者。」

「也沒人天生是橄欖球員啊，又不是每個耶魯出來的都會變成職業球員。」

「我申請了帝勢學院，」我坦承，我跟梅根分開後就沒談過這回事了。「我脫離備取名單了。」

「紐約大學，對吧？」瑞克吹個口哨。「那是很硬的課程。」

還是覺得說出來太冒昧。某個被錄取的人放棄了，然後帝勢的人拿出備取名單挑選，不知怎地，選了……我。

「我婉拒了他們。我們絕對負擔不起。」即使有我像溺水者緊抓不放的微薄獎學金，美夢也只有一個下午。我趕快補充。「但我星期天要去試演天鵝湖，應該很好玩。」

「酷！在哪裡？」

「只是一家小舞蹈教室。我要從你阿姨家搭捷運去。」

「我可以參觀嗎？」

「真的嗎？你想來？」

「職業好奇心。我參加過十幾個球隊的甄選，但從未看過舞蹈試演。他們會量妳體重嗎？或檢查妳的肌肉？」

我大笑。「你恐怕會失望，我跳的段落很短——」背後一個撞擊把我撞向瑞克，他杯裡的水灑到了我們兩人身上。「喔，抱歉——」我轉身，看到一個高大、黃褐色頭髮、滿身中文字刺青的男生，正在向酒保點邁泰雞尾酒。

「嘿，小可愛。」他低頭笑道，「要跳舞嗎？」

小可愛？哼。「不，謝了。我在休息。」

「跟我休息怎麼樣？妳是我在這裡看過最可愛的小亞洲妹了。」兩百磅肥肉的傢伙把我壓在吧檯上，他滿身酒臭和汗臭味。我推回去，但是像推磚牆一樣推不動。

「我——推——」「沒興趣——」推——。

「抱歉，老兄。」瑞克流暢地拉開他。「她跟我一起的。」

冷場。我想要踢那傢伙最痛的地方，但我只是挽著瑞克的手臂向他露出慵懶的微笑。

「嘿，老兄，剛才沒看到你。不好意思。」他簡直狼狽地向瑞克道歉——而且瑞克好像長高了幾吋？

「抱歉，」他離開之後瑞克對我說，「本來不想拯救妳，但妳不喜歡那傢伙，對吧？」

「對，你沒看錯，多謝。」我強迫自己放開手指脫離他的手臂，「他向你道歉的方式真討厭，好像我是你的財產似的。」

瑞克作個鬼臉。「我了解那種人。」

戀亞洲癖的男人。「或許他不是，」我說。但這是少數我敢打賭大多數亞裔美國女孩都遭遇過的事。去年某次喝咖啡聊天時，我向梅根解釋過為什麼這不令人高興，為什麼這是根據與你本質無關的刻板印象。這如何讓我想起無論我內心感覺如何，我的外表是亞洲人。我作個鬼臉。「我猜你知道他們無所不在，但是遇上的時候還是很討厭。」

我伸手拿我的杯子，但瑞克抓住我的手。「欸，幫我個忙好嗎？」

他的手掌有繭。這麼貼近，我聞到他的戶外青草氣味，彷彿他在野外的時間永遠滲透到他皮膚裡了。

突然間，我不太敢看他的眼睛。

「什麼事？」

「如果妳跟某人交往之前想打聽一下，隨時可以找我。我會讓妳知道他行不行。」

我的聲音變尖了。「為什麼突然對我的感情生活有興趣了？」

我還是不敢看他的眼睛。但他來不及回答，舞池裡的大嗓門吸引了我們注意，他放下我的手。有群舞客被推開時大叫抗議，然後沙維耶在他們周圍跑來跑去。他撞到我，汗濕的上衣抹到了我手臂上。他看著我的時候眼中浮現憤怒。

「老兄，小心看路。」瑞克的語氣尖銳同時抓著我手肘穩住我。這時蘇菲跳到沙維耶的背上，像揹貨物似的，她的橘色洋裝好像彗星尾巴拖在身後。

「我不是故意的！」他想要擺脫她但她緊抓不放，整個夜店為之側目。「沙維耶，對不起。我知道那不關我的事。」
「蘇菲。」我抓住她手臂。到底怎麼回事？我從來沒看過他們兩個像這樣子。「蘇菲，拜託冷靜。」
沙維耶終成功甩掉她，但她又想抓他，瑞克抓住她的腰把她拉回來。沙維耶消失到一群擁擠衝撞的舞客裡去了。
「蘇菲，我跟妳說過了，他不值得。」
「喔，好像這麼多人裡面只有你是專家？」她推開他，害他手機掉落滑過地板。然後她追著沙維耶去了。
我撿回瑞克的手機還給他時很清醒。我沒忘記他喜歡珍娜，但我沒勇氣問。至於克莉兒阿姨家——沙維耶現在會想去嗎？蘇菲的計畫還沒啟動就失敗了嗎？
瑞克伸手摸摸自己臉上。「我討厭她像這樣的時候。」
「像怎樣？」
「關於男生，她的判斷力很差。四任男朋友沒人配得上她。」
他很有保護心——她很幸運有他這種表哥。但他對於室友似乎也有盲點。
「她跟沙維耶一起通常顯得很開心。」
「沒有人活該配上那傢伙。」瑞克對他的手機皺眉。螢幕破裂一片黑暗。
「你警告過我遠離他——你沒警告她嗎？」

瑞克的眼神閃爍，他不想告訴我，不想透露完整實情。他收起他的手機。「我沒料到他們會在一起。結果來不及了，她聽不進去。」

「但是為什麼警告我？」

他搖搖頭。「幫她注意一點，好嗎？我很高興妳是她室友。」他喝光他的酒，嚼起冰塊。「我剛才的提議仍然有效。妳想跟愛之船的誰交往，我會幫妳打聽底細。」我張嘴想指控他轉移話題，但他繼續說，「蘇菲不肯聽我的，但我對我妹妹也會這麼說。」

妹妹。

我靠到他身上，肩膀貼在他的上臂。妹妹，比朋友進一步，但有根隱喻的手指放在我肩膀，把我推開一點。我拉開我們的距離。他和蘇菲是一樣的：當作家人慷慨地接納我，她的室友。

我伸出我的手。「我保證會跟你商量，Gēgē（哥哥）。」

「為了家人，」他緩緩說，「免費。」

我們握手，確立了我們的新關係。

第十六章

有個颱風通過台北市北方，在全市造成豪雨。週四晚上回宿舍途中，一陣夾帶雨滴的強風把我吹過劍潭的大廳大門。風拉扯著我為蘇菲的週末準備的一袋紙燈籠，明天下午就要開始了。她對於跟沙維耶的現狀怪異地保密，但是計畫仍然全速推進。

大廳裡擠滿玩圍棋和麻將的學生。美華容光煥發地用大衛的筆電播放一首歡樂的台灣原住民流行歌，在座位上搖擺，努力把盡量多學員感化成她的收藏品。

「Āliˇ Shān De Gū Niáng（阿里山的姑娘）。」她用國語說，苗條的雙手不斷比劃。

「還不錯。」大衛說，「好聽。」

我甩掉頭髮上的水滴時，一群穿橘色反光背心的快遞員騎腳踏車來到我身邊，腋下夾著一個牛皮紙包裹。

「Xiaˇojiě, woˇ zhaˇo Wu Kuang Míng（小姐，我找吳光明）。」

「我會轉交給他。」我接過比外表看起來沉重的包裹。上下兩端有可愛的兔子貼紙，中間用工整的英文和中文寫著瑞克的名字和地址，還有寄件人資料。

珍娜・朱。

盒子滑掉，我在落地爆炸之前抓到綁繩接住它。我用雙手抱住，匆忙趕往餐廳。

他會很高興，當然會了。有他女朋友的消息真好，即使在隔著海洋的暑假課程裡。

在靠窗的一桌，瑞克加上馬克、史賓賽和蘇菲——沒有沙維耶——正在吃他們的日常大餐。蒸氣從圓形竹籠堆成的塔裡冒出來，裡面裝的是普世最愛的小籠包。即使蘇菲心情不好，也沒顯露出來：她講了個向拋棄她的倒楣男生復仇的詳細故事，讓大家笑得差點把茶水噴出來。我偷偷地把那袋紙燈籠塞到她座位底下。

「瑞克，這是寄給你的。」我把盒子像五百磅的重物放到他大腿上，再坐到跟他隔開的位子，史賓賽旁邊，給自己倒杯紅烏龍茶。

瑞克的目光從包裹轉到我身上。「喔——酷。」他似乎很高興，只是沒我預料的那麼高興——我真的該停止過度分析他了。

我把蒸鱸魚舀到餐盤上，在他撕開牛皮紙時忍住愛管閒事的目光不去看。或許我就是一向執迷已經有對象的男生，所以我從來不讓自己冒險。或許對瑞克也是這樣，因此我一直回想我在吧檯挽住他手臂那一刻。

「棒喔！」史賓賽說，我抬頭瞄一眼。

瑞克解開白色盒子的淡紫色緞帶，露出幾盤松鼠、小鳥、橡實造型的巧克力——看起來像自製的。當他從我見過最可愛的問候包裹裡取出來，銀色碎紙灑到了他腿上。我想像柔軟黑色捲髮的珍娜，把融化巧克力倒進模具裡，灑上碎紙，她甚至放了乾冰防止它融化——難怪用快遞寄送。

「哇，真希望有人會送我這種東西。」史賓賽說。
「她一定花了很多時間，」蘇菲說。
「不會很久，」瑞克說，「她很有效率的，她喜歡做這類的東西。」他真有保護心。他把巧克力請大家吃。我拿了一顆橡實，原來中央還有個完美的紫紅色圓點。
「好吃。」我把筷子戳進我的排骨豬肉，努力撕開。我為瑞克高興他這麼受喜愛。我瞪著我的排骨——今晚為什麼這麼堅硬呢？
蘇菲用牙齒咬斷巧克力鳥頭說，「她要寄多少食物給你才需要繳出口關稅？」原來這不是第一個問候包裹。
「閉嘴，蘇菲。」瑞克皺眉，「她想念我，如此而已。」
他把一封厚厚的信塞進背包裡，傳遞最後一盤巧克力給另一桌感激的輔導員，然後伸手去夾蒸魚。

隔天我被固執房門的尖叫聲吵醒時，太陽已經高掛在天上。蘇菲披著沙維耶的黑襯衫進來。我在床上坐起來。昨晚，她跟他挽著手臂離開Club Elektro，她頭髮凌亂，嘴唇腫脹。她跪在我們兩張床之間，張開一條紅絲布，美麗的絲面上出現精緻藤蔓和白花的網絡。
「哇，他買給妳的？」我揉揉眼睛，對她的狀態和豪華禮物同樣吃驚。

「他留在門外給我。」她拆下我想像曾經夾住一張火熱情書的安全別針。

「好漂亮！他的品味真好。」這是他在吵架之後重修舊好的方式嗎？真是個好禮物，迄今最高級的，因為她沒有要求他買而更加寶貴。

「這一定很貴吧。」她撫過絲布讓它平坦。「我是說，他可以買下整座市場，但還是很貴。」

「所以你們和好了？怎麼做？」

「我的女性魅力。」她搖擺手臂和臀部像在跳舞……，神祕地微笑，然後躺到她的床上。「歐買尬，艾佛——我真的願意為他生一打小孩。」她坐起來，揮揮今晚的晚餐菜單。「而且今晚一切都會進入下一個階段。銀器還是黃金餐具？」

「銀器。」我伸手拿一個我們塞滿的絲綢糖果袋子，倒出裡面的一大把糖果。我的職責是在她用家人討好沙維耶時扮演支援的朋友，然後支開大家給她空間跟他溜到她阿姨家的私人屋頂花園度過誘人的週六夜晚。我決心要幫她讓這個週末完美。

「魚肉還是牛排？或都要？」

「都要吧？海陸雙拼？」我用緞帶打個結，把糖果袋放到已經堆積成山的蘇菲書桌上，伸手拿另一個袋子。她真的結合了珍珠的可愛和梅根的瘋狂活力，不過蘇菲是獨一無二的。「我不認為那很重要。」

「艾佛，沒有妳我該怎麼辦？」她給我一疊可愛的信紙。「我昨天發現的，妳也拿一點，」她催我，又是她的日常慷慨。「妳知道的，如果沙維耶自己來，那就壓力太大了。妳知道亞洲家庭如何會見重要的人。尤其我姨丈，他真的很欣賞葉家。」

「如果我帶男生回去見家人，我父母一定會瘋掉……。」

「所以這次只有夏令營的同學會來。我是說，他們當然知道他是我男朋友，但有妳跟瑞克在，就完美平衡了。」

我翻看信紙時蘇菲走到鏡子前，緊張能量像龍捲風那麼強烈。她好幾天幾乎沒吃飯了。還有銀器、精美菜單和糖果袋——她真的清楚這個週末她希望怎樣嗎？

「欸，這是什麼？」蘇菲在門口蹲下，向我揮舞一張摺紙。「艾佛！祕密仰慕者又出手了。」

「什麼？不會吧。」我滑下床。一張新素描。有幾個色塊——藍色、銹紅色和綠色——伸長手臂從遠處看，畫的是……我。昨天在庭院裡的紅磚壁架上保持平衡，我伸出雙臂，伸長一條腿，天藍色洋裝被微風吹向一側。「畫得真好。」誰畫的？瑞克、馬克和一群男生常在觀眾眼前練習橄欖球——這可能是任何人畫的。

「希望有人也會這樣子畫我！第四張，對吧？」

「是啊。」我翻面，尋找線索，辨認畫家的暗示。「我應該覺得害怕，對吧？」

「這傢伙不是跟蹤狂，他很浪漫。或許是馬克——他很喜歡妳。」

「馬克喜歡我不是那個意思。」而且他感覺像我兄弟，遠超過瑞克。「況且，我認為他喜歡男生。可能是我還沒見過的人。」

或瑞克……萬一他假裝幫我找出那個人，但其實是他。我父母——我能想像他們會有多高興——我內心流過一股新的怒氣。我絕對不會讓他們稱心如意。

「呃，無論他是誰——」蘇菲猛拉我們房門，最近的暴風雨讓它更膨脹了——「他無法——拉扯——「永遠隱藏這種天賦！」

我抓起我的毛巾和牙刷，跟著蘇菲走向浴室，經過像貓咪沉睡在沙發上的葛蕾絲．浦和馬泰歐。原來馬泰歐還是有脾氣的，經常跟葛蕾絲在走廊上面紅耳赤地互罵，通常總會弄壞個什麼東西——布告板、檯燈、他的腳趾——但他們顯然又和好了。

浴室裡，穿著花卉圖案睡衣的蘿拉俯身在水槽前抬頭看我一眼。她把床單抱在懷裡刷洗一個月經污漬。我們進去時，她臉紅得像牛肉。

「真糟糕，」我說。同時蘇菲說，「應該叫大衛洗。」

蘿拉的臉色變成警戒的茄紫色，她的目光從我轉向蘇菲。「喔，不行，我不會叫他做這種事。」喔。

不是月經污漬。

我自己臉紅了，同時鏡中的蘇菲跟我眼神交會。我真是個小孩子。

「還是要小心。」蘇菲在水龍頭下沖洗她的牙刷。「幾年前有個女生懷孕回家——」

「愛美？Nǐ zài nàlǐ ma（妳在那裡嗎）？」有人敲門，叫我的名字。

……「糟糕，是美華。」蘿拉抓起她的濕床單到胸口躲到小隔間裡，留下滿地積水。從沙維耶和明蒂被逮到違反男女不可共處一室的規矩以來，沒人被抓，但也沒人想要成為下個負面教材。

「呃，等一下！」我拿一張紙巾擦乾地板，再走到蘿拉的隔間前面，同時蘇菲去開門。美華探頭進來，一手緊張地摸過及腰的長辮子。她咬著嘴脣，看來好像很不願意來這裡，然後看著我。

「Nǐ shēngbìngle ma（妳生病了嗎）？」

「不，我沒事。」我關掉第三個水龍頭，然後咒罵自己欲蓋彌彰。

「妳整個星期沒來上課。」她講英語——我有麻煩了。「我們星期一換了選修課，妳一次也沒來過書法課。」美華把玩她辮子上的綠色緞帶。我心情一沉，蘇菲也翹課，沒有我這麼多，但還是沒人盯上她。「高老師準備打電話給妳父母了。」

「喔！」惡龍又出擊了。「不需要。」我擠過她到走廊上，引她離開蘿拉。「我正要去上書法課呢。」

✥

我從餐廳抓了個芝麻麵包，再走出戶外到後庭院，這裡有座小白鯨尺寸的石雕鯉魚會往盆子裡噴水。午後的太陽照在我頭髮上，但空氣濕熱，好像快下雨了。我繞過轉角走向體育館時……，有根長棍揮過來差點打掉我的頭。我感到有風拉扯我頭髮趕緊閃躲，往後跌在牆壁上。

「搞什麼——！」

「喔，抱歉，艾佛。」瑞克拉著我手臂幫我站起來，露出歪嘴笑容。他手拿一根虎斑長棍，他大叫一聲閃躲揮過來的長棍。他揮棍反擊一個我不認識的男生，藍上衣底下的肩膀鼓起，他作出戰鬥蹲姿，衝向他的夥伴。整個側面庭院裡，立漢大聲指導好幾組鬥士在對打，空氣中迴盪著藤製長棍的撞擊聲。

我誤闖了棍術選修課。我被他們的動作迷住，羨慕地旁觀。

旋轉，轉向，刺擊。

攻擊，反擊。

瑞克擋住另一擊。

「妳真早起啊。」他說。混蛋——現在下午一點多了。

「太早了。」我對他稍微豎中指，贏得他夥伴驚訝的讚賞。然後我避開他們走進體育館，背後隱約傳來瑞克的輕笑聲。

書法班佔據了體育館裡四張桌子，就在看台邊。途中，我經過彩帶舞選修課：黛博拉和其他女生揮舞綁在棍子上的彩帶，在空中畫出……黃、紅、橘色的螺旋和曲線。她們的優雅教練示範基本舞步，我不知不覺間想著如何改良：如果她們反方向旋轉兩圈，如果她們拉大彩帶的弧線……

有些女生的姿勢和韻律很棒。我該跟她們跳舞的，但是司徒夫人、天鵝湖——我要找我自己的路。

書法桌分成兩個獨立的站：幾疊大張宣紙，烏黑墨條，竹筒裡裝著細長毛筆。我找位子坐下。看台邊的幾個畫架展示著書法樣本，它們一點也不像中文學校那些讓人傷腦筋的生字表，我大吃一驚。這些都是藝術品。

「艾佛．王。」熟悉的低音唱歌似的叫我的名字。沙維耶拉出我旁邊的椅子，他扭一下頭，甩開遮住眼睛的黑色捲髮。他的手臂擦過我，我臉上發熱。他坐得太近了。

「妳爸一定也選了妳的選修課。」我退開幾吋。我必須友善，但保持距離。從他們交往之後我們就沒在蘇菲視線以外獨處過了。

「差不多。」他的黑眼睛挑戰地看著我，好像他第一天那樣子。求救，求救，我東張西望尋找支援，但我跟這班同學不太熟。

「呃，」他說，「今天下午我們要去瑞克和蘇菲的阿姨家。」

「是啊，」我說，「應該會好玩。」然後我轉身翻閱我的漂亮漢字書。

拿 máo bǐ（毛筆）是有訣竅的——書法專用筆前端是柔軟的兔毛、羊毛或狼毫。左撇子會被鼓勵改用右手，否則筆觸就不對勁，但我們的老師自己就是左撇子，放我一馬。我們練習緩慢與快速下筆的對照。我稍微學了一課怎麼磨墨，我跟著彩帶舞歌曲的韻律磨。真希望我老家的中文學校老師有讓我們用毛筆和墨條而非抄寫幾百個中文字。或許我能待久一點。

庭院裡，棍術選修課越來越激烈——長棍撞擊聲隔著玻璃門清晰可聞。我手癢想要玩長棍——但被毛筆困住了。不過被彩帶舞音樂催眠之後，我不知不覺沉浸在漢字裡，專注在寫出正確筆畫。

「祥平，這個不錯，但是作業是抄寫整首詩。」老師的語氣很緊張。他們以前有過這樣的對話。

沙維耶的紙上只有一個字：方形的中間有一橫，是太陽的日字。他還開了玩笑：從這個字發射出幼稚的光線。

他聳肩，沒打算拿起毛筆。他的扣分表輕易領先眾人，要歸功於他拒絕交出中文與中醫課的任何家庭作業。「我們被當嬰兒對待已經無聊到快死了吧？」某天晚上談到這話題時，蘇菲幫他辯護。

這時，我們的書法老師無助地笑笑，轉身找其他同學去了。

我來不及移開目光，沙維耶對我慵懶地微笑，令我想起他吻我的指關節。

然後他把毛筆沾到墨汁裡開始在新的宣紙上作畫。從他的圓形筆觸判斷，我看得出不是在寫字。

「你又會惹上麻煩，」我低聲說。無論他在不在乎。

果然，他聳肩。我忍不住靠近，但他用手臂遮住。

「你在畫什麼？」我終於問。

他挑逗的笑容讓眼睛皺了起來。「待會兒給妳看。」

他要我再等五分鐘。但最後，他把紙遞給我。

我感覺被雷打到。熟悉的色塊形成了這座體育館的背景，毛筆像一排香蒲掛在晾乾架上，邊緣有彩帶舞者在旋轉。

在畫面中央用我在哪裡都認得的風格，畫了一個……女孩。

是我。

第十七章

「你就是那個畫家。」

我背後起了雞皮疙瘩。沙維耶跟蘇菲交往之前畫了我的素描，如果我否認我心裡非常受寵若驚就太沒人性了。愛之船上最搶手的男生之一畫了五次我的畫像。

這傢伙很哈妳，蘇菲說過。

他微笑道。「妳以為是瑞克？」

「當然不是，」我說。太快了，他的眼神閃爍。我知道不可能，但為什麼有股強烈的失望呢？我不想要我父母會求之不得的神奇小子。如果瑞克是那個畫家，跟珍娜交往，給我這些說不出口的訊息同時……假裝幫我調查，我對他的尊重會減弱。

「為什麼？」我問沙維耶。

「什麼為什麼？」

「你為什麼畫我？」

「我畫得好嗎？」

就這樣，他強迫我研究圖畫：我的小手拿著毛筆懸浮在宣紙上，字的第一畫正在等待其餘筆畫。烏黑頭髮像瀑布披在我臉上，我轉向側面——不是面對宣紙，而是玻璃門外的長棍鬥士們。看著瑞克。

我臉紅。被逮到在做我根本沒發覺的事。

「非常棒。」他把世界看成幾團顏色和形狀，而非著色簿的線條輪廓。

沙維耶吐氣。他在等我的判決——這對他很重要。但他幹嘛在乎？目前，我只看到這傢伙想用他的素描誘惑我——而且幾乎成功。

幾乎啦。

我把圖圖推還給他。「你不能畫我。」

他眨眨眼睛。「為什麼不行？」

我語氣變尖銳。「你跟蘇菲在一起，你應該畫蘇菲。」對她會是夢想成真——就像她拿到性感照樣本的時候比我興奮三倍。

「或許我不想畫蘇菲，或許我也沒跟她在一起了。」

「或許？」我把椅子往後推，刮過地板。「我根本不該跟你談這些！」老師瞄向我們，我壓低音量。「或許跟女生上床對你沒什麼，但對大多數女生很重要，好嗎？」

他上唇捲起。「有時候事情未必是看起來那樣子。」

我們在拐彎抹角說話，這很危險。我們即將進入蘇菲隨時都在費心勞力規劃的週末，還為此忍受全身熱蠟除毛——全是為了沙維耶。

梅根永遠不會懂她告訴我她在跟丹交往時我感到的那種粉身碎骨的痛苦，我絕對不會對蘇菲做這種事。

沙維耶湊向我。我聞到他古龍水的刺鼻香味，縮回我的手臂，同時痛恨自己心裡有點欣賞他大膽示愛。痛恨自己有點好奇他的柔軟嘴唇吻在畫中我身上各處會是什麼感覺。

我把沙維耶的畫撕成兩半，然後四片，八片。這就像踐踏蝴蝶對把它孵出來的惡霸洩憤，但我沒顯露出來。

沙維耶的目光盯著我的動作，但他沒出手阻止我。他的表情沒變。課程快結束了。學生們把潮濕的書法紙夾在曬衣繩上晾乾。

我把碎片放到他的筆記簿上，被顏料弄髒的雙手按在桌上，站起來俯瞰他。

「警告你別跟蘇菲說這件事，」我激動地說，「你是她男朋友，還買了那塊絲布給她。」

他抿著嘴。他習慣了被指控，也確實應該。

「先說清楚，」他說，「我從來沒跟蘇菲上床。」

什麼？

疑惑在我內心像受困的飛蛾亂竄，圖畫的碎片在他手上飄動。

但我親耳聽她說過每個細節——所有女生都聽過。我不知道為什麼，但他必定在說謊。幸好瑞克從未發現沙維耶是畫我的人——他一定會告訴蘇菲，然後呢？

「你知道嗎？這不重要。」真是混蛋，我抓起我的書法課本。「言明在先，你是個混蛋！別再畫我了。」

我衝到曬衣繩，把我的宣紙夾上去，然後逃出門外。

但我無法逃離我們的週末已經變得加倍複雜的恐懼。

第十八章

「瑞克在哪裡？」蘇菲不耐煩地拉她橘色條紋洋裝的裙子，乳溝露到連我都會分心的程度。我們站在劍潭門外的最下層台階，司機把她的行李箱裝到克莉兒阿姨的賓士廂型車後艙。她緊張的手勢捏皺了裙子。這個週末對她太重要了——至於我，為了支持她只能丟開王氏家規了。反正我只剩下不准交男友／不准吻男生這一條，以這個速度，早晚會打破的。

「克莉兒阿姨在等。」她爬進廂型車，同時沙維耶從另一側上車，把橘色的Osprey背包放到地板上。我迴避看他。「瑞克最好趕快。」

「我去找他。」我自告奮勇。

她抓我的手拉我靠近向我耳語。「拜託，瑞克必須來。如果他不在場緩衝，泰德姨丈會嚴厲盤問沙維耶。」

「如果有必要我會揪著他頭髮拖過來。」我把舞具袋子放在她腳邊，但沙維耶伸手去拿時，可能要放到行李堆上，我拿回來彷彿他想要偷走。蘇菲忙著打電話給阿姨沒有注意到。

「艾佛，」沙維耶開口，但我走掉，慶幸能趁我可以的時候拉開我們的距離。

度過不用計畫溜出去泡夜店的週末感覺很怪。如果我老實說，幾乎是解脫。大廳擠滿了要去探親的學生和背包，也有很多要留下的，一起穿著戲服準備課程結尾的才藝秀。有兩個男生在拋扯鈴，另一對用真人尺寸的橡皮汽球在表演魔術。

「你有看到瑞克嗎？」我問正在亂彈吉他跟齊特琴的黛博拉和蘿拉。

黛博拉的手指在琴弦上飛舞。「抱歉，沒看到。」

「或許在樓上？」蘿拉撥開眼睛前的瀏海。

五分鐘後，我敲瑞克的房門。門輕輕喀拉一聲打開，瑞克的書桌出現：有個藍色的牙套收納盒，用掉一半的青春痘藥膏和一塊香皂，被他屯積如山的中式和美式零食隔開——幾袋水果乾，堅果，太陽餅，一罐洋芋片，六罐冰茶。沙維耶的半個房間比較整齊：一籃待洗衣物，幾乎無皺褶的被子，彷彿沙維耶想要假裝他不住這裡。

「請冷靜，」瑞克說，「我說過，我的手機還是壞的，時區讓我亂掉了。」

瑞克站在窗邊俯瞰買來當槓鈴的一麻袋白米。他的黑髮因為洗過澡潮濕，讓森林綠色的上衣領子顏色變暗。他把市話聽筒緊貼著耳朵，拇指摸著手指內側疤痕，我已經看懂那是表示緊張的動作。

即使從這裡，我聽得到電話另一端的女性聲音：

「我受夠了你的愚蠢藉口！你和你全家——」

「珍娜，我說過我很抱歉。如果妳能飛過來這邊——」

「如果你想上我，瑞克‧吳，你根本就不該去台灣。你可以在我自己的臥室裡做到。」

我畏縮一下。努力不讓她的話在我腦中形成我不想看的畫面。我有點期待他對珍娜爆氣——

但也挺害怕。

「珍娜，我知道分開很辛苦，我需要妳的耐心，拜託。珍娜？珍娜——等等！」

瑞克咒罵一聲放下電話，隨和的姿勢變成了全身緊繃的線條。我好想幫他把壓力抽掉。

接著他一拳打在米袋中央。米粒摩擦作響從破裂的纖維縫隙掉落到地上。

他看到我，嚇得跳起來，大聲撞倒了他的檯燈。我背後的門猛然關上，一陣微風吹開了他書桌上的作業簿。

「抱歉，」我們同時說。我不確定誰比較丟臉——他還是我。他扶正檯燈，再跪下開始把米粒掃成一堆。

「不好意思讓妳聽到了。」

「什麼問題？」我抓來他的垃圾桶雙手撈米丟進去。

「我根本不知道。她不高興我來這一趟，我們從來沒有分開超過三五天。」

「真的？」連我都曾經為了校外教學旅行離家一星期。所以這就是問題？她一定很依賴瑞克，我感到一股同情。我在舞蹈隊認識有些女生就像那樣：聰明、風趣、漂亮的女孩子不知何故，沒有她們似乎需要在身邊的男朋友就無法踏出家門。

「她沒想過可以跟你一起來嗎？」

「不行，她在為殘障兒童辦的騎馬營當志工。我想勸他休息一星期飛過來，但她很怕搭飛機。」

「機票真的很貴。」

「對她不會，她爸是中國銀行香港分行的主管。」

「喔。」我臉紅。心中的同情瞬間蒸發——買國際機票不用猶豫，不必變賣珍珠項鍊。我根本無法想像。我站起來，撥掉手裡的米粒。「蘇菲和沙維耶在樓下等呢。」

「糟糕。」他把最後一把米丟進垃圾桶。「我完全忘了時間。」

我把剩下的米搖晃集中，折成兩半放到他書桌上一疊明信片旁邊。最上面一張用幾個粗線方塊字寫著珍娜的名字和幾行大方塊字。她的四頁來信寫滿了工整的書寫體，就放在旁邊。我忍不住偷看。最上面是最後一頁，底端寫著：

薛爾斯和我今天去了Sweet Connections糕餅糖果店，真希望你已經回家了。仍然難以理解你為什麼非去不可。我幫你找了首酷歌——會儲存等你回來，我們可以一起聽。

永遠愛你的

珍娜

有張拍立得照片顯示珍娜攬著一個辮子女孩，大約珍珠的年紀，有瑞克的琥珀斑點眼睛。她們笑得好像一對小偷看到冰淇淋甜筒。是瑞克的妹妹雪莉。這女孩很愛瑞克。她的甜美感覺跟電話中的女生不太搭，然而這個寫信的瑞克妹妹好友必定是他愛的女孩——而我站在這裡看他的私人信件。

瑞克盯著他的手機，彷彿能靠心電感應把她帶過來。

「瑞克？」我清清喉嚨，「你還要來嗎？」

瑞克愣一下。「喔，天啊。」他抓起他的劍潭背包，打開抽屜往裡面塞襪子和短褲。然後他在梳妝台上把包包壓扁……，關上抽屜。「我現在沒辦法帶我的家人。」

我皺眉。「什麼意思？」

「去年聖誕節，我妹和我跟著我媽來探親過。每天我都聽到五個阿姨舅舅的話：『瑞克，你得趕快甩掉那個女孩找個適當的對象。』」

「他們見過她？」

「是啊。前一年的夏天，在美國。我媽絕食了三天想要逼我分手。」

「絕食？」情緒勒索方面，瑞克的媽比我媽和她的黑珍珠項鍊厲害多了。我胃腸緊縮著想起丹逃過我們的車道，他們怎麼敢企圖決定我們愛誰？「這太扯了，瑞克。我父母也從來不讓我約會。」

「喔，他們希望我約會。」他笑了，不太像瑞克的尖銳笑聲。「我的家庭比清朝更傳統。我有二十二個堂表姊妹，我是最後一個姓吳的男生。他們全靠我傳宗接代。」他伸出一手遮臉，又露出洩氣感。「只是不能跟她。」

「他們為什麼不喜歡她？」「愚蠢的理由。」

我咬緊牙根。「我相信一定是。」

「今年將是『愛之船怎麼樣？兩百五十個華裔美國好女孩——你怎麼能浪費這個機會?!』」

我真心想要宰掉幾個吳家的人。「我能幫什麼忙嗎？」

「沒希望了。」他的拇指摸到他的傷疤。「唯一能讓他們不煩珍娜的方法是我帶個不是珍娜的女孩回家。」

他仰天倒在他的床上，兩百多磅的他哪裡都不想去。蘇菲在樓下等，我該去告訴她瑞克不來了，毀掉她的完美平衡週末嗎？即使沒有絕食的老媽，這場探親聽起來像是折磨。但在那通電話之後，總比獨自悶悶不樂好。而且我想幫他——他送醉倒的我回家而且守口如瓶，幫我弄到扇子，即使我轉送蘇菲了，還想幫我追查畫家，甚至假裝我的男朋友把我從騷擾者中救出來——那個小蛋糕男。

「那，萬一你真的帶個愛之船女朋友回家呢？」我脫口而出。「假裝就是我——像你在夜店幫我那樣。他們就不會再煩你，不是嗎？」

這個提議一說出口，我就知道是個錯誤。

但瑞克從枕頭上抬起頭，他懷疑地看著我。「妳是說，向我阿姨和姨丈介紹妳是我女朋友？」

我退後，移向門口。「這是餿主意，就當我沒說過。」

「不，不！其實挺完美的。」瑞克坐起來，抓起橄欖球在他膝蓋上旋轉……。他瞇起眼睛。「真的完美。我的家人會很喜歡妳。」

「會嗎？」這是讚美還是挖苦？

「一定會。」他站起來，放下他的橄欖球。「他們不能說我沒試過。等妳一個月後跟我分手，就是我跟珍娜復合的最佳藉口，這可能是永遠擺脫他們干涉的方法。」他睜大眼睛，誠懇又急切到古怪。「艾佛，妳真的不介意嗎？」

我咒罵自己的蠢念頭，他的家人一定是群可怕酸民才會讓他這麼瘋狂。而我也同樣瘋狂。

「我們不會表現得像男朋友和女朋友，對吧？」我被自己的高音笑聲嚇得畏縮，但我沒辦法。我無法跟神奇小子牽手。

「當然不會，這是愛之船。尤其蘇菲要帶沙維耶去，如果我們告訴他們我們在交往，他們會相信。艾佛，我欠妳一次，妳太聰明了。」

不，我是呆子。但他的感激就像一根黑巧克力棒，我無法抗拒。

「星期天我得提早離開去參加試演。」

「沒問題。我可以去看，對吧？」

「對。」

「那就沒問題。」

「萬一被珍娜發現呢？」或我父母？打破了這麼多規則，假裝打破一條——不准交男朋友——感覺最有風險，賭注最大。

他抓起筆電打開他的電子郵件。「唯一可能洩漏的是雪莉，我會叫她不要散播她聽到的謠言。」

我忍住恐慌，從梳妝台抓起他的劍潭包包走向房門。

「欸，我自己拿。」他伸手要拿，但我搶回來，拉斷了一條提帶。

壞兆頭，但我已經衝出門外。「妹妹不就是這個用處嗎？」

第十九章

兩個鮮藍色制服的警衛拉開鑄鐵大門，露出寬廣的車道。我們的司機開進去，用指尖摸摸他的眉毛道謝。

蘇菲沒有誇大。張家豪宅位於天母的中心區，是台北最昂貴的社區之一。除了石牆，淡粉紅色玫瑰叢——蘇菲說「從英國進口的，」——在微風中窸窣。藍灰色石板和英國草坪鋪滿地面一路通往兩層樓白色粉刷和綠色百葉窗的豪宅。

「欸，蘇菲，我得告訴妳一件事。」我第四次設法抓住她的注意力。從我們上路以來瑞克和我一直想告訴她和沙維耶我們在交往的……新狀況，但在告知沙維耶她家的狀況到現在進入豪宅之間，她完全沒有停下來喘口氣。

我們的廂型車停在一個寬得像港灣的石砌樓梯間底端。戴白手套的搬運工打開蘇菲的車門，她像小孩似的跑出來大叫，「克莉兒阿姨！我們來了！」

告知只好暫緩了。兩條吠叫的柴犬還有兩個大約五六歲的黑髮小孩奔向瑞克。男孩用清脆的英式英文大喊橄欖球賽統計數字。穿著完美玫瑰圖案洋裝的女孩邊哭邊口齒不清說話——顯然她媽剛說了她年紀太小不能嫁給瑞克。

「嘿，菲利克斯！你一直在作研究嗎？」瑞克把小男孩扛在肩上旋轉，讓他大叫起來。他拉拉女孩的辮子。「芬妮，妳最好別嫁給我這種又醜又老的山怪。」

「不，我要！」芬妮模糊地說；她下排缺了兩顆牙。我笑了。瑞克會是個好爸爸——呃，不對！——我又不是他真正的女朋友，評估他潛在的終身伴侶特質。啊！

我急著離他遠一點，跟著蘇菲走上台階進入挑高天花板、白色大理石柱子與地板，一個人高的花瓶，一棵盆栽大樹，一道弧形樓梯的門廳——全部被鋼琴大小的水晶吊燈光線照得閃閃發亮。有個日式池塘，池底用石板建造，養了橘色鯉魚。

「克莉兒阿姨！」蘇菲撲向一位嬌小懷孕婦人……親吻她的兩頰。然後她挽著沙維耶的手臂。「這是沙維耶．葉。」

「歡迎！」克莉兒阿姨即使挺著大肚子、穿戴著海洋綠色旗袍和翡翠項鍊仍然很美。她以同樣的女王威嚴迎接沙維耶，然後是仍被芬妮和菲利克斯像猴子攀在背後和脖子上而彎腰的瑞克。瑞克放下身上的表弟妹，抓住我的手，拉我上前。

「這是艾佛．王。」瑞克的語氣平和，但是聽起來有點……驕傲。彷彿我是她創造出來的。「我的女朋友。」

一陣震驚的沉默，我不敢看蘇菲或沙維耶，然後芬妮尖叫，哭著跑上樓。克莉兒阿姨瞪大眼睛，我怕她要責罵瑞克了。你的表妹帶了葉家帝國的繼承人，你竟敢帶這種鼠輩來我家?!

這時她雙手環抱我，茉莉香水味鑽入我的鼻孔。

「Goà-khò（我苦）！」她用閩南語大叫。我的天啊！「蘇菲，妳該先警告我的！」她推開一臂之遙用漂亮的眼睛上下打量我。「瑞克，你怎麼不早說！艾佛，親愛的，把這裡當自己家。妳有什麼愛吃的菜色嗎？我叫女佣去市場買。」

「不用，不用。」我可以說話了，「沒有，什麼都好。」等我甩掉她疼愛的姪兒時她的熱情會變怎樣？蘇菲皺眉，我又感到強烈的罪惡感。

然後瑞克的手臂攬我的腰，溫暖又宣示所有權。「我就知道妳會喜歡她。」

「我要給妳伊蓮娜套房，」克莉兒阿姨對我說。她開始爬上樓梯，又轉過身來。「瑞克！」她生氣地大喊，「幫她拿袋子！」

克莉兒阿姨深入她家豪宅時，我掙脫他，從瑞克手上搶回我的袋子。我的心在在喉頭狂跳，他的手和手臂自己穿過我的衣服烙印到我皮膚上。

「我們只是在假裝，記得嗎？」我把我的袋子往他肚子塞去，他愣了一下。警衛憋住笑意。

「抱歉，」瑞克溫馴地低聲說，「想要顯得逼真一點——今晚一切都會傳遍整個家族緊急聯絡網。不會再發生了。」

「最好不要。」我怒道，然後跟著克莉兒阿姨走到她的博物館級豪宅最大的套房。

◆

我的房間除了陶瓷按摩浴缸，還有個鑲金邊的紅木大箱子：女王級的大床，堆著條紋鴨絨墊子，三面有雕刻著藤蔓、飛龍、蓮花的木頭扶手框住，頂上還有方格狀天幕。紫色錦緞窗簾的挑高窗戶俯瞰著冒泡的游泳池。在門邊，我伸手摸過設計來遞送客房服務的活門開口。

蘇菲衝進來關上房門。她的視線觀察……帝王大床時，我咬著嘴脣。這個房間原本應該分給沙維耶和她嗎？這下福利浪費在我身上了——瑞克和我搶走她週末計畫的鋒頭了。

「怎麼回事？」她嘶聲說。

「本來瑞克不想來。」我設法解釋我們怎麼會假裝交往，但蘇菲搖搖頭。

「他怎麼會以為這種事不會傳到珍娜耳朵？」

我皺眉。「他說沒人會告訴她。」

「這家人可是八卦天王啊。」

我的腸胃一沉。「他似乎很確定。」這是瑞克的問題。但我太分心忙著給我的舞鞋緞帶打結兩次，才成功把它掛到天幕上提醒自己週日要去試演。

如果這家人不喜歡珍娜，沒有理由告訴她新女朋友的事，對吧？我只需要更加支持蘇菲的計畫，意思是保持低調，別被趕出去，給她和沙維耶面子。

「跟沙維耶的狀況如何？」我小心地問。

她眼睛抽動了一下，用指尖去摸，讓它靜止。然後她微笑。

「很好啊！好得不得了，」她說。

樓下的門鈴響起《驪歌》的曲調。

這個家族和沙維耶聚集在有超精緻天花板的寬敞客廳：深色方格框飾板畫著中國神話故事……。到處是玉石雕像：龍和鳳凰之類的。老爸一定很愛的五桅帆船航行在雲端。翠玉與扁柏色窗簾，被穿過老媽很嚮往的白色木頭百葉窗的幾道太陽光線照得變柔和。

瑞克抓住我的手耳語說，「克莉兒已經打電話告訴整個家族了，我很抱歉。」

「說了什麼？」他把我拉向一套天鵝絨長沙發，我努力不去注意他抓著我的手。門鈴又響起，我們的下午開始失控。

三姑六婆湧入的同時，克莉兒的女佣們拿出蝕刻著古中國風景畫的瓷器茶具。她收藏了一百多種茶，但我們沒得選擇：她的女佣倒出了香噴噴的大紅袍。

「每盎司價錢比黃金還貴，」蘇菲跟我咬耳朵。

「呃，哇！」我說話時一個灰髮大叔，穿著燙得平整到可以滑乳酪的哈佛馬球衫，抓住瑞克的手。「光明！妳一定是艾佛了！」他猛搖我的手。我該換穿好一點的上衣，穿裙子而不是短褲才對。「妳去過故宮博物院沒有？妳認為這些美好的寶藏應該屬於北京還是台灣？」

「我，呃——」

「別用你的政治觀騷擾她，繼亞，」克莉兒趕去應門時大聲說。

「還有寶芬！」繼亞擁抱蘇菲。「我聽說妳要上達特茅斯大學讀MRS[8]？」

蘇菲大笑親他臉頰。「沒錯，舅舅。但是容我介紹沙維耶……」

我們周圍又聚集了幾十個表兄弟姊妹、阿姨、舅舅和姨婆、舅公，每個新來的賓客都打斷瑞克介紹、握手、弄亂我的頭髮，他以良好的幽默感全盤接受。兩位優雅的老奶奶用日語聊天，其餘每個人都用光速講國語和閩南語。我聽懂了幾個字：漂亮，太瘦，性感！瑞克向我傻笑——開心多過歉疚。難怪他不想處理家族對珍娜的批評——每個超高教育程度的人，直到在玩青蛙的小芬妮，都有自己的意見：「太老。」她平淡地宣稱。幸好用英語，我聽得懂。

「我不會講國語，」我向瑞克嘀咕。他們看得出我不是富家千金嗎？我感到怪異的焦慮，想要他們的認可。「他們會因此反對我嗎？你呢？」

「別擔心。」他安撫地捏捏我手臂，我感到全身一陣尷尬的快感。他的情感感覺不像那個悶悶不樂、暴躁的神奇小子。我差點掙脫，直到我想起全家都像老鷹似的在看。直到一週前，我還會很樂意把瑞克推下懸崖，我怎麼會讓自己捲入這團混亂呢？

沙發上，蘇菲緊靠著沙維耶，他坐得筆直，所以他們看起來比較像貓咪倚著柱子而不是情侶。他從她手裡抽出手來要拿他的茶杯——故意的？她咬咬嘴脣，然後轉身擁抱表親：蘇，她跟穿著黑色皮夾克的網球好手未婚夫卡德一起從加州來訪。

「我們也是在愛之船認識的！」蘇拉我過去擁抱，差點把我肺裡的空氣全擠出來。「我們明年要結婚了！」

「蘇菲提過妳，」我驚呼，「恭喜了！」

---

8 譯註：俗稱女生為了尋找乘龍快婿而上大學，叫做MRS學位。

我回我的座位時，沙維耶的目光對上我——又酷又嘲諷。「看起來我們都陷入困境了。」他咕噥說。

「好像是。」我拿我的茶杯把茶吹涼。我想問他為什麼過來，他比我了解台灣——他一定猜想過這家人會有這種反應。我希望他相信瑞克和我在一起，他就有更多理由別再畫我的肖像。

但不知怎地，我懷疑這點。

「年輕人，你對未來有什麼計畫？」五十幾歲穿著體面的泰德姨丈補滿沙維耶的茶杯問道。他是克莉兒阿姨的老公，雖然講話沒特別大聲，所有對話突然停止，大家都靠近豎起耳朵。

沙維耶把茶杯放到茶几上。「我不確定。」

泰德姨丈皺眉，他抓抓他修剪整齊的斑白鬍鬚。顯然，「我不確定」不在被認可的答案之中。

「沙維耶什麼都能做，」蘇菲插嘴，「他可以當銀行家或律師、醫生，全看他想要怎樣。」

「我認識令尊。」泰德姨丈舉起他的葡萄酒杯，「房地產、電子產品、智慧汽車，葉家的觸角遍布亞洲的每個關鍵產業。」他沒在微笑。我聽得出蘇菲快喘不過氣了，等著他作出判決。然後泰德姨丈……面向沙維耶晃一下酒杯。「他們很聰明，我猜想你會追隨他們的腳步。」

蘇菲微笑。神奇的葉家帝國所向無敵，泰德姨丈的內幕知識讓沙維耶的家庭聽起來比蘇菲告訴我的更加顯赫。

但是一提到他父親，沙維耶就抬起頭來。「那就難說了，」他說，「我這葉家人根本不會上大學。」

一陣驚訝的漣漪傳遍所有高學歷的表親，包括蘇菲。我想要發笑，但是老實說，無論如何，劍潭是個選修活動，每個學生都要上大學——我本來假設沙維耶也是。有何不可呢？這跟他爸爸罵他白痴，被我碰巧撞見的爭吵有關嗎？

「沙維耶走他自己的路，」蘇菲介入，「他有很多選擇，重點是選對方向，不用太早鎖定。」

泰德姨丈笑了。「先就業嗎？我贊成——繼承家族事業的男孩不必浪費時間在花俏的學歷上。至少還不用。」

沙維耶的目光轉向蘇菲。她以正面方式出乎他的意料。「差不多是這樣。」她在掩護他，圓滑到我懷疑她的家人有沒有發現。她真的很適合當個傑出外交人員。

「那，艾佛，妳呢？妳父母在台灣住很久了嗎？」克莉兒阿姨轉向我。她比我們年長不到十歲，我看得出蘇菲為什麼形容她是……她敬仰的漂亮阿姨。她一發問，整個家族像向日葵似的往我湊過來。沙維耶冷笑——現在輪到我了。

「我家人不是台灣出身。」我在他們的檢視下不禁臉上發熱，一面解釋我父母如何從福建移民到新加坡，然後到美國。

「我們都是人，」克莉兒阿姨揮手不在乎這些差異，「但是妳父母一定很勇敢又聰明，就像瑞克跟蘇菲的父母。通常只有這裡的頂尖學生能去美國，所以你們這些孩子能表現得這麼好，一切都在你們的基因和教養裡。」

「班吉說過他爸是開計程車的，他還是進了普林斯頓。」瑞克說，但克莉兒阿姨噓他，等我繼續說。

我該以中國人的謙遜淡化，或是會對我父母不敬，顯示我的教養欠佳呢？我折衷不置可否——裝咳嗽。無論如何，她太逼近我這輩子聽膩的犧牲了。如果我父母留在亞洲，他們會被這類的家庭圍繞，而非孤立的四個人住在俄亥俄州。受尊重，融入社會，沒有偶爾在停車場被嗆「滾回中國去」的風險，像突然中了一箭。如果他們留下，老爸仍然是醫師。我懂。天啊，我懂——但身在此地感覺更加真實了。

女佣端來一大盤黃色對剖芒果，果肉上切出了方塊刀痕再翻開果皮做成容易吃的龜殼狀，讓我鬆了口氣。繼亞提起在台灣國會的敵對立法委員們打架——顯然是常態——全家用國語、閩南語和英語陷入互相否定的激烈辯論……，只差沒互丟芒果了。

我笑了，但瑞克愁眉苦臉。「抱歉，他們這麼討人厭。」他低聲說。

「才沒有。」我已經有點喜歡上他的家族了——包括芬妮——好有活力，率性，還有我家人缺乏的那種粗魯。

「夠了吧，艾佛快無聊死了。」克莉兒阿姨在旗袍底下優雅地翹腳說，「艾佛，告訴我們。我一看到泰德姨丈的瞬間就知道我會嫁給他，但最近你們年輕人似乎並不急。劍潭有那麼多單身的男生，妳是怎麼選上我們家光明的？」

瑞克放下他的芒果塊。「喔，我們只是——」

「惦惦，光明（台語）。」她一手按在他膝蓋上，「我要聽艾佛的說法。」

「呃……」盡量接近事實回答可能是最安全的辦法。「瑞克是我認識的第一個男生。」

「喔？」

她的笑容收斂了一點，所以我換個角度。「呃，老實說，我從小就認識瑞克了。起初我挺討厭他的。」

「真的？怎麼會？」

「我爸是《世界日報》的忠實讀者。每隔一年左右，總會刊登關於這個……傑出少年的文章。」瑞克呻吟的同時克莉兒阿姨和表親們讚許地交頭接耳。「我老是在枕頭上發現關於吳光明的剪報。我父母關於瑞克的檔案資料比我的還厚。」

「不是開玩笑嗎？」瑞克咕噥。

我迎向他的注視笑道。「我稱呼他是神奇小子。」

「我就知道。」一名表親打瑞克的手臂。「我們都叫他橄欖球人。」

「閉嘴啦。」瑞克說，大家都笑了。至少，我能用吳光明在美國傳統社會的傳說娛樂他的家人。「全國拼字比賽冠軍，彈鋼琴，上耶魯，瑞克是包括我在內沒人追得上的標竿。」瑞克發出被勒頸的怪聲。但他是這場鬧劇的最大受益者，所以就讓他不安吧。「當然，美國的每個華裔父母都想讓自己女兒嫁給瑞克。」我補充以防萬一。他自己跟我這麼說過。

「妳一定不相信我接到多少電話，請求我安排張三李四的女兒認識我外甥。」克莉兒阿姨燦笑說。他選擇了妳。這整個計畫，令人窒息的家族矚目，都是設計來代表瑞克向我示愛。而且效果有點太好了。

我連忙繼續說。「但是我下飛機之後認出他來，所有厭惡煙消雲散。如果可以加入他又何必打敗他呢？」

瑞克扭捏不安時，我露出竊笑。把我捲入這個荒謬計畫算他活該。

這時他眼中出現邪惡的光芒。他牽我的手跟我十指交錯，讓我全身一陣冷顫。

「我不曉得妳是那麼想的，」他老實地咕噥。我試著掙脫，但他抓得很緊。我臉上開始發熱，我默默咒罵他。他嘴角扭曲露出我從未看過的賊笑。我用眼色對他發出死亡威脅。

克莉兒阿姨嘆氣，把玩她的婚戒。「瑞克，我好高興。」

「終於。」一位表親說。

瑞克僵住。他的手指放鬆，不過沒有放開我。珍娜的名字懸浮在空中。演得好！克莉兒阿姨和表親們別無選擇只能喜愛我，因為任何女孩總比珍娜好。

他們為什麼對她這麼敏感呢？

「你們明年有什麼計畫？」克莉兒阿姨開口。

我開口想告訴她要上西北大學，但說出口的是，「我要上舞蹈學院。」有何不可呢？反正這一切都不是真的。

我準備面對眾人的失望。但是，克莉兒阿姨抓緊泰德姨丈的手。「喔，太好了！泰德是台北這裡的國家劇院董事會成員。」

「真的？上演羅密歐與茱麗葉的地方？」我看過一些傳單。

「對，還有很多其他節目。瑪林斯基芭蕾舞團——在十八世紀是俄羅斯皇家芭蕾舞團。鈴木忠志劇團，楊麗花台灣歌仔戲——妳或許沒聽過這些，喔，馬友友。」她彈一下手指。「美國大提琴家。我們一絲天賦也沒有，但我們喜歡觀賞，對吧泰德？」

她老公吻她的嘴，我在家裡從未見過……我父母公然示愛，更別說在陌生人面前了。「我們每兩週的週末會去劇院。」

「你們是藝術的贊助者，」蘇菲宣稱。

克莉兒阿姨謙虛地揮揮手，但我移坐到椅子邊緣。「喔，哇。」我從來沒認識過這樣的家庭。「那太棒了。」

「妳怎麼選擇舞蹈？妳有什麼計畫？」在克莉兒阿姨盤問下，我告訴大家被帝勢錄取的事，向跟著舞團在全世界表演過的編舞家和老師學習的機會。我感到瑞克的目光盯著我，我忙著比劃的雙手。「我多年來負責安排學校舞蹈隊的節目。改天，我希望能夠編排到一些好作品——像是百老匯音樂劇。」

「嗯，我希望我們有機會看到妳跳舞。」

「會的，」我來不及阻止自己說出口，「我在八月要表演天鵝湖。」

「我們會去看。」克莉兒阿姨的眼神發亮，「妳父母一定很引以為傲。」

我們終於問完可以觀賞克莉兒阿姨最近收購的東西，我鬆了口氣，那是她在倫敦拍賣會買下的一幅受馬諦斯啟發的畫。我父母以我為榮嗎？如果他們知道我的暑假是怎麼過的應該不會。

我努力忘掉他們，脫離團體去欣賞克莉兒阿姨收藏的孟加拉虎、西班牙教堂……、中國騎士和法國兒童繪畫——東西方的融合。我喜歡這些畫並列，我湊近去聞用翡翠與玉髓雕刻的樹上鮮紅的花朵。有茉莉花香味，第六感讓我抬頭看，我對上房間對面沙維耶的注視，他跟蘇菲和表親們站在一起，手拿著一杯葡萄酒。我對他皺眉警告——最好別讓我再看到我嗅這些花的素描。

「妳選了我的最愛，真好。」克莉兒阿姨把面紙包裹的一團東西塞進我手裡。「只是個小禮物。」

「喔，不，我不能收。」我想要還給她。感覺像絲巾之類的柔軟布料。

「拜託。瑞克是我 A-hia（阿兄）——就是我大哥的兒子。他們全家都在美國，我沒辦法照我想要的溺愛瑞克。」她把我的手壓到她手臂下。「親愛的，妳知道我是說真的。泰德認識我的時候我感覺好幸運。即使在初期他還是個陌生人，我就知道一切即將改變。我很高興瑞克認識了妳。」

我內心不理性的部分想要像一張舒適毯子把她的熱情禮物披在肩上，但主導的理性部分仍然無法相信他們這麼願意接納我作為瑞克的真命天女。他們真的像清朝一樣傳統。

這時我含蓄地維護瑞克的目標。

「其實我自己也不敢相信，」我說，「我知道瑞克的上個女朋友超級聰明，來自傑出的家庭，也很漂亮。」我補充說，不過這時我的嘴裡有苦澀味。

「我不喜歡講其他女生的壞話。但妳最好知道，瑞克就像美國童書裡的那棵愛心樹，他不斷付出。他接送她去任何地方，跟她聊她的憂慮到凌晨三點，之後熬夜到天亮才寫完他的家庭作業。愛情應該是雙方平等的，平等分享，平等的有來有往。

「我不知道瑞克有沒有告訴妳，但他想要轉去威廉斯大學。他說那是他的理想，但瑞克的父母認定是珍娜堅持要的。」

「他要放棄耶魯？」他連暗示都沒提過。或許他有？我想起他告訴馬克你上什麼大學並不重要時的尖銳語氣。回頭想想，他自己從不提起耶魯——蘇菲有，其餘所有人都有。

所以他的家人這麼討厭珍娜嗎？常春藤名校的勢利眼？他們全家也太膚淺了！為了愛他願意反抗所有家人的期待，更別說不太重要的《世界日報》讀者們了。

「妳在霸佔艾佛嗎？」瑞克的手突然摸到我背後，然後消失，留下一股怪異的失落感。但他恢復成可敬的瑞克，做我要求他做的事。我為什麼覺得失望呢？

「女生話題。」克莉兒阿姨伸手撫摸我的臉頰。

「呃，如果妳不介意，我想要帶她參觀一下。我小時候常來這兒，感覺就像第二個家。」

「親愛的，這是你家沒錯。」克莉兒阿姨親他臉頰，「你們去吧。」

「真不好意思。」瑞克拉著我的手進入走道。

「沒關係，我喜歡她。」我真的不認為我們必須整個週末牽手，對吧？我想問他耶魯轉學威廉斯的事情，但感覺現在時機不對。「她好親切。好正面。」她抓我手臂、摸我臉頰、談到兩性關係有來有往的親密感——跟近在身邊的老媽形成強烈對比。「我喜歡你全家人。」

「是嗎？珍娜說他們吵鬧又勢利。」他臉紅了，「抱歉。我——不該這麼說的。」

因為他拿我們作比較？

「我猜他們真的是吧，」他補充說。又在保護珍娜。

「瑞克，你們在演什麼戲？」蘇菲怒道。她從客廳過來，沙維耶跟在後面。她抿著嘴。我把手抽離瑞克，他驚訝眨眼但幸好沒有繼續偽裝。

「我受不了每個週末批評珍娜了，」瑞克坦承，「艾佛在幫我。」他眼中的感激讓我覺得像是抓回我的手。「我欠妳一筆。」

「他們很愛你，」我說，「他們當然會適應的，你不需要我也做得到。」

蘇菲推開雙併門，帶我們到白色躺椅圍繞中冒泡的藍色游泳池。「他們崇拜瑞克，所以才會批評珍娜。妳也看到整個家族意見一致了。想像全家大罵髒話，妳就知道去年夏天的情況。但是這個——」她捏捏我腋下克莉兒阿姨的包裹——「是她買來在自己婚禮用過的。」

「喔，請收下吧——」我想塞到她手裡，但瑞克已經開口了。

「我沒料到她這麼認真看待，或是邀請整個家族——」

「你是吳家唯一的男孩！她當然會啊！」

「——但是艾佛甩掉我換到更好的人之後，家族就會忘掉珍娜。他們不能說我在愛之船沒努力過。」他對我笑，毫不擔心——一切都照計畫進行。

只差我無法想像那個更好的人。

「所以艾佛做這種苦差事是因為瑞克沒膽量對抗他的家人。」沙維耶在手指間翻玩一枚兩毛五硬幣。「我怎麼毫不驚訝？」

瑞克瞪大眼睛。「沒有人問你——」

「是我的主意，」我插嘴，「我樂意幫忙。」

沙維耶抓住他的硬幣。我準備聽到刺耳的話，但他只是收起硬幣轉向蘇菲。「卡德想叫我去看他的機車。」

「唉，又是那個蠢機車。」她挽著他的手臂。「我還沒帶你看屋頂陽台——」

「沙維耶，你要來嗎？」卡德從平台另一端的門探頭進來問。

沙維耶離去時蘇菲咬咬嘴脣。他雙手插口袋閒晃過去，彷彿他因為一輩子反抗那些想催他快點前進的人，精通了疲憊的漫步。我還是不懂他為什麼要來。

蘇菲稍微搖了搖頭，再把……克莉兒阿姨的包裹丟給瑞克。「你最好祈禱珍娜別聽說這件事，如果你不想要再——」

「我們在台灣，沒人會告訴她的。」我來不及繼續反對，他已經把包裹塞回我手裡。「克莉兒阿姨希望妳拿著。」

「珍娜雇用私家偵探我也不會驚訝，」蘇菲說。

「別鬧了。」他語氣中的怒意在芮氏量表上提升了五級。

「鬧什麼？談論你有多迷戀嗎？」

「就因為我沒給女朋友添麻煩。」

「她堅持每天一張明信片一通電話就是標準定義的——」

「閉嘴，蘇菲！閉嘴！放她一馬吧！我受夠了妳的屁話。」

瑞克雙手握拳。敵隊的線鋒也會被他瞪到畏縮，但是蘇菲叛逆地把頭髮甩到後面。「我也受夠了你呵護她好像一打噴嚏就會碎掉的樣子！」

我抓著我的包裹，心裡很想跟著沙維耶走掉。但我是來陪蘇菲的——在生活中其他領域這麼自信沉著的瑞克，為什麼一涉及珍娜就變了樣？

因為他很愛她。

瑞克的目光看向我。他嘟著嘴唇，根本忘了我在這兒。

「妳什麼也不懂，蘇菲。」他衝向豪宅，差點撞到端著一盤芭樂芒果奶昔走出來的克莉兒阿姨。他閃過她消失到屋裡去了。

「你們還好吧？」克莉兒阿姨在石凳上放下托盤。

蘇菲拍死她手臂上的一隻蚊子。「妳知道我們就是這樣。」

「那就別煩可憐的瑞克了。」克莉兒阿姨一手放到她的大肚子上，照例堅定地說。「妳要是這樣一直苛求年輕人——」她看看周圍壓低音量，「沒有好男人敢要妳，小蘇菲。」

哎呀，連我父母都不會講到這麼刺耳，她一定是在開玩笑吧。

但蘇菲發生的轉變很驚人。

她垂下目光，臉頰出現兩個紅暈同時怒氣消散，彷彿克莉兒阿姨剛用滅火器噴她。

克莉兒阿姨不是開玩笑的。

姨丈說蘇菲去達特茅斯修MRS學位也不是開玩笑。

我的家庭很愛控制人，但從不談論男生，表示他們也從不要求我討好他們。蘇菲的家人在某些方面很不傳統，但也有些非常傳統，尤其關於婚姻。難怪蘇菲這麼堅持要找個男朋友——我第一次對這位迷人室友感到一股同情。

「妳們不如來幫我做晚餐吧？」克莉兒阿姨捏捏我手臂，「親愛的，妳想要先打個電話給家人嗎？」

「我今天早上打過了，」我說謊，拿起一杯奶昔。天啊，我好想念珍珠。我欠她一封email。「但是謝謝。」

「乖女孩。」我跟著蘇菲走路時克莉兒阿姨關愛地撫摸我頭髮說，我只能忍住歉疚感不要閃躲。

第二十章

一個半小時之後，陪克莉兒阿姨和蘇菲把黏膩的niángāo（年糕）切片浸泡蛋汁與雕刻紅蘿蔔花朵之後（蘇菲雕了十朵，我只有三朵——她怎麼會這麼厲害？）我在豪宅裡尋找瑞克，查看地下室電影院裡皮革躺椅的空隙，穩步走過鋪銀色地毯的走道，爬上弧形樓梯來到屋頂花園，盛開的梔子花散發甜香，還有一棵芭樂樹。我眺望市區天際線時，溫暖的微風把我的頭髮吹到臉上，我全身發癢想要利用這個遠眺的台北夜景跳支舞，但我轉身走回樓下。

我第二次敲敲瑞克臥室的橡木門板，但是沒有回應。他一定到屋外去了。我經過沙維耶房間時，輕柔的呻吟和接吻聲隔著房門傳入我耳中。

「我都是為了你，」蘇菲咕噥說。

我聽不到沙維耶的回答，但接著出現蘇菲憤怒的嘀咕，然後椅腳刮過木地板的刺耳聲音，像是他們推開了彼此。

「你有什麼毛病？」她的聲音升高了八度，「我聽說你對明蒂可是毫無保留。」

「我只是認為我們最好別這麼做，」沙維耶回答。

更多家具刮地板聲。一個悶響，好像書本落地，紙頁翻動聲。我的腳黏在絲綢地毯上無法動彈。

接著房門猛力打開。蘇菲衝出來，看到我之後停下來。她把橘色條紋洋裝的肩帶拉回肩膀上同時用力甩上門，吹動了她雙腿間的裙子。

「妳還好嗎？」我警覺地問。

「他是個白痴。」她從耳朵扯下耳環，「我竟然笨到跟他交往。」

「妳不是說真的吧！」我反駁。

「我們完了。」她把耳環丟向他房門，彈開來滾到了一座老爺鐘底下。「我要去游泳池邊坐到晚餐時間。」

她踢開一隻粉紅玩具熊，推門進她房間甩上門——她精心策畫的週末計畫被丟到窗外。我舉手想敲門時沙維耶的房門忽然打開。

他的頭上套著脫到一半的黑衫，幾條汗跡在他黝黑的胸膛發亮。透過門口看進去，他的四柱大床上床單凌亂，棉被也倒掀開，橘色背包放在地上。

我們目光交會時他愣住。我猜想他這次看到我的什麼畫面，尷尬地呆站著。

「艾佛，事情不是妳想的那樣。」他沒有冷笑，語氣中也沒有嘲弄，令我心情一沉。玩家沙維耶比嚴肅的沙維耶容易面對多了。「蘇菲和我——」

「那不關我的事。」我跳過玩具熊，兩步併作一步衝下樓梯。

「艾佛，等等。」他大聲說，但我已經聽不見了。

十五分鐘後，我發現瑞克在距離克莉兒阿姨家幾個街區的天母公園裡跑過一條兩旁種竹子的小徑。天快黑了，紫色天空飄著幾朵粉紅色的雲。樟樹的香味瀰漫在空氣中，一群男女聚集在樹下打太極拳，好像少林寺裡的僧侶。

瑞克的灰衫正面汗濕成一個花瓶狀長條，緊貼著他胸口。他全身緊繃彷彿耗盡所有意志力要逃避他的心魔，無論是什麼事。堅強的決心，他就是這樣成為神奇小子的。

他看到我之後放慢腳步。

「嗨！」

「嗨！」

他用袖子擦擦臉，歪頭指向小徑。

「要散步一下嗎？」

一股緊張感。「好啊！」我走到他旁邊，一起走過石頭小路，閃到路旁讓一輛車輪發出尖叫聲的人力車通過。

「沙維耶說得對，」瑞克把雙手插進口袋，「要妳為我做這種事不公平，我是個膽小鬼。」

「是我提議的。」

「我只是——必須阻止他們討厭她。」他駝下背來，雙拳藏得更深。「或許我不該來參加這個夏令營。」

「你為什麼來呢？」

「我說過了，必經的成長歷程。我需要休息一下。」

「也要遠離珍娜？」

「不，當然不是。」他瞪大眼睛，搖搖頭。「對，是，或許吧。」

「你們一開始是怎麼交往的？」

「她六年級的時候搬到我家隔壁，她父母請我走路帶她上學，她也開始在放學後等我。到了高中，她會在球隊練習後帶著零食過來，我邀她來高一的返校日活動。之後我們就在一起了。」

「她知道你的家人這麼討厭她嗎？」

「知道。我想要瞞著她，但還是在小地方洩漏了。」他的拇指摳著手上的傷疤。「我們大吵過幾次。有一次親戚看到我們爭吵，自然讓八卦開始流傳了。」他皺眉。

「所以蘇菲才不喜歡她？」

「不盡然，生活讓珍娜很煩惱，同儕壓力，成績問題。她是獨生女，成長過程挺寂寞的。她父母的工作常出差，對她期望很高，每一點一滴壓力就像石頭縫在她的衣服裡——她全部要承擔。高二那年她瘦了十五磅。她每晚過來，趁我寫作業時在我床上入睡。

「我在兼顧學業和橄欖球，蘇菲不喜歡她佔據我這麼多時間。我試過鼓勵珍娜培養興趣——以前她會去兒童診所當志工，但她退出了。她只想專注在學業成績和我——我也不希望這樣。」

「你阿姨說你要為了她轉學去威廉斯。」

「我沒發現她知道了。」他更加蹙眉。「威廉斯還沒確定接受我轉學，所以我什麼也沒說。蘇菲根本不知情。」他的視線轉到草地上正在啄食肉包子碎屑的小鳥。「我知道我的家人不高興，但是珍娜很難獨處。她要上醫科預校——」

「醫科預校？」我畏縮一下，「她父母也要她當醫師嗎？」

「不，她自己想要。她想當小兒腫瘤科醫師，專治小孩的癌症——她會很拿手，但她很難承受不確定性。妳的理學士轉醫學博士課程——她會很渴望那個確定感。去年最難熬，她申請了一堆那類課程，到處都是列入備取。」

我從樹上摘下一顆桃子在我手掌上滾動，感受毛茸茸的圓潤。原來這是轉學的理由——珍娜在承受醫科預校的壓力時需要堅定可靠的瑞克在身邊，努力進入醫科預校會有很重的心理負擔。我不願意相信他家族的長春藤名校勢利，但感覺不太對勁。他真的必須放棄耶魯嗎？我對克服長距離戀愛一無所知，或許很痛苦，但梅根和丹隔了六個州還是能維持。威廉斯和耶魯只隔幾小時車程，而且橄欖球怎麼辦？他這麼怕失去珍娜嗎？

他還在嘗試把傷疤從手指上剝下來，我摸他的手。「你受這個傷的時候是跟她在一起嗎？」

他的手靜止。「妳怎麼知道？」

「你想起她的時候就會摳傷疤。」

他把手握成拳頭，彷彿想要抹消先前他洩漏自己心思的所有動作。「對，那是個意外。」

他的語氣好像磚牆，跟我保持距離。無論發生什麼事，這個記憶關閉了他內心的一盞燈。我不去追究。

「她父母知道嗎？」

他聲音變尖銳。「知道什麼？」

「她有多麼憂鬱。」

「不知道。」他放下拳頭說。「對，她跟他們不親近，她要我保證不告訴他們，她爸爸會怪她軟弱——他們總是在她成長過程要求不許哭。」

「他們或許不懂，」我能放心告訴我父母嗎？「但你無法獨自應付她。」我抬頭瞄他。「你真的愛她，是吧？」

他呼出一口氣。「是啊，是啊，當然了。」

我嘴裡的桃子感覺好酸。我們走近對面的公園門口時我把它丟進垃圾堆，轉身循原路走回去。太極拳社團又出現在視野，正在休息，用金屬保溫杯喝水。有個白髮老人分發棍棒給所有男女，大家把它當成風車轉來轉去。我們坐到長凳上旁觀，我往一側伸直腿抓住我的腳趾，嘗試用熟悉的伸展運動專注精神。

「妳告訴我家人妳要去上帝勢學院。」

瑞克不肯讓我專心。「顯然是開玩笑的。」

「是嗎？因為每當妳提到醫學院，表情像是妳永遠失去了玫瑰盃[9]似的。」

「哇，有那麼像世界末日嗎？」

他微笑。「更慘。」他收起笑容。「我是真的在問妳。」

我放開我的腳趾。「小時候我從腳踏車摔下來，膝蓋破了個大傷口。我爸幫我縫合之後說，『等妳當上醫師，妳自己解決。』

「每天，他從克里夫蘭診所推完清掃推車回家，精疲力盡滿身消毒水氣味，我會跑去擁抱他。他會告訴我他看到的一些手術，或醫師救了某個人一命，我以後要當醫師他多麼引以為榮。他無法當上的醫師，他沒說出最後一句，但我總是知道。我要讓他的痛苦有回報，他就不會再那麼精疲力盡了。

「妳什麼時候回絕帝勢的？」

「我飛來這裡的前一天。」

「妳可以試試打電話給他們。」他坐起來說，「說明妳覺得必須入學。」

「來不及了。」

「還有一個月才會開學。跟他們說妳有家庭問題，先前妳以為沒辦法入學，妳可以修那些舞蹈和編舞課程。妳可以住在百老匯附近——」

「停。」我伸手遮住他的嘴。他在撕開我努力想要慢慢痊癒的傷疤。「其他跟我類似的女生在九月之前退出的機率有多少？」如果馬克說的配額是真的，還必須是亞裔女生。「比零還低。況且，你為了你愛的人放棄橄欖球，所以你有什麼立場說話？」

我放開他，他咬咬臉頰。我還感覺得到他下巴的鬍渣壓在我手掌上。他睜大眼睛，彷彿我剛電擊他。他的黝黑皮膚下顯得蒼白。

然後他移開目光。「我不知道。」

片刻之後，我說，「醫學院是我一切努力的目標，我父母也是。」我熬夜讀書時老媽煮給我的所有餐點，期末考時負擔我的家事，當我的女佣，老爸當我實習的司機，他們對我升學的所有憂慮，都因為我的未來就是他們的未來，付我的訂金和第一學期學費。他們從不要求我付一分錢，不像梅根的父母。我先是王家人才是艾佛，就像瑞克是頂著家族姓氏的吳家人。

一群鳥兒從頭上飛過，拍動的翅膀擾動了熱氣，我們都需要振作起來。太極拳社團正在慢動作轉動他們的棍棒，我離開長凳走近那個白髮老人。

「我們可以試試嗎？」我用不太標準的國語問。

「當然，小妹。」他給我一根藤棍，其餘說的話我完全聽不懂。我試著舉起來，平凡又好用的棍棒——五呎長，一吋半粗，末端的木質有點碎裂。熟悉的重量，很像我用過的旗杆，令人安心。

「妳想學太極嗎？」瑞克淡淡微笑。「我有更好的主意。」

9 譯註：Rose Bowl，位於加州帕薩迪納的球場，每年例行舉辦大學橄欖球賽。

我把棍子指向他胸口，嘴上露出真正的笑容。跟旗隊練了那麼久終於派上用場了。

「我挑戰你決定。如果我贏，你這週末別再悶悶不樂了。如果你贏，隨便你去生悶氣。」

他眨眨眼，抬起一側濃眉到額頭上。「妳根本沒參加選修課。」

「試試看。」

「我也碰巧是班上最強的棍鬥士，我是天生好手。」

我傲慢地抽抽鼻子。「這要由我來判斷，橄欖球人。」

他繼續抬眉毛，然後六呎一吋高的全身站起來，迫使我仰頭看他。

「我很樂意讓分，」他慢慢說，「但我體重是妳的兩倍。」

「那是你的殘障。」我繞行他，把他逼向放棍棒的手推車。「不准用你的體重優勢。」

然後，為了炫耀，我把棍子完美地旋轉一圈。

瑞克的下巴差點掉到地上。「某人有練過哦。」

瑞克選上中段有許多人拿過而磨損的堅硬竹棍時，老人狡猾地拍拍瑞克的背……。他把棍子垂低，看來很厲害的樣子。

「我可不會放水喔。」

「我希望你不會。」

「如果我贏，妳就參加才藝秀跳舞。」

「什麼？」我稍微放下棍子。「不公平。我才不去才藝秀。」

「我不懂為什麼不行。五百個學生和二十五個輔導員跟妳在台北表演天鵝湖的觀眾應該差不多了，或更多，而且只有妳一人獨秀。」

「好吧，但是你不會贏。」

「少吹牛了。」他嘲弄地鞠個躬。

我開始旋轉我的棍子。我的旗隊經常不掛旗子練習，所以處理棍棒就跟翹腳一樣熟悉。瑞克一直盯著我的眼睛。

「妳想讓我分心。」

我雙手快速揮動，保持棍子形成催眠的一團模糊。

「喝！」我進攻。

瑞克冷笑著慵懶地擋掉。木棍撞擊聲在空中迴盪，震得我雙手發麻。我再揮一棍，又一次，逼他後退直到他的腳撞到磚牆。

我嘲弄地發笑。

這時他把我往後推，棍子飛舞，多年的運動訓練往我頭上襲來。

過了幾分鐘，我氣喘吁吁。

「要投降嗎？」瑞克逗我。

「少吹牛了。」我往他頭部揮出一擊。他閃開，但是風勢吹亂了他的中分頭髮。「哈！」我看得出他瞇眼的表情：好險——瑞克可不能在棍術比武被嬌小的艾佛．王打敗。

他衝上來，但我橫向跳開。

「愛現。」

我咧嘴笑了。我模仿他的每個招式，使出我自己的版本。他又壯又敏捷，但我靈敏多了。我們閃躲、揮棍，在草地上有攻有守，宛如滿足我體內飢渴的一支舞。我們協力的能量火花在空中爆裂。

在小路旁，我的棍子敲到他的棍子上用全身重量壓過去，想要逼他退後。

「戰術錯誤，」他叫道。他脖子上流下一條汗跡。「沒有人能夠移山。女人也不行。」我不理他，更用力推。我們的臉在交叉的棍子上方越來越近。他的琥珀色眼睛反射出陽光，近在咫尺盯著我。

他的嘴角繃緊露出微笑，我們近到可以接吻。

發現這點讓我好像鼻頭挨了一棍。我驚慌後退，放開他。他往前仆倒時瞪大眼睛，我本能地揮下我的棍子——打中了他的指關節。

「啊！」他的棍子脫手掉落然後猛甩手。「我投降！」

「對不起！」我驚恐地抓著他手腕，「我本來瞄準你的棍子。」

「我寧可妳打中我的手指而不是棍子。」

他的語氣狡猾，不像瑞克。我像顆燙手山芋放開他的手腕，劇烈臉紅。「喔，你這句話值得被多打幾下！」

我假裝要打他頭部附近，瑞克撲倒去撿棍子，翻滾起身，格擋，閃避，輕笑。我的身體隨著我們的動作歌唱——每條肌肉纖維同時活了起來。

然後他抓住我的棍子。

突然，我緊貼著他，棍子交叉。汗水在他髮線閃亮，我的脖子也汗濕了。他的溫暖青草香味填滿我肺中，我的心跳加快了一檔。

瑞克的棍子落地。

然後他有力的手指抓著我下巴。他的拇指腹摸過我嘴脣，令我全身痛苦又愉快的顫抖。我們的身體緊貼在我仍被他抓住的棍子上，他低下頭時我的手指拚命抓著他手臂，我們的鼻子碰觸，他輕柔的呼吸從我嘴裡吸走空氣——

然後他退開。

差點接吻的緊張在我們之間迸出火花。

想到珍娜。

我們拉開冰冷的距離，我的棍子抓在手上。

瑞克想要吻我。

至於我——他一定也看出了我臉上的表情。我從未感到如此赤裸，即使拍性感照的時候也沒有。他是瑞克．吳，《世界日報》上聞名的神奇小子，每個女孩的夢中情人。

「艾佛——」

「Xiaˇo mèimei, Xiaˇo dìdi, Chīfàn la（小妹妹，小弟弟，吃飯啦）。」

瑞克跳起來。一名穿黑白制服的女佣手臂上掛著竹籃，走過小路，叫我們回家吃晚飯。她的目光在我們之間切換，笑得露出皺紋——她很高興看到年輕的吳少爺和他的新女朋友。

瑞克彎腰撿棍子掩飾表情時開始下起豆大的雨滴。我舉起手摸摸他沒吻到的嘴唇。

「艾佛——」

「她很幸運跟你在一起，」我哽咽說，「我希望她懂這一點。」

我把棍子抛還給白髮老人，奔過瑞克離開公園時烏雲擴散。我的腳在雨中踩出不穩的韻律。瑞克沒跟上來，我也沒指望他會。

我不該來的。

不是這週末，不是這座公園。我不該提議然後愚蠢地同意執行這齣荒謬劇。因為我離家之前，已經知道我的人生是怎樣：上醫學院，永遠無法滿足我父母的女兒，從遠處單戀丹……。然後今天，只在這個完美的下午，我有了別的對象——從事舞蹈的未來，接納我的家人，我仰慕與尊重的男友——

這一切都不是真的。

第二十一章

今晚播放的台灣民謠像一條緞帶穿過我的大腦皺褶。腦中浮現搭配的舞步：排成兩圈的女生穿著七彩服裝，手拉著手，圍著一對情侶以反方向旋轉。我的身體想要跳舞。

我這樣子的時候不可能睡得著。

我獨自在空蕩的女王天幕下，雙腿纏著棉布被子。月光斜向穿過透雕的窗簾，照亮了馬匹，激烈戰鬥的士兵，我的條紋絨被。空氣炎熱凝滯，在我的頭底下，絨毛枕頭已被汗水沾濕。

這是我在克莉兒阿姨的豪宅度過的第二晚，經歷過整個週末的危險平衡行動：蘇菲不甩沙維耶去跟一個遠親調情……，我迴避瑞克同時假扮他的女朋友——還要在克莉兒阿姨的寬廣廚房裡做餃子，用黑白兩色石頭下圍棋，在床墊檯子上接受神奇按摩，坐下來用水晶與白銀餐具享用龍蝦球、蚵仔煎和島上特產最新鮮的鮑魚大餐。

不過今晚，因為和瑞克的姨舅表親們多喝了幾杯讓我頭腦脹痛。大家猛開抱孫子的玩笑，直到瑞克必須介入，好啦，夠了吧。

我坐起來抓起床頭桌上克莉兒阿姨借我的平板電腦。我上網搜尋各種版本的「舞蹈獎學金」，閱讀美國表演藝術獎學金和青年藝術基金會的規定時，白光很刺眼。

但正如我跟瑞克說的，一切都來不及了。

我的動作讓我掛在柱子上的舞鞋在緞帶上搖擺，輕敲著木頭。我把它取下來躺回枕頭上，像我以前的填充兔子玩偶Floppy抱在胸前。我明天的試演——那才是我必須專注的事。艾佛．王最後一次跳舞。

我緊閉眼睛想著刺點動作（piqué）的轉折：腳趾碰膝蓋然後放下，旋轉，定點，旋轉，定點，一下，一下，一下，一下，兩下。

妳要怎麼做才能成為職業舞者？

妳可以打電話給他們——

我放下舞鞋，落在地上發出兩個悶響。

我讓瑞克太接近了。現在他的聲音和期望交織在我心中最私密的祕密裡，還有我忍不住回想的那次差點接吻——但我必須忘掉，為了解開他不知何故在我不知不覺間把我綁在一起的緞帶。

老爺鐘響了一聲，半夜一點，真的沒辦法睡了。我滑下床墊，抓起我的新絲綢睡袍——是克莉兒阿姨送給根本不是女朋友的女朋友的禮物，不過我還是穿上。推開我的橡木房門，赤腳走過走道。

黑暗中的一切感覺模糊又孤寂。石頭和玻璃，亞洲式花瓶，全部精心擦拭陳列。巨大貝殼讓我想起很愛貝殼的珍珠，但柚木和白花油香味令我想起老媽——我內心有點畏縮。

客廳裡，橘色柴火冒出火花。雖然空氣炎熱潮濕，柵欄裡仍燒著火。一塊木頭爆裂，露出一團餘燼。灰燼的氣味傳到我鼻子裡。

有人醒著。

離火焰幾呎外有一串光亮在閃爍。

沙維耶背對著我。他的黑衫很皺，彷彿剛才穿著睡覺。他手上拿著一把象牙柄短刀——據某位表親說，是日本封建時代真正武士用過的，這些軍人不像羅馬人用劍自刺，而是切腹。

「沙維耶，你在做什麼？」

他轉過來。短刀發出閃亮的弧光，火光照亮了他黝黑的臉。

「艾佛。」他放下短刀到旁邊。「我——我睡不著。」他的目光掃過我，我默默感謝克莉兒阿姨送這件睡袍藏住我的單薄睡衣。我想轉身往反方向跑，但我的腳不聽使喚走進客廳。

「我也睡不著。」日本進口的厚褟褟米墊子讓我雙腳發癢。短刀又發亮，然後火光照亮沙維耶手掌上浮現的一條黑線。

「你流血了。」一陣暈眩沖過我腦中，我有機會時就該逃走的。短刀很古老，不是任何人該用來歃血為盟的東西。「刀鋒可能害你長壞疽。」

沙維耶彷彿很驚訝地舉起手。

「你是想砍掉自己的手嗎？」我忍住暈眩抓他的手指，檢查快速出血的傷口。多年來幫老爸在教會野餐活動治療刀傷和擦傷，表示我至少懂原則上該怎麼做。

我在客廳裡巡視，但這裡不像我家散落著老爸患花粉熱常用的面紙盒，一盒也看不到。我解開睡袍的腰帶把它拉出來，希望克莉兒阿姨不會發現我毀了她的禮物——然後懷疑我為何這麼在乎她的好評。

沙維耶靜止讓我用腰帶包裹他的手，我比看到他的素描還緊張——即使在黑暗中，我感覺到他在看我。

「我在游泳池邊有看過急救箱，」我說，「等我一下？」

我拿著塑膠箱子回來時，他正在踮起腳尖，把短刀放回掛鉤上。他的眼神對上我。我臉紅著把敞開的衣襟拉到一起。

「我拿到了，」我沒必要地說。我深呼吸一下，開始解開他的手。絲綢腰帶的每一層都染了血，形成一個土星狀血漬。血，血，血，血！一陣暈眩壓向我，我雙腳發軟。對，我喝過蛇血酒，但這可是人血。

我強迫自己穩住，在他傷口上塗消炎藥，再用紗布和繃帶迅速包紮。妥善包好之後我才恢復了呼吸。

「我受不了見血。」我坦承。

他的表情飄忽不定。「我看不出來。」

我膝蓋發軟，我又開始搖晃。他拿走我的急救箱，我跌坐到榻榻米上，埋頭在膝蓋之間閉上眼睛。

「妳還好吧？」

「是啊，等我一下。」

他給我一瓶今晚大餐喝剩的葡萄酒，白色標籤的法國酒。我把玻璃瓶口湊到嘴上喝了一大口。櫻桃深紅色，濃郁又刺激。我再喝一口，第三口，讓順口的酒液溫暖全身，趕走我腦中的土星血漬。

他低聲說「謝謝」時我只抬頭看了一眼，接著是熟悉的羞恥感，還有恐懼。即使我能把醫學院的書本知識全部塞進過目不忘的記憶裡，這是我未來必須每天面對的。真是酷刑。

「抱歉。」我沙啞地說。

他呼了口氣。「我是割傷自己的笨蛋。妳沒事吧？」

他的反應令我驚訝，或許因為太——人性了。「是啊，我沒事。」我做到了，不是嗎？我包紮了他冒血的傷口。鼓起再多點勇氣，我幫他收拾急救箱。「你有打過破傷風疫苗吧？」

他點頭。火光映在他臉上，在他眼中反射。在他注視下，我又拉緊我的睡袍。我猜想他是否在腦中素描我，這個念頭這次沒有讓我生氣，反而令我小鹿亂撞。

或許沙維耶正是我忘掉瑞克所需要的。

他伸出手索討酒瓶。「妳跟神奇小子實際上是怎麼回事？」

「我們在交往，你沒聽說嗎？」我不悅地問。

「那我媽就是惡龍了。我是他室友，記得嗎？我聽得到他每一通電話，我看過他的明信片。」

他交還酒瓶。「所以……怎樣？他同時跟你們交往？全世界的運動員總是為所欲為，不是嗎？」

我不該喝這麼多的，尤其在泡夜店第一晚醉倒的事情之後，但我又喝了一大口。我忽略對瑞克的心痛，我看他似乎無法隨心所欲。忽略我想像沙維耶目睹的每日電話與明信片內容時的心痛。

「我只是幫他個忙。」

「對妳有什麼好處？」

「沒有。」除了心痛以外。他為什麼沒有膽量為了珍娜挺身反抗家人呢？「關你什麼事？」

「或許我看到不求回報的愛會覺得難過。」

「哈，這裡可沒有。」但我臉紅了。我不喜歡他這樣窺探我的靈魂。「你跟蘇菲又是怎麼回事？」雖然她的行為擺明他們已經決裂了，畢竟他還留在這兒。

「我爸會喜歡她。」

「但是你不喜歡？我真的不懂。」蘇菲的美貌和風趣，超級慷慨。「任何男人跟她在一起都是福氣。」

沙維耶盯著我的眼睛。看著我。

「我把那條絲巾留在妳宿舍房門外，」他說，「我釘了一張有字母E的紙，是送給妳的。」什麼？蘇菲腋下夾著絲巾走進房間的景象在我腦中重新組合。

我一直假設，她讓我這麼想。

「我不知道，」我結巴說，但他的眼神告訴我他已經知道了。我把酒瓶放到腳邊，酒讓溫暖凝滯的空氣更加令人窒息。「之前你沒有說謊。」

他簡短地點個頭，他也沒有違背蘇菲說過關於他的任何事——只是讓自己超級玩家的名聲繼續累積。

「這週末你為什麼要來？」我問道。

他的目光飄向爐火。「妳不會懂的。」

「我在假裝別人的女朋友讓他的家人接受他真正的女友呢，說說看。」

「或許跟喜歡你的女生交往好過跟一文不值的自己獨處。」

一文不值？擁有龍舟集團的財富和名聲，英俊又搶手的沙維耶．葉？

「你怎麼會這樣說？」

這次他眨眼別開視線。他伸手摸到我沒發現的一本作業簿，然後迎向我的目光把手移開。沙維耶，班上的叛逆者兼扣分大王——竟在週六晚上讀他的中文課本。

彷彿他的課本正在呢喃著什麼祕密。

「我可以看看嗎？」

他伸手拿酒瓶。我交還時，我們手指碰觸——他的手指溫熱，像在發燒。

他把作業簿遞給我。「看了會哭出來。」

他喝光瓶裡的酒，費力地站起來，在窗邊的吧檯後面翻找。

我獨自在地上，不解地翻開他的作業簿。

紙頁感覺好脆弱，彷彿我要是翻得太急就可能會撕破。頁面邊緣出現陌生的筆跡臨摹的中文字，抄寫的英文翻譯。

「didn't」寫成「Bibent」

「鉛筆」寫成「Pensel」

「球」寫成「dall」

酒吧傳出軟木塞爆破聲。

他拿著一瓶新酒回來後，我問，「這是你的筆跡嗎？」

他再度坐到我旁邊，這次更近。他毛茸茸的腿掠過我裸露的小腿，他的雙腳又細又長。他手臂的體溫貼著我，但我的身體反應遲緩，我沒有避開，然後也不想躲了。我把新瓶子湊到嘴上喝一口更濃更深色的酒，一股溫暖急傳到我的手指和腳趾。

「文字不喜歡我，」他說，「它們在紙上跳來跳去，我可能看過一百次還是不懂我看到了什麼。」

就像珍珠。我想起沙維耶在書法課拒絕寫字，除了那個簡單對稱的日字。他在搭檔練習中總是讓我，然後蘇菲先上，他才能聽我大聲唸出來，再複製我們的讀音。他一直很小心隱瞞，現在他攤開給我，把他的畫撕成碎片的女生看。

「你有閱讀障礙症嗎？」

「差不多。」他聲音沙啞，「愚笨的同義詞。」

我很震驚。我在書上讀過閱讀障礙的小孩會有那種感覺，但那些故事向來感覺像時光膠囊——凍結在琥珀裡的過時觀念，就像《紅字》中未婚生子的婦女的祕密恥辱或《激情年代》裡的獵巫。

「才不是愚笨，」我說，「我妹妹也有閱讀障礙。」

「真的嗎？」

「我爸負責教她。她整個小學都有特殊教育的老師，幫助適應並使用語音驅動軟體。她喜歡音樂但是看譜對她很困難，所以她用耳朵輔助——我是說，那不容易，但她還是班上第一名。」

他輕笑了一聲。「我爸說那是藉口，西方對心理學的偏執，華人小孩不會有閱讀障礙。」

我暗自咒罵。「你沒有受過特殊指導嗎？」

他搖搖頭。「我小時候在台灣這裡有個家庭教師，他大概有一百歲了，他告訴我爸我無法學習。」他用手肘夾住膝蓋。「我爸曾經說過他應該更用力打我把毛病打掉，那我就會學習了。」

我闔上他的作業簿。「他為了閱讀障礙打你？」

沙維耶喝掉半瓶才遞回來給我。

「以前我媽試過阻止他。」

「以前？」

他沉默不語。然後說，「她在我十二歲時過世了。」

「喔！真遺憾。」

沙維耶聳肩。「這就是我的人生。我爸把我安置在曼哈頓的一間公寓而他留在台北，我有個教育顧問，我的老師們以為我無法閱讀是因為英文不是我的母語。最後，我找到了掩飾的方法。在國中與高中，有錢能使鬼推磨。」沙維耶又伸手拿酒瓶。「去年三月我爸來探視時……，發現我根本沒有申請大學，我認為那沒有意義。他把顧問解雇，我也懶得去參加期末考，我連畢業證書也沒有。」

「喔，沙維耶。」

他摸摸背後。「我爸給了我一組新的戰利品，說我是家族九代以來的恥辱。」他的嘴脣譏諷地扭曲，又喝了一口酒。

戰利品？他是指傷痕。

但那個訊息多年來殘留至今——深刻到沙維耶的內心深處也相信了。

我自己改頭換面的記憶。我媽拿著筷子，打我裸露的大腿內側，一次，兩次，三次。我當時一定很小；我記得哭泣，用我凱蒂貓睡衣的下襬擦眼睛。除了我們在書房裡，我根本不記得我做了什麼。或許我的拼字練習搞砸了。筷子只是偶爾出現，不會留下傷疤，但是恥辱感會持續。

「讓他們沉溺在他們的恥辱裡。」我低聲說。

火光讓他的顴骨更顯眼，像刀鋒似的。他繃緊下巴，用一根手指摸過我的鼻子，然後到兩側眉毛。接著，從嘴角到嘴角摸過我嘴脣，像在畫我，看著我。

然後他湊近，親吻我。

他嘴巴好軟，有酒的甜味。他把手指插進我頭髮裡摸我的脖子曲線時，紗布繃帶擦過我的臉頰。在他的嘴脣下，我稍微拱起背——

我在幹什麼？

我想要退開，但他抱我貼在他胸前。他的手臂摸過我背後，嘴脣吞噬著我，他停下來喘氣。

我們必須打住。「沙維耶——」

他的嘴堵住我，撥開我的嘴脣，用他舌頭造成的意外快感令我驚叫。他嘴裡有酒味，像柵欄裡的火焰，我被往後推貼著他，越來越渴望他打破王氏家規的這一吻，治療他內心的破洞也讓我感覺很被需要——

這時蘇菲的尖叫撕裂了靜夜。

第二十二章

「蘇菲——」我掙脫沙維耶時哽咽地說。

「妳是我的客人。」她跑向我們，玫瑰圖案的睡袍有一側肩膀滑落，她連忙拉上。沙維耶的蛋白石在她耳垂上發亮——她戴回耳朵上了。「妳是我的客人啊！」

「蘇菲——」

「閉嘴！」我的臉頰在她手掌下爆炸。「閉嘴，閉嘴，妳這賤人！」

一團白色模糊了我的視野，我伸手撫著灼熱的臉頰。我從來沒有感覺這麼渺小又低賤，所有愧疚感在我腫脹的嘴唇上燃燒。

可是我以為妳已經不要他了。我以為——我以為——

她縮回手臂準備打第二下。

這時沙維耶抓住蘇菲的手腕。

「是我的錯！我親她的。」

我內心被驚恐壓倒的部分對他這麼快挺身保護我感到震驚。蘇菲畏縮一下彷彿被他打了，掙脫手腕。她抓著睡袍正面，深褐色的眼睛好像迷失的小狗，好脆弱又受傷，即使知道她騙了我們兩個，我還是為她心痛。

接著她的嘴唇抽動。「喔，現在你有骨氣了？」她向沙維耶吐口水。她轉身似乎要離開，但視線掃過地板時又停住。她快速俯身抓起一張紙，嘴巴的動作好像想要講話但是詞窮。

「你——」她把紙揉成一團，丟向沙維耶。紙團在他胸口反彈落地然後張開，拒絕保守它的祕密。

又一張素描：我把克莉兒阿姨的藍色瓷杯舉到嘴邊。

她啜泣一聲，衝向樓梯，長袍像發皺的蝶翼在她身邊飄盪。宛如過了永恆那麼久，我才聽到她摔門聲。

沙維耶的手扶著我的腰。「妳沒事吧？」

我逃開，彷彿他燙傷了我。我真心相信蘇菲跟他已經完了，但我早該懂得。我又回到了梅根告訴我她跟丹交往的那一刻，只差我剛做的事惡劣一百倍。我算是哪門子朋友？

「艾佛，拜託說說話——」

我輕哭了一聲，掙脫之後沿著走道逃回伊蓮娜套房。

我醒來時一對紫色錦緞帷幕正在窗戶上飄揚，太陽高掛——已經接近中午了。我睡眼惺忪地下床走進浴室，仍在努力擺脫昨晚的沉重。克莉兒阿姨的漂亮馬賽克磁磚迴盪著我不穩的腳步聲。在淋浴間，水撲面灑下時，一隻灰色青蛙從角落跳出來，我的短暫尖叫聲在玻璃上反射。

「喔，芬妮，」我哭著說，「小青蛙——走開。」牠不理我，我放任牠瘋狂地呱呱叫，同時把自己淹沒在熱水中，讓它的銳利削掉我心中的痛。直到最後，冷水把我逼回我的臥室，擦乾我的頭髮和臉。我感覺好重，好像披著照X光機器用的那種鉛毯子。我回到校園後必須再度面對蘇菲和沙維耶，還有瑞克——

我的腳踩到門邊地上紙張包覆的柔軟包裹。橘色面紙上綁著搭配的緞帶。這是什麼？我取下紙條打開寫滿大字的厚紙。

親愛的艾佛

我不希望妳今晚沒聽到我道歉就入睡。妳這個週末一直在幫我，但我跨越了界線。我沒藉口好說，只能說我絕對不想危害我們的友誼，那對我是今年暑假的驚喜與禮物。

妳永遠的朋友，R

註：我今晚在市場發現這個忍不住買下，希望妳在冬天派得上用場。

他一定是昨晚從送餐洞口把包裹塞進來的。我拆開一雙可愛天藍色、印著男女舞者在旋轉，原地旋轉，腳尖旋轉的襪子，不禁眼睛刺痛。我把雙手插進它毛茸茸的溫暖中。這個奢華的週末之後，沙維耶之後，來了這雙襪子。好蠢，好討人喜歡。

但他跟我認識一小時內就給我看過珍娜的照片。這張紙條提醒我我們只是朋友，一旦蘇菲發現襪子，他的家人會拿著傳家之寶的戒指來敲門求他戴在珍娜手指上。我成功的程度超過他的想像。

我能說什麼呢？我很抱歉沒有背叛你；我很抱歉背叛了你表妹，但是實情並非外表上那樣；我知道你叫我遠離沙維耶，可是——

我的腳趾碰到一個緞紋盒子。我的粉紅舞鞋掉出來，緞帶散落在地毯上形成幾個圓圈。

我的心臟猛跳到喉嚨，視線射向一直沒響的鬧鐘。

「我的試演。」

我錯過了。

✥

兩分鐘後，我把信件、襪子和衣服全部塞進舞具袋子裡，跑過走道前往樓梯。我心裡太多事情，無法理解急著趕到司徒芭蕾教室以外的任何事。

我接近瑞克房間時，聽到他在講英語，克莉兒阿姨歇斯底里地講閩南語，兩人都用他們最慣用的語言，就像我家親戚興奮或緊張的時候。我沒聽到蘇菲的聲音，但她或許在裡面，雙手插腰看著瑞克從床上坐起來。羞恥感爬過我的胸中。

至少我幫他和珍娜清除了障礙。

「我們只是在假裝，」我經過門口時瑞克說，「請不要責怪她。她是在幫我——」

「瑞克，不要！」我低聲說。你會毀掉成果。

接著我兩步併作一步跳下弧形樓梯。

第二十三章

我上氣不接下氣地抵達司徒芭蕾教室時，太陽已經在正上方。我衝進門時一股壓迫性的恐懼壓在肩上，我汗濕的衣服黏貼在胸口。

但是一進入褪色的粉紅牆壁與空調環境，天鵝湖的音樂傳入耳中，我又被安慰感包圍。

我奔向音樂聲。

熟悉的芭蕾舞海報——柯貝莉亞，胡桃鉗——在看過克莉兒阿姨的藝術收藏後感覺好老套。但我一看到教室裡的司徒夫人，她紅褐色緊身衣挖空的背面反映在牆壁的落地鏡中，就把不忠的內心嘀咕一掃而空。在她前方，有個黑色短髮的英俊男子在執行驚人的桶滾動作（barrel-turn），伸出雙臂，旋轉雙腿，同時一個穿白色緊身衣的女孩繞著他大步走。是齊格飛王子，在面試更多演公主的人選，我會求她讓我試試，如果她要求的話留到打烊後也可以。

我衝進更衣室，在門關上之前急忙倒出我袋裡的東西拿起緊身衣。

但門沒有自動關上。

門又打開，司徒夫人走進來。烏黑頭髮照例往後在後頸梳成一個優雅的髮髻，她的緊身衣緊貼在她筆直的雙肩與平胸上面。

「夫人，我很抱歉——」

「這裡已經不歡迎妳了。」她通常柔和慈祥的嘴巴緊抿著，好像皺縮的蘋果。

「對不起我遲到了。」我結巴地擠出道歉。「我希望——」

她抓走我的袋子把我的東西塞回去，我聽到瑞克的字條撕破的聲音。

「拜託，夫人！」我說，但她抓住我手臂，半強拖地帶我穿過接待室，同時我不斷吐出解釋想要挽回。教過我如何挺腰的那隻堅定的手，現在像鉗子捏著我的肌肉。或許她不能把女主角交給遲到一小時的女生，但她為什麼要趕我出去呢？

「拜託，我不懂——」

「我們的女學生有名譽要維護，我們不能允許被任何人破壞。即使美國來的女生也不行。」她……在門口像髒抹布似的丟下我，把我的袋子塞向我腹部。

「我不能只跟和音一起跳嗎？」我哭了。

「王小姐，走吧。」她撐開大門，「別逼我叫警衛。」

「警衛？」我緊抓我的袋子。退回無情豔陽下時，大門側柱撞到了我的肩膀。「一定是有什麼誤會。」

她丟給我一張皮夾大小的照片。我去抓但是沒抓到，照片飄落在水泥地上。

「我不知道美國的舞蹈教室是怎麼經營的，王小姐，但在台北，我們不會這樣運作。請別再來了，妳的朋友也是。」

朋友？

我彎腰去撿照片時手在發抖，是個女孩。

她在白色布幕背景前，是方框世界裡唯一的物體；她雙手像扇子張開放在兩側；她注視著我，勇敢地抬起下巴，張開暗紅色嘴唇誘人地吸氣，撩起黑色捲髮露出從脖子到風騷地抬起的腳踝皮膚的每條曲線——還有中間的一切。

全世界的氧氣彷彿被抽光。

是我的裸體性感照。

今天上午我在睡覺時，蘇菲想必是去燕妮的工作室拿到的。然後送到這裡來。

司徒夫人關門時大門發出尖叫聲，我用雙手抓著門邊。

「等等！請聽我解釋。」

她在我面前用力關門，我被迫縮回我的手指。

◆

我沒錢了，所以走了兩小時回到校園。我在司徒教室損失了一星期的學費，但我無法要求退費。我的腳感覺像排列在海岸線防颱風的水泥塊一樣沉重，機車呼嘯而過，往我身上揚起沙塵。

我鼓起的口袋裡放著我不敢看而捏皺的照片，我嘴唇刺痛——我逃離沙維耶之後必須跟他說清楚，但我不知道往後會怎樣發展。至於瑞克——

我舉起手指摸摸下巴，我還感覺得到這裡他手指的觸感。

我必須搞清楚他為什麼送我那雙襪子。

他為什麼告訴克莉兒阿姨我們沒有真的交往。

我必須解釋。

我拖著身子爬上磚造台階到劍潭中心，從側門走進大廳，這裡通常沒人。隔壁的交誼廳有驚慌的聲音在喊叫，但我鼓不起任何好奇心。一面牆上掛著扣分板：我們的中文名字一字排開，往下添加扣分記號，沙維耶的名字底下有一長串，我底下的扣分也差不多。這好幼稚。

「住手！馬上住手！」隔壁有女生在叫。

「想想辦法！」另一個大叫。

「各位！冷靜！」馬克大叫。

怎麼回事？

我調正背包在肩上的位置，繞過轉角撞上一個汗濕的背部。

一群學生繞著扭打的兩人圍成一圈：沙維耶的手臂鎖住瑞克的脖子，兩人都朝向馬克彎腰，馬克抓著他們，肚子卻挨了一拳。

「快投降！放開！」

「快分開！」

其餘人伸手拉他們，但他們分不開，強壯手臂與大腿加上憤怒的力量，撞倒攔他們路的每個人。

我往前仆倒來不及叫出聲——瑞克掙脫了。他抬起肩膀，然後一拳打在沙維耶的臉上。

「瑞克，住手！」我叫道。

兩人轉身面對我，表情同樣憤怒。沙維耶的鼻子在流血，瑞克對上我的目光畏縮一下，這時沙維耶抓住他上衣背面，他們又像野獸似的扭打起來。

「你混蛋！」

「懦夫！」

從來沒有男生為我打過架，但我不需要任何自尊心也懂這場打鬥跟我有關……但是為什麼？因為那一吻嗎？

「祥平！光明！」穿著綠洋裝的惡龍擠過我身邊，立漢跟在後面。我從來沒想到會高興看到她……。她彈一下手指，大吼下令，立漢、馬克和另外兩個男生把瑞克和沙維耶架開。他們互瞪。沙維耶揉揉他的鼻子，滴下的血在他的奶油色衣服上形成紅色花瓣，他的目光轉向我，晦暗又難以解讀，但瑞克沒有看我的眼睛。

我麻木沉默地看著惡龍指揮立漢、馬克和瑞克帶沙維耶去醫務室談一談——這是惡龍的方式。瑞克看來憤怒到彷彿她命令他把兩顆腎臟捐給沙維耶。

「愛美！」我的名字在她口中好像炸彈碎片。「Nı̌ zài zhèlı̌ děng（妳在這裡等）！」

「Shén me wèntí?」我脫口而出，有什麼問題？

她示意我到她的辦公室，這時我才看到她手上的東西，惡龍拿著我的另一張裸照。

蘇菲又出手了。

第二十四章

惡龍關上她的辦公室門之前，我就知道我的懲罰是什麼了。這個混亂職場有四張長桌和一張堆滿文件的鋼鐵辦公桌，空氣中瀰漫刺鼻的中醫藥膏氣味，牆上掛滿了以前劍潭學生的拼貼照片，我確信他們沒有人被叫到這裡的原因跟我一樣。

「坐！」她下令。

我害怕又緊張，坐到她辦公桌前的椅子上。她打電話給我父母。我想像電話線另一端的他們，從花卉床單的床上被驚醒，老媽接床邊的市話，老爸用無線分機，聽惡龍連珠炮似的講國語。

然後她把話筒交給我。

我舉到耳邊時手在發抖。「喂？」

「妳怎麼會做這麼愚蠢的事？」老爸大叫。

「我們不是這樣教養妳的！」老媽哭了，「這下妳讓我們蒙羞了！」

「妳知道那些男生現在怎麼看待妳嗎？」老爸追問，戳穿我們之間隔閡的話——他還不曉得我第一次穿胸罩，更別提男生可能對我的觀感了。把腿張得太開的小女孩的羞恥感再度壓在我身上。

「萬一被西北大學發現呢？」老媽的聲音變大，我必須把話筒從耳邊移開；惡龍聽得見每一個字。「他們會把妳踢出去，妳可能毀掉妳的人生！」

我胸中的新一波恐慌如岩漿般噴發，我抓緊話筒，蘇菲該不會把我的裸照寄給他們吧？

「他們不會的！」我大叫。

「我們夠信任妳才讓妳自己去的！」老爸叫道。

「我賣掉黑珍珠項鍊不是為了這種事！」老媽哭訴。

又扯上黑珍珠項鍊？

「我又沒叫妳賣掉！」我怒吼，「我根本不想來這裡！今年暑假我只想要跳舞，機會被妳奪走了！」

我喉嚨發出響亮的吞嚥啜泣聲。惡龍給我一張面紙，但即使在她面前家醜外揚，把實話公開說出來的感覺真好。

「妳怎麼會這麼不知好歹？」老媽哭道，「我們做的一切全是為了妳……。老天啊，為什麼給我這樣的女兒懲罰我？」

「妳怎麼能說我不知好歹？我放棄了舞蹈！我要上醫學院了！妳從來不問我想要什麼！」

沒有回答，只有我父母交頭接耳的嘀咕聲，然後老媽又開口。

「我們會替妳找到機票回家。」

我抓著話筒。「不行！」

「去收拾妳的行李，準備明天早上離開。」

「妳不能現在逼我回家！我還沒準備好！」我在喊叫，每個人都聽不懂。我忘了即使在七千哩外，我父母可以多快切斷我的特權。

最後一搏，我訴求最主要的王家弱點。「你們已經把我送來這裡了——何必急著叫我回家？這太浪費了！」

「是妳作了愚蠢的決定！」老媽怒斥，「所以你要承擔後果！」

電話線掛斷。

◆

我勉強記得腳步蹣跚地離開惡龍的辦公室。我胸口灼熱，彷彿我父母在裡面填滿燃燒煤炭然後加熱。我開始懂他們出身的地方了，甚至覺得同情他們為了移民放棄的東西——家園，接納——也理解他們從不逼我……找個丈夫或罵我是九代以來的恥辱。

那都過去了。我不在乎他們拖著什麼包袱飄洋過海，他們沒有權利逼我在下半輩子一起承擔。

我走進大廳時，爆出一陣噓聲和口哨聲。

上百個眼睛從每個角落斜眼看我：下象棋，打撞球，玩手足球的男生。自動門滑開讓蘇菲進來，一本正經地穿著橘紅色洋裝，兩邊手臂挽著克里斯．陳，因為嚼檳榔牙齒開始出現污漬的高大傢伙，另一個人我想不起名字。
蘇菲停在門口，觀察現場，露出冷笑。
這是我剩下的停留期間必須面對的，我最後一段自由日子的代價。
但即使我轉向樓梯，抓著扶手，打算衝回我的房間時，全身仍然湧出一股怒氣。
這些傢伙認識我。
他們在高架走道上跟我走散了。在夜店跳舞，甚至聽過我關於醫學院的建議，天啊。
他們現在竟敢物化我當嘲弄對象？
連蘇菲也是？
我放開扶手，大步走向她，不理會所有男生。
「那是我的財產，」我說，「妳沒有權利。」
蘇菲發出淫蕩的接吻聲。「請不要裝弱小無辜的受害者。」
「很抱歉！」我臉頰發紅，我在很多方面低估了她。「但是我們房間裡那條絲巾也是我的。所以你也別裝受害者。」
她愣住。
我瞪視整個大廳，突然間沒人敢看我了。「如果你們改天想要現場看到你真正喜歡的女生裸體，那或許比起每天做一百個伏地挺身和對著不屬於你的照片流口水，你們應該振作一點像個值得女人喜歡的男人。所以有我照片的人，馬上交出來。」
我伸出一隻手，掌心朝上。我痛恨我的手在抖。

沒人有動作。

我心情一沉。他們真的會這麼好色又下流嗎？

這時大衛從手足球檯子走過來，把一張照片放到我手上。

「抱歉，艾佛。」他咕噥，轉身走開。

又有七張照片交過來堆成一疊時，我全身顫抖但是保持昂首。畢竟大廳裡只有十幾個男生。

「有多少張？」我舉起照片。

蘇菲的嘴脣抿成一線，她不肯說。

「別想把這些照片寄去西北大學，否則達特茅斯也會收到一封信。」她眼神閃爍——是恐懼嗎？憤怒？我用還在發抖的手把照片塞進口袋裡。「看看周圍，蘇菲。」大廳的人漸漸散去。「沒人站在妳這邊。」

然後我走開。

我去了醫務室，卻被護士告知因為最近的颱風害她的儲藏室淹水，她只好把瑞克和沙維耶送到附近的診所。我的照片害我終生被禁足了，我根本無法去找他們。

我在離瑞克和沙維耶的房間只有三道門的男生交誼廳裡絲綢抱枕的沙發上焦急地等待，從下午到天黑變成晚上。我不知道誰會先回來，或他們會不會一起回來，只知道從棍術比武，瑞克的手指摸我下巴之後，很多事出了差錯：我失去演女主角的機會，父母要把我拖回家。然後還有沙維耶，打架；瑞克是否因為我做了他唯一勸阻的事情生我的氣，一開始他為什麼無法為了珍娜挺身對抗家人；我為什麼拍了那麼可怕的照片，外面還有多少在流傳，會不會被貼上社交媒體或流傳到西北大學去；我是否下意識地失去演歐黛特的角色自我破壞，因為這只會讓盜賊燈籠的鈦合金監獄更加難以忍受；我能否回歸到我父母希望我成為的女兒角色？

我喉嚨發出憤怒的哽咽聲，雨滴敲打著眺望外面夜景的窗戶。我伸手想拿我的珍珠奶茶，卻翻倒灑在黑漆咖啡桌上。淹沒了貝殼雕刻、跟我家客廳茶几很搭的中式漁夫像……。我瞪著它：又是王家的影響。

他們根本沒給我機會解釋。

我無視這一團混亂，起身站到窗邊，下方的藍色管線嘲弄地延伸越過黑色的基隆河水面，有兩艘龍舟像魔法拖鞋似的發亮，滑過管線底下。我從來沒搭過龍舟，感受水花飛濺在臉上。

「艾佛，妳還好嗎？」史賓賽停在電梯邊，腋下夾著一個麻將木盒。

不像瑞克，史賓賽真的好像我的兄弟。馬克也是，還有班吉。

「你有看到瑞克嗎？」

「他離開台北了。」

「離開？」

「今天下午。」

「他去哪裡了？」

「立漢開車送他去機場。我聽馬克說的，他要去香港待幾天。」

「香港！」

他從未提過要去那邊——只說珍娜的爸爸在那邊的銀行工作。等他回來時，我已經走了。

我再也見不到他了。

「妳今晚要出去嗎？我們要去公館的啤酒屋。瑞克說過那家最棒；很可惜他無法跟我們一起去。」

「呃，我不行。」我的骨頭發軟像果凍。「但是祝你們開心。」

史賓賽離去後我癱坐回沙發上，失落的痛苦令我驚訝。怎麼會這樣呢？一星期前，我會很高興擺脫神奇小子，但現在……

地板發出尖叫聲。「嗨，艾佛。」

是沙維耶。他穿著他最愛的黑衫，銀色絲線反射出柔和的光亮。他的鼻子變紫色，很適合他表現出來的神祕硬漢人格，不過並不是他允許我窺探的真實自我。他腋下夾著一個長方形盒子，是用來裝卷軸的那種，可以像口紅管子拆成兩半。

昨晚接吻，他柔軟甜美的嘴吞噬我的記憶，重新浮現在我們之間。

我從沙發起身，扭絞手指直到發痛。「你回來了。」

「也被禁足了。扣滿二十分，寶貝。」他露出譏諷的笑容，伸出手要跟我擊掌。

我退後。「我聽說瑞克去香港了。」我脫口而出。

他低下頭。「去見珍娜。」

「珍娜！」原來她克服了飛行恐懼症？為什麼我感到遭背叛的刺痛？我們的偽裝都是為了她的利益，他從來不掩飾但是不知怎地，我感覺……被排斥。

沙維耶的眼神異常溫柔，充滿同情，我想起那張我觀看瑞克棍術比武的圖畫。沙維耶把我看得這麼透徹，還有昨晚——昨晚，他讓我感覺很被需要。

「盒子裡是什麼？」我問道。

沙維耶伸手壓住蓋子。然後放開。「沒什麼。」他說話的怪樣子讓我大膽起來，也可能是那一吻給了我膽量，或因為這是我終生在台北的最後一晚了。

「讓我看看。」

輪到他退後了。「不行。」

我抓住盒子上蓋，他發出驚慌的微弱叫聲抽回去，接著上蓋掀開，掉出一堆捲起來的紙。沙維耶伸手抓，表情焦急，但是太多張了：五六張艾佛素描飄落地上，不是像他給我那種簡易素描，而是全彩，仔細，有色階，交織著陰影、光線和時間的精心力作。

我在Club Love跳舞。

我眺望荷花池，頭髮在微風中飄揚。

我對著奇形怪狀的中式草藥皺鼻子。

我坐在克莉兒阿姨的火光壁爐旁，腳邊放著一瓶葡萄酒。

我的雙眼佔滿一整張紙。

我的嘴唇。

我跪在這些美麗的素描前面全身顫抖，他的心意化作了紫色紅色綠色。我輕輕地收拾畫作捲起來放回他的盒子裡，站起來把盒子還給他。

「對不起！」我低聲說。

他的手指和我交纏。「艾佛。」

他低沉的聲音裡有股溫暖，害羞的邀請。這是我最後一晚，在我回歸現實生活的桎梏之前。

沙維耶的手臂抱住我。他把我的頭靠在他胸前，他敏感的手指按摩我脖子的椎骨，他碰觸的快感讓我有點背痛，然後我退開看著他的眼睛。

他眼中的慾望讓我膝蓋發軟。

這是我最後一晚了。

但如果我跨出這一步，很難說結果會怎樣，很難說丟下我父母和他們的規矩是什麼意義——只有我自己。

接著我把手放到沙維耶的腦後，把他的臉拉近我。

第二十五章

我醒來時太陽光從兩片窗玻璃照進來，我側躺在羽絨構成的雲朵上，在棉布床單和藍色被子之間全裸。沙維耶手臂的重量壓在我的腰上，他裸露的身體從肩膀到大腿貼著我背後，他的呼吸吹暖了我的後頸。

昨晚像一場夢境浮現：沙維耶的手在我背後，我們嘴巴緊貼的同時引導我到這個房間。房門的喀啦聲確保了我們的隱私，然後他的嘴移到我眼皮上，我臉頰上，我脖子的凹陷處。他的手到處探索，我們之間的鋁箔撕裂聲，我的指甲掐在他肩膀上。

我全身有些根本不知道會痠痛的地方很痠痛。

我做了什麼？

我在沙維耶的手臂下蠕動。他的手移到我臀部，沉重、親密又強勢。他的柔和氣味，古龍水，汗水，雄激素，傳入我鼻中。他的全身貼在我身上——這是什麼意思？我從來不是這種貪婪慾望的焦點，從未想像它的吸引力多麼難以抗拒。性愛不像我媽暗示的那樣，是為了繁殖勉強忍受的義務，那是兩個人天衣無縫地契合。或許是我內心舞者的緣故，但我本能地知道怎麼動作——

我想要等待愛情。

我的對面是瑞克的空床，從週五以來沒什麼改變，只差他週末穿過的衣服被丟在凌亂的床單上。他的私物都還在——零食，香皂，救護包。書桌上折起的米袋躺在一疊明信片旁邊。

沙維耶的手臂繃緊，拉我靠近。「妳太棒了，艾佛。」他咕噥，仍然半睡半醒。

他說出唯一可能迫使我想要離開的事情，真是太奇怪了。

我從他手臂下溜走，找我的胸罩、內褲。我不想後悔我們所做的事，但我不是那種能夠輕鬆放下的人。我的注視落到一抹紅色，好像書法墨水的污漬，在他床單垂下的角落。

是血！

我的血。

我憋住微弱的叫聲，溜出門外。

今天要飛回家的好處是我永遠不必再面對沙維耶了。

◆

我怕回到我和蘇菲的房間，所以我走下樓。走廊上沒人，雖然我走過幾十次了，我在走廊亂逛時仍感覺失落漫無目標。不知怎地，我不知不覺間走到餐廳。早餐檯上堆滿了豬肉包子，還提供五種不同配料的粥，托盤上放著蔥油餅、堆積如山的炒蛋和中式香腸。鹹蛋是老爸的最愛，他會在家裡自製，把生蛋放進裝著溫熱鹽水的舊泡菜罐子裡。

瑞克說得對：我錯過了超棒的早餐，如今，這是我最後的晚餐。我該吃一點，但我實在沒胃口。我把一顆包子放進餐盤時惡龍來了，她的綠色裙子在飄揚。

「愛美，請到我辦公室。妳父母在電話線上。」更多英語。確定了，我被開除了。

她的辦公室裡，美華在整理文件，她的 iPod 在播一首歌。她關掉之後羞怯地看著我，我臉紅了。「我的最愛。」她道歉，但我不懂為什麼——她的音樂品味很好。惡龍派她去我們班上代課，然後把廣播模式的電話推給我。中式藥膏的氣味害我流淚，空調令我頭痛欲裂。

「喂？」

我抓住她的桌緣，準備聽航班號碼，怎麼在飛機上殺時間的指示。臨時計畫，還有只有老媽會說的那些傷人的話。我的嘴唇被沙維耶吻得刺痛，心裡有點怕惡龍會看出來，或老媽會從我的聲音聽出來。「艾佛，我們無法讓妳回家。」老媽的語氣好像冰塊。「更改費用太貴了。」

「等等，什麼？」我的眼睛對上惡龍的堅定目光。

「妳可以待到我們找到便宜機票為止，但不准再單獨溜出去，所有特殊活動取消。高老師說妳不寫家庭作業，妳的扣分比別人多，妳在午夜之後溜出去，還拍裸照！我的老天，接下來是什麼？」

我在大腿上緊握拳頭，她對於我的最可怕惡夢全部實現了。我不知道為什麼——但我昨晚需要沙維耶，或許是我利用他。

「九點鐘就寢，晚上輔導員會看著妳。」

「妳不能參加珍珠奶茶工廠導覽。」惡龍落井下石，「不能放天燈，不能龍舟競賽，不能參加才藝秀——」

我猛抬起頭。「我根本沒參加才藝秀！」

「只准教育領域的參訪，」老媽總結說。

「妳不能控制我。」我喉嚨發痛彷彿吞了刮鬍刀片，我壓低音量避免沙啞。「我十八歲了。」

電話線再次被掛斷。

第二十六章

我試著用大廳的電話打給梅根，但是她沒接。她可能跟丹出門了，或還在跟她父母旅行。當天剩餘時間我躲在五樓休息區，翹課也避開沙維耶。但是課程還剩四週，兩週上課然後是南部旅遊，我終究必須面對他。

飢餓終於驅使我去餐廳吃晚餐，我在靠近後方的桌子發現了黛博拉和蘿拉，讓自己躲藏在她們中間。在我對面的明蒂猛然站起來，輕蔑地把她的黑髮甩到肩上。

「蕩婦。」她衝到鄰桌，跟住二樓的幾個女生交頭接耳。然後所有人向我投來尖刻的目光。

我的眼睛被淚水刺痛，但蘿拉捏捏我手臂。「妳好勇敢，妳告訴那些人的話。」

「那是蘇菲幹的好事。」黛博拉把麻婆豆腐舀到我餐盤上。她知道那是我最愛吃的，我埋頭猛嗑，慶幸還有人照顧我。

「我們討厭妳，妳知道嗎？」蘿拉笑道，「我是說——如果我有妳的身材，我會親自發照片。」她給我一個紙巾包著的東西。「我們收集了六張。還剩多少？」

她們站在我這邊。我差點被一口辣豆腐嗆到。

「我不曉得，」我低聲說，「我得查一下，攝影師才知道，但我不准離開校園。我連打電話都無法說流利的國語。」

「我們替妳問，」黛博拉承諾，「我們會找到的。」

「謝謝！」我說。但我無法搜遍校園內每個口袋、作業簿和抽屜，全部收回的唯一辦法是靠別人還給我。

晚餐後我回我的房間，提早就寢希望避開蘇菲。休息區裡，美華伸長手腳躺在藍色絲綢的沙發上，用她祖母縫製的紅黃綠三色條紋枕頭把頭墊高。她從小說上方抬頭對上我的目光，頓時臉紅，然後躲回她的書本後面。

原來，我的保姆，我確信是從來沒做過傻事的人……呃，包括我這幾星期來做過的任何事情吧。

我不發一語走過。

「愛美，Woˇ néng tígōng bāngzhù ma（我能提供幫助嗎）？」

她語氣羞怯，不帶批判。我暫停，背對著她。「我的名字是艾佛。」

「艾佛，我另一個名字是古里瀨。」

我看著她。她坐起來放下她的小說，從耳朵拉出耳機，我聽到歌聲。「妳的部落名字嗎？」

她點頭。「我老是忘記妳不懂國語。」

「妳喜歡哪個名字？」

「兩個我都喜歡。」

「這是別人叫妳說的嗎？」聽起來比我的本意更挑釁。

「不，我真的都喜歡。我在種族上是平埔族和普悠瑪族，但我也是台灣人。」

她是我的逆轉版。台灣的少數族群，就像我在美國的處境。不知怎地，她讓所有認同相容：她穿的衣服反映出她的血統，還帶著她祖母的枕頭，努力吸引別人聽她喜愛的音樂，但她有中文名字也會看英文書。

我摸摸她的 iPod。「這是什麼歌？」在這段我們發生過最長的對話中，使用英文感覺好怪。

「Lán Huā Cǎo（蘭花草）。」她摘下 iPod 的耳機，是女孩的歌聲唱著她在惡龍的辦公室播過的歌，她的最愛。「這是一首老民歌。意思是 Orchid Grass。」

我的腳趾跟著節奏打拍子。「我喜歡。」

「是嗎？」她似乎很驚訝，好像舞蹈隊的十二個隊員喜歡我的舞步時我的感受。她是否也為同樣的不安全感，作為主流文化以外的人被接納的同樣恐懼掙扎過？我是否也散發出自己的勢利氣息？我不禁想要安撫她。

「我真的喜歡，妳的歌曲有種洗腦魅力。」

「我父母在我小時候常播這首歌。」

「我無法想像跟我父母分享音樂。」

她抬起眉毛。「為什麼不行？」

「我們就是喜歡不同的東西。」

「我好想念我爸媽。」她誠懇又毫不尷尬地說，我羨慕她。

「他們不住台北嗎？」

「我們住在東岸的小村裡，幾小時車程以外。」

「妳為什麼選這份工作？不是為了把暑假用來追趕頑劣青少年吧！」

她笑了，溫柔撫慰的聲音。「我想認識從其他國家來的學生，幫他們學習我的國家。」她微笑摸摸她的 iPod。〈蘭花草〉結束了。「即使我只能讓一個人喜愛我的一首歌，我就成功了。還有——」她的聲音變得愁悶——「我的家人需要錢。我有兩個妹妹，我媽剛生了一個。」

我想像珍珠。美華跟我一樣是大姊，我在暑假剛開始不就跟她一樣嗎？穩定又負責任？幾乎無法想像任何麻煩，更別說惹麻煩了？

「妳……想談一談嗎？」她遲疑地問。

我迎向她的注視。她咬著嘴脣，跟我同樣彆扭。我很高興我們談過話，彼此多了解了一點。但無論美華多麼友善或敏感，她仍然是惡龍的耳目。

「謝謝，但是我沒事，」我說，「多謝分享妳的歌。」

說完，我溜走了。

⊹

在我房間裡，衣櫃開著，裡面完全沒有衣物和衣架，我的洋裝皺成一堆，彷彿曾經被蘇菲踢來踢去。我的黑雪紡裙子被一罐走味的啤酒浸濕了，她的髒衣服仍在她的提籃裡，但她似乎搬走了。算是小小的緩刑。

我拖地打掃直到入夜，設法在我的宇宙裡恢復一點秩序。我發現我在來這裡的飛機上穿的淡紫色V領衣和牛仔短褲，塞在我的床底下。我比起當初來到愛之船那個女孩變了好多。我走到我的梳妝台，挖出王氏家規的清單——喝酒、浪費錢、交男友、上床，我奉獻了所有精力做我父母不希望的事，而非我希望的事。

我總是太衝動，愚蠢，又自私。

「Wǒ zhǐ xūyào gēn tā shuōhuà（我只需要跟她說話）。」是沙維耶，在外面走廊上。

美華用國語回答。她的音量變大，然後我的門被敲了一下。

「艾佛，是我。」沙維耶說。

我抓著我的短褲放在腿上。我的身體還記得，全部。我無法面對他，現在不行，或許永遠不行。

「請不要排斥我。」

他怕了。他的恐懼觸動了我的心弦。

但他才是不該遭受傷害的人。觀察一切的玩家，他為什麼非得這麼脆弱？

美華在斥責他，回復到輔導員模式。我想像她嬌小堅決的身影，把他拉過走廊，證明體型跟力量完全無關，而我差點想要出去讓她跟他省下這段彆扭。

「很抱歉，我今晚不想講話，」我終於說，但他們已經走了。

我寫email給珍珠看看她有沒有被老家的戰火燒到，再對梅根掏心掏肺寫了長達三頁的email。最後，我刪除整封電郵修改成：

好想念妳。希望妳和丹玩得開心。

隔天早上，我從白色羽毛芭蕾短裙般的褪色夢境中醒來，我緊抓著它的絲線，但它從我的手中溜走：瑞克的笑聲，沙維耶沾到顏料的手指。我為什麼夢到他們兩個？窗外的天空是灰色的。還沒有人醒來，寂靜得很不自然。

我研究我的王氏家規清單。我腦中閃過一個新清單——不是這種平鋪直述：做我喜愛的計畫。不是門禁和不准喝酒和穿得像修女，而是中庸的一切。

但那些規則都是反應，意思是那個清單仍然屬於我父母。

不是我的。

我捏皺王氏家規變成一球丟進垃圾桶。得分！在我的窗外，下方庭院裡，馬克和他的憤怒亞洲人隊友正在小腿高度的積水中涉水，我的視線落到折在一起放在我書桌邊緣，瑞克送的藍襪上。我把柔軟的羊毛套到我手上輕輕拍手，感到一股怪異空虛的失落感，好像我把什麼東西放錯地方了。

少了蘇菲的迷你喇叭播音樂，房裡感覺靜止到令人窒息。我調整我的收音機鬧鐘直到發現一首節奏令人點腳趾的台灣流行歌，接著是一首八〇年代的美國歌。

音樂差點違反我的意願，控制了我的肩膀，然後我的臀，我的腳。我套著襪子的雙手緩緩在空中畫出弧線，隨著音樂進行而加快。我的手指在彈性纖維中脈動，手腕跟著韻律作出平行動作。我開始跳舞，一首歌，兩首，三首，我的腳在地板上敲打出韻律。我旋轉進入梳妝台之間的空間，我的長臂影子在牆上跳躍，直到我在體內深處了解到我永遠無法以文字形容的東西。

第五首歌平息時，我慢慢轉個圈，我的藍色雙手在軀體周圍畫出圓柱，隨著音樂最後的音符縮窄。我的血液快速流過心臟時內心深處有股悸動，或許需要這個週末衰到谷底才能帶給我需要的起床號。

我翻開作業簿，寫下一個新清單。不是服從我父母，也不是對抗他們：

1. 跟沙維耶說清楚
2. 幫他閱讀文字
3. 多學一些國語（聽懂我父母說的密碼應該很不錯）
4. 為才藝秀編出一段原創舞蹈，即使我無法參加
5. 繼續跳舞直到進醫學院

我把瑞克的襪子折好放到書桌上，撫平上面印的跳舞小人。

片刻之後，我再度在紙頁上動筆：

6.下次要等待愛情

我在頂上寫了新標題：

艾佛．王的計畫

我拉了四下房門，差點雙手脫臼才打開。喔，我的天啊，蘇菲的聲音迴盪在我腦中，我感到一下刺痛。

我走下樓梯到平台上，牆上仍用膠帶黏著那張藍色傳單。

你會唱歌嗎？會演奏樂器嗎？會雜耍嗎？

趕快報名才藝秀！

我從牆上撕下來，到二樓休息區找到正在紅色瑜珈墊上伸展手腳，跟著泰勒絲的歌聲動作的黛博拉和蘿拉。我捲起傳單，心情比即將跟男生初次約會還緊張。

「嗨，艾佛。」黛博拉完成一組抬腿動作，從胸膛上解開印著蝴蝶的瑜珈衣。

「怎麼了？」蘿拉自力捲起她的墊子。

我把傳單秀給這兩個泡夜店同伴看。「我在想妳們是否有興趣跟我合作設計一支舞。」才藝秀必須以劍潭為主題，但那不算是限制，比較像是冒點風險的機會。「我有一支舞的根據是我在老家跟朋友編排出來的東西，我可以加入妳們選修課的彩帶和扇子道具。音樂方面，我想要採用美國與台灣的混合組曲。」

「酷！」黛博拉說。

「不會太奇怪吧？」

「不會，我加入，」蘿拉說，「我敢打賭蕾娜會加入我們，她是職業級的。」

「我們可以在B棟樓練習，」黛博拉說。

「我要自白，」我說，「嚴格來說我不准參加才藝秀。」

「因為裸照？」黛博拉皺眉。

「是啊。」我胃痛一下。「我們不能讓惡龍知道我有參與。我不會上台表演，只會教妳們舞步。況且，裸照事件之後，我最好別上台。」很多人會盯著我的身體。

「胡說！」黛博拉說，但我趁失去勇氣之前繼續說。

「我們明天選修課之後就可以開始。」

「明天是廟宇參觀，星期四要去國父紀念館，」蘿拉提醒我，「星期五是參觀國立故宮博物院。」

已經好多障礙了，這幾週來我們的行程塞得很滿。怪的是當妳真心想要，得不到的恐懼會增強。

但是我正一點一滴實現我的艾佛・王計畫。

「那就星期天。」我說。

❖

我欠沙維耶一個解釋，道歉還有懇談。但我沒在餐廳看到他卻鬆了口氣；他從來不是早起的人。我走過自助餐隊伍把一顆豬肉包子放到托盤上時，馬克碰巧走進雙併門，他穿著跑步用的田徑短褲和無袖運動衫。

「馬克，」我大叫。我放下我的托盤，衝向門口，卻撞上了惡龍。她結實的手臂捧著一疊課本，濃郁的香水味撲面襲來。

「愛美。」她打量的眼神掃過我的裙子，繃緊嘴脣。

但她來不及說出什麼批評，我衝過她身邊喊。「馬克！」

他在走廊的途中轉過身，他的中分頭髮照舊像巧克力牛奶披在臉頰上，他眼睛一亮揮揮從腋下拿出來的長形牛皮紙包裹。

細。

「嗨，艾佛。我剛才在找妳——」

「瑞克去香港見珍娜了？」

馬克被我追上之後眼神變了。「是緊急事故。」

「發生什麼事了？」

「這——一言難盡。」

「有人受傷了嗎？珍娜她爸？」

他把紙包裹塞到我手裡。「他叫我把這個交給妳。」

「這是什麼？」我拆開包裝紙發現是根裝飾高雅的長棍：輕盈的藤棍上面印有虎紋，兩端比較細。

「之前我們在市場等立漢開車來送他去機場，他買了這個。」

「為什麼？」

「棍術比武。」

我臉紅。「當然了。」我伸手摸過它光滑的表面，完美無瑕——這根棍子沒有破裂碎片，我把它轉了個圈。如果我自己沒這麼心煩意亂，我會欣賞它的平衡感。他的意思是他記得我們差點接吻嗎？我已經太喜歡了，而且我承擔不起。

「代我向他道謝，」我僵硬地說。

「他要轉告妳很抱歉，等他過幾天回來再找妳談。」

「為什麼抱歉？」為了那一吻？整個搞砸的週末？或許他是想彌補克莉兒阿姨很討厭我。

馬克聳肩。「我以為妳知道。」

我不知道，而且我看不懂他的善意，很可能這只是善意而已。

「我希望沒人受傷。」我說。我把棍子夾到腋下，準備回頭去吃早餐，但又轉回來。

「打架是誰先出手的？」

「瑞克。」馬克咬咬嘴脣，「但他們從一開始就不合。」

「可是……為什麼？我沒有──」

「抱歉，艾佛。我不確定他要我說多少。」馬克把紙揉成一團，表情痛苦。「他很快就會回來，到時再問他吧！」

我在中文課迴避沙維耶，改坐到前排黛博拉和蘿拉旁邊，一下課就衝出去。接著度過的幾天一片模糊：在無人教室裡的美華監督下寫作業，她會抹消我的扣分獎勵我的努力。在劍潭所有人去圓山飯店的陽台放天燈時，我又跟她聊到一些音樂和她的家人。我也不能再溜出去泡夜店──但我不在乎。「或許我已經戒掉泡夜店的癮了，」我終於用樓下的公共電話找到梅根時我告訴她，「也可能發生過的其他事情壓倒了夜店。」

「或許妳只是終於做些妳想做的事了。」她睿智地說。

現在我在桌面下的腿上跟著韻律輕拍，策畫一支新舞的同時，惡龍在教我們部首、方塊字的構造：三個點就是水，五個尖的爆炸就是火，流血的心臟就是心。我背誦了幾行詩也唱了〈Liǎng Zhī Lǎo Hǔ（兩隻老虎）〉，聽了美華講解超過十六個原住民族，他們佔全島人口二點三%——略超過五十萬人，同時感覺到沙維耶的目光盯著我的後腦。

瑞克離開了三天，我討厭我居然在算。

晚上在我房間裡，我旋轉他的棍子。不掛旗的旗桿有很多潛力，我實驗橫掃、戳刺動作，刺向無形的敵人。棍子在空中咻咻作響，我想起打到瑞克的指關節。我沒料到他不在會讓我一直牽掛，甚至影響我的舞蹈。在老家，他是討人厭的神奇小子，但在這裡……？

我不知道這是什麼意思，或是否有任何意義。

星期四，蘿拉和我爬上國父紀念館的台階，這是一棟頂上有黃色燕尾飛簷的方形建築，裡面有個長得像我強尼姨丈的人兩層樓高的雕像，坐在巨大石椅上。他的左右有紅白藍三色的台灣國旗。

「他當革命家之前是醫師。」蘿拉說。

「通往超乎想像的成就之路。」

「是嗎？讓我想起林肯紀念堂。」

「我也是。或者是反過來？或許台灣來的觀光客看到林肯心想，酷，好像孫逸仙博士的像，可惜他們旁邊沒有站衛兵來顯示尊敬。」

蘿拉大笑。

星期五下午，我們搭豪華巴士去國立故宮博物院。我們來到一座五個白色拱門加上海綠色屋頂的驚人牌樓時，下起了溫暖的大雨。蘿拉和我打開我們的雨傘，頂著風雨走上石板鋪成的寬廣大道，兩旁有茂密的闊葉樹。博物館本身是座廣闊的卡其色宮殿，位於一座翠綠大山的山腳下。中央和兩旁聳立著五個搭配的海綠色和橘色寶塔。

走到一半，我們遇到山姆和大衛四肢著地趴著，黑髮上滴著雨水。彼得和馬克爬上去組成人肉金字塔，讓第五個人用手機拍照。

「你們在幹什麼？」我問。我決定假裝不記得大衛持有一張我的裸照。

「我們要奪回我們的刻板印象。」馬克說。

我糊塗了。「這是選修課程嗎？」

「不，這是我們向全世界的宣言——四人幫宣言。」

我笑了。他們真是群怪人：胖子山姆，山羊鬍瘦子大衛，皮膚柔軟的彼得和瘦長的馬克。

「所以這是什麼刻板印象？」

「妳沒發現嗎？電影裡的亞洲爸爸都很愛拍照？」

「你們不是自稱憤怒的亞洲人嗎？」蘿拉說。

「四人幫比較好，」這位未來記者說，「他們是帶領文化大革命，被新政府起訴叛國的惡棍官員。我倒不是同情他們，但他們有個響亮名號。」

蘿拉把她的手機遞給我。「幫我跟他們合照，好嗎？」

我按下快門時，肩上的皮包被人撞掉了。蘇菲穿著飄揚的紅絲綢，挽著班吉的手臂快步經過。上次我聽說，她在跟克里斯交往，拚盡全力要找到她的男人。班吉回過頭露出驚慌的小鹿斑比眼神。

「她不只是愛男生，」蘿拉說，「她簡直是瘋狂。」

「是她的家庭因素。」我為什麼想要解釋？她想找個丈夫，不是男朋友。蘿拉抬起眉毛好像我在說什麼黑話。很多女生拒絕跟蘇菲打交道，我在某個角度上贏了這項比賽。但我沒有復仇快感，卻感到奇怪的歉疚，彷彿她現在不快樂是我害的……。她做了不對的事，但我也虧待了她，而且看不出我們雙方有復原的可能。

一群男生從後方走近。「台灣想要自由。」史賓賽照例在談政治，「整個國家有段被壓迫的歷史——先是被日本佔領，然後國民黨。如果北京打過來美國會來援助嗎？」

「如果對他們有利就會，」沙維耶回答。

「快點，蘿拉。」我驚慌地在他們追上我們之前向前衝，「我淋濕了，趕快進室內吧。」

一道舖紅地毯的樓梯通往各種不可思議寶物的展示室：層層包裹的雕刻象牙球；堅果和橄欖核雕成的動物、船隻、惡魔面具。小男孩擁抱著熊的玉雕像讓我想起瑞克。或許珍娜聽說了我們的假交往，要跟他分手？或許是關於她爸，也可能是我盼望出什麼差錯。當瑞克真的牽著珍娜的手走過香港的夜市，艾佛．王就成了遙遠的回憶。

我努力沉浸在這些被國民黨解放或偷走的中國寶物裡，要看你站在哪一邊的史觀而定。我繞過一個蒙古包旁邊沙維耶的團體，跟蘿拉和幾個女生去排隊觀賞聞名的用一整塊白綠色玉石雕出來的翠玉白菜，我們學到了如何用光線照射穿透來分辨玉和石頭。

午餐時，我發現了我向來歸因於我父母怪癖的東西來源：現榨西瓜汁，百香果切半用塑膠匙舀食。我甚至遇到了老媽的最愛——會滴黑汁而非白汁的紫色火龍果，克里夫蘭的中式雜貨店會進口的水果乾。光是拿在手上就令我不安，我把它放回托盤繼續走。

午餐過後，我不知不覺間獨自漫步進入一個大房間，人群爭相推擠靠近一個玻璃箱。我背後排了一堆汗流浹背的人，我像擠牙膏似的被迫寸步前進，直到被擠到箱子前。我喘不過氣，伸手撐著玻璃看到黃金盤子上有塊肉桂褐色的豬肚肉。光線從一層油脂和條紋狀瘦肉上反射出來，看起來簡直可以用筷子插進去再吃掉——神奇中的神奇，這竟然是礦石。

「這塊石頭妳來到台北非看不可，」有個聲音在我背後說，「現在妳看到了。」

沙維耶擠到我身邊時我心臟猛跳，他的金項鍊在訂做襯衫的領子下面發亮。我們走出展示室時他抓著我手肘，保護我不被推擠。他的鼻子還有瘀青：鼻樑上有一塊暗黃色。

他的嘴，他的氣味，他的親吻，我們身體交纏的記憶令我渾身不安。

「嗨！」我傻傻地說。

「那對妳有什麼特殊意義嗎？」他在人聲嘈雜中用低沉聲音說。

「那塊肉形石嗎？」我猛嚥口水，「我們的祖先會崇拜食物真奇怪。」

他露出皮笑肉不笑的表情。「他們有很多我們不太欣賞的胃口。」

我臉紅，盯著前方一個裝飾著神仙、一百隻鹿、水果、小動物、藍色祥雲的五色花瓶。

「妳在躲我。」沙維耶說。

「我不知道該說什麼。」我承認。

他的姿態很隨和，但他的手緊抓著隔開我們和花瓶的欄杆。「那對我不是隨機的勾搭。」

我舔舔嘴脣說。「我不想要後悔——」

「那就不要。」他的手撫過我頭髮後面。「妳在等待的是個已經作了選擇的人。」

又一股新的焦慮。沙維耶看過所有的電話交談，所有明信片。但那根棍子……真希望我能打給瑞克，但我從未問過他的電話號碼所以不知道。

「你為什麼跟他打架？」

沙維耶移開目光。「他對在她阿姨家那一吻很生氣。又不關他的事。」

我討厭被瑞克知道，但他搞成自己的事了。

「或許他還沒有選定，」我脫口而出。

沙維耶轉向我，張開粗糙的手。「那他為什麼跟珍娜在香港？」

「你怎麼會知道？」

「我在診所聽得到他講電話，好嗎？她更改航班不來……台北了。他本來在安排去機場接她。」

「台北？」我結巴著說，「她要來台北？我不曉得。」他怎麼沒告訴我？據我所知，瑞克終於鼓起勇氣打算逼迫家人接受她了。

我真是大笨蛋。

多年來不求回報的單戀像痛苦的寂寞壓在我身上。在丹之後，我什麼也沒學到。執迷一個愛上其他女孩的男生，反覆明示過他把我當妹妹的男生。

我胸口鬱悶。我走進下一個展示室，客座藝術家在角落的一張桌上雕刻，迴盪著鑿子敲打石頭的聲音。其餘空間的主體是一幅絲綢卷軸上的全景圖，稱作廬山的地方，有崎嶇的山峰和闊葉樹，憂鬱感深沉濃厚到我都嚐得到味道了。

沙維耶走到我旁邊時，我想要走開，但他的手把我的手壓在欄杆上。

「這個……如果我能認字是不是跟妳比較有機會？」他低聲問。

我猛抬起頭。「那跟任何事都無關！你怎麼會這樣想？」

他移開目光。他的捲髮從第一天以來變長了，他把頭髮塞到耳後，讓自己顯得年輕點。我回想我的行為——在隔天早上跑掉，因為我太後悔有自己的選擇而迴避他——我……一點兒也不善良。

「你爸不希望你畫圖嗎？」我問。

他瞄了我一眼，輕笑一聲。「如果是個好投資，我爸會買藝術品。但他的笨兒子不准浪費時間搞藝術。」

「呃，他不在這兒，所以就做吧。這趟旅行剩下的時間盡量畫。」

他伸手摸過欄杆，還是不看我。然後從他的短褲後口袋掏出筆記簿塞到我手裡，有他的體溫，我不情願地翻閱。這些畫有我先前在我的畫像中沒看過的某種實驗性，彷彿邊用單眼回頭觀看邊畫出來的，等著被鞭打。

寺廟的石柱雕著栩栩如生的龍，還寫了鍍金的漢字。畫家穿著沾滿顏料的罩衫對著畫架舉起畫筆，大理石般的茶葉蛋和影子。我本來有點期待，但是沒有別的女生，只有更多我的畫。在克莉兒阿姨家撈出我湯碗裡的魚翅；今天早上我在吃早餐，把鹹蛋舀到我的盤子上；我坐在教室前排的側像，面向黛博拉作搭檔練習。

我的後腦在他的枕頭上，我裸露的肩膀曲線，折疊的床單拉到我的手肘。

我差點鬆手掉落他的筆記簿。他的畫風變了。更深刻，更熱情，更狂暴。

我用顫抖的手把筆記簿交回他手上。我走到那張雕刻桌，藝術家正在皂石上把中文名字的三個字雕……成長方形口紅管的尺寸。是印章！紅色印章會蓋到這座博物館和克莉兒阿姨家的繪畫上。

我買了個淡綠色印章，裡面有旋轉的深綠色紋路。

「Nǐ jiào shénme míngzì（妳叫什麼名字）？」刻印師詢問要刻上去的名字，但我搖搖頭把印章交給沙維耶。

「你該刻個自己的印章，」我說，「陳老師說大多數藝術家都有，有點像芭蕾女伶縫製自己舞鞋上的緞帶——抱歉——」我深吸一口氣從嘴巴吐氣——「但你不能再畫我了。」

「為什麼不行？」

「你知道理由。」

「我不知道。」他翻轉印章，用拇指摸過它的邊緣。

「別搞得這麼難堪。」

「不是我搞得這麼難堪的。」

「住口。」我轉身要走，但他伸手攬住我的腰，把我抱住。

他接下來的話半掩埋在我的頭髮裡。「艾佛，我只想要個機會。」

我利用別人的迷戀把它煽成了火焰。

那麼多電話，那麼多明信片。

我不知不覺間倚向他。他手臂抱住我同時我把額頭放在他肩上，我好怕我會傷害他。

但我已經沒有力氣把他推開了。

「或許我們可以一起讀點書。」我的聲音在他的襯衫上被模糊掉，「我幫你學英語，你幫我學國語？」

他雙臂收緊，把他的下巴放到我頭髮上。「我很樂意。」

第二十七章

「蘿拉，上前，我們才看得到妳。蕾娜，很完美。」

週六和週日的整天，我全力投入才藝秀準備工作，彷彿要靠這樣來保持清醒。或許真的是。我們躲在後院的鯉魚噴泉旁邊祕密進行，我把梅根和我的舞步調整成容納十五個女生——而非雙人旗隊；我把他們分成三組各五個拿扇子或彩帶，跳活潑爵士舞步的女生，然後隨著歌曲進行把她們融合在一起。

「這三個動作要保持圓圈的大小相同，然後分散變成交叉的直線。」

我很自然而然進入教練模式——女同學們都很厲害。我們有五百個學生可以招募，組成了一支全明星隊，但到了週末結束時，舞蹈尚未成形。老實說，只是彩帶舞和扇子舞的隨機混合。

不過我跟他們合作時，還是感覺到內心平靜，我核心深處的踏實感。我父母送我來發掘我的傳承，但在過程中，我也找到了一部份自我，即使那個自我不是他們希望我變成的樣子。

上課和練舞之間的空檔，我用大廳公共電話打求救電話給珍珠，問她我能教沙維耶什麼訣竅。

「你們回國之後他必須找個閱讀障礙症的閱讀老師，」珍珠說，「但妳還是可以陪他閱讀。我小時候老爸就是這樣，記得嗎？每晚幾小時。還有黏土字母，那很好玩的。」

我的妹妹怎麼突然長大了？

「我記得。」老爸坐沙發上讓珍珠坐他腿上，打開一本書放在她的瘦腿上。他們會閱讀超過她就寢時間很久，直到老媽生氣地趕她去睡，再罵老爸一頓。老爸做事的時候像隻心不在焉的玩具熊，但我不希望把他想成那樣，我會無法維持我的怒氣。

到了晚上，暴風雨拍打窗戶時，沙維耶和我在五樓休息區合作。我帶著我們的課本，他帶一盒龍鬚糖。

「Chuang qian ming yue guang（床前明月光）。」我讀出家庭作業指定的詩句的拼音。「我不曉得我剛說了什麼，什麼明亮的月光之類的。」

「Chuáng qián míng yuè guāng（床前明月光）。」他糾正我的音調。「我相當確定妳說的是，『明亮的月光在我的床前』。大多數華人小孩在小學就學過這首詩。」

「惡龍為什麼沒給我們翻譯？」我抱怨，「至少你和我是個好團隊。我不懂我說的半數內容，但是你——」

「——懂妳說什麼，但是半數看不懂。」他咧嘴笑。門牙有點歪，之前我沒注意到。「這挺好玩的。」

他很風趣，用那種扭曲的方式自嘲。我希望對他有幫助，向他證明他自以為的白痴是謊言。今年暑假我想給他一些好東西，即使我不知道能否提供他想要的。

他沒逼我做閱讀以外的事。

或許我們正回復到友誼狀態，我希望是。

下一個週一上午，在劍潭第五週，瑞克離開滿一星期，我的扣分減少讓我可以外出活動——只要我跟辦公室報備。在庭院跟隊友們會合時，我說，「今天想去國家劇院外面練習嗎？或許會有啟發性。」

她們都贊成。我們手挽著手唱著〈蘭花草〉，成群經過池塘走上車道。我們繞過曲線時，我看到蘇菲穿著黃色背心裙走向我們，身旁是高大壯碩的馬泰歐。

「我話不多。」馬泰歐的月亮臉和義大利腔都氣到僵硬，他用肥厚的手野蠻地拉扯他條紋馬球衫的領子，另一手握著拳。

「對不起，寶貝，你不——我只是心情不好，好嗎？我保證我會補償你。」蘇菲把手塞到他手肘下，但他握拳的指關節仍然發白。他們在前往蔣介石故居和動物園的車程中摟摟抱抱，我聽說他們私下搬進了空房間。但馬泰歐的火爆脾氣隨著葛蕾絲．浦退出課程而結束——當然，瑞克不會認同。他還交代過我要照顧她的。

蘇菲看到了我們，她的視線從我掠過整個團體。她的完美化妝——直到綠色眼線——和清爽的背心裙跟我的短褲、背心和赤腳形成強烈對比。受到注意不再像以前帶來刺痛的不安全感，但我仍作好心理準備才說，「美華送來了妳的乾洗衣物，我放在妳的置物櫃裡。」

「我會去拿。」她眼中類似後悔的感覺讓我內心作痛。我看過她在休息區留下幾盒鳳梨酥給同學們吃，然後溜走毫不居功。典型的蘇菲式慷慨，但現在她垮下肩膀，掛著黑眼圈。我們從第一天就很合得來，她幫過我掙脫了我的束縛，我希望能跟瑞克商量一下她的事。

她舉步要走，又轉回來說。「艾佛？」

「嗯？」

「捷運有施工，妳最好過河再改搭計程車。」

這是個好情報。讓我們談了十五分鐘追溯我們的足跡，四人分攤計程車資很便宜。

「謝謝。」我說。

蘇菲點點頭，把手伸到馬泰歐手臂上繼續前進。

在我腦中，我在艾佛．王的計畫中加了新項目——

設法跟蘇菲化解恩怨。

計程車載我們來到了自由廣場，這個巨大公共廣場面對五個有藍色琉璃瓦的白色拱門。通往一條兩旁有修剪樹木的寬闊大道，連向藍色琉璃瓦的白色神殿，就是蔣介石紀念堂。

在大道兩側，有兩座傳統中式建築互相面對：國家劇院和國家音樂廳。它們本身就是藝術品：寬廣的石階通往圍繞建築物的平台，鮮紅柱子撐起裝飾著龍鳳和其他中國神話生物，從角落飛簷走下來的雙層橘色屋頂。

潮濕的空氣中微風徐徐，我帶著女孩們爬上台階到國家劇院的平台。整面牆的玻璃門好像芭蕾教室的鏡子映出我們的身影，海報上宣傳的是即將上演的京劇和茱莉亞學院的弦樂四重奏。

「我們找不到更完美的練習場地了，」我看著大家說，「這裡好像卡內基廳，或華盛頓的國家劇場。」

「我在這裡學會騎腳踏車的。」蕾娜玩弄她的十字架項鍊墜子，目光追著一個在父母看護下騎著自己腳踏車的小男孩。

「真的？」我是在老家附近的公園學騎車的，老爸緊抓著腳踏車後面努力跟上。「妳是來玩的嗎？」

「我在這裡出生的。」在她的南方拖音裡，我已經聽得出台語腔的味道了。「我十一歲時我們全家才搬去美國。」

「我無法想像來這裡跟逛後院一樣平常。」老媽是在這種廣場學會騎腳踏車的嗎？老爸也像那些男生在角落裡玩撲克牌嗎？他們會聽流行歌、跟異性調情，還是一直都那麼嚴肅和專注？

「艾佛，」黛博拉大聲說，「準備好了嗎？」

我會眺望整個廣場注意錯誤。

「好了，」我說，「開始吧。」

黛博拉的喇叭開始播放美華介紹我聽的那首老歌〈蘭花草〉。我喜歡它旋律的簡單，可以用來開場。隊員們在平台上散開，跳舞的身影映在整排玻璃門上，音樂轉入下一首歌時，我調整分組用花梨木扇子和無道具爵士舞者平衡彩帶的長旋轉。音樂變成另一首尚未編舞的歌，大家開始隨意亂跳，我們發笑的時間幾乎跟練習一樣多。

最後，我們滿身大汗，癱坐在台階喝瓶裝水。

「蕾娜，妳跳得好像全身是水做的。」我說，女孩們一致同意。她身材跟梅根一樣柔軟又苗條，我們組隊之前，我沒看過她跳舞；她從不來泡夜店，很專心投入她在五樓發起的每週聖經研讀。我很驚訝她答應加入我們，也很感激。

「我媽是舞者。」她用紅色鬆緊髮帶把黑髮綁到後腦去。「她放棄了職業來養我。我也考慮當職業舞者，但我跟我媽商量過，芭蕾舞界的競爭太激烈了，比職業運動更糟，至少比賽的輸贏很明確。芭蕾呢——很主觀的。」

「那妳要改做什麼？」

「我在申請物理治療學校，我想要跟舞者合作，那樣我就能留在舞蹈界選擇我的工作時間，我還是有時間練舞。」

「妳很幸運能跟媽媽商量這種事。」為什麼她可以，我卻不行？是因為我們在不同文化中長大嗎？如果老爸老媽在美國長大或我在亞洲長大，像蕾娜這樣……

人生中的所有重要問題，我都問好友或圖書館員，我從不跟我父母談我看過的書、喜愛的音樂或腦中的舞蹈。我無法信任他們不會把我表現出的一丁點靈魂丟進垃圾桶裡。

「我媽叫我找別的方法去接觸舞蹈，能讓我不只是以一副漂亮身材的方式。但我不像妳。」她伸手按在心窩上，頑皮地微笑露出酒窩。「我只是個舞者。不像妳——會編舞——那不是人人做得到的。」

我驚訝到無法說出平常本能的謙虛話。梅根常稱呼我編舞家，我是嗎？如果我是，這表示什麼？

但太陽開始在台北市背後下沉，我們該收尾了。

「準備好最後一遍了嗎？」我問。

隊友們呻吟，但是隨和地站起來散開。

他們的動作逐漸劃一，手臂，腿，角度隨著每次練習更接近同步，但還是有點不對勁——我說不清楚的隨機性。在我觀察最後一次時，搞懂缺什麼了。

「需要一個台柱來整合大家。」黛博拉和蘿拉相撞時我說。當梅根和我的互動搭配傳授給隊員們，舞蹈只是不成形的畫布，在風中飄揚。

「這樣子已經很棒了，」黛博拉說，「我們只需要學到會。」

「說真的，很棒，艾佛。」蘿拉說。

「是因為妳們很棒。」我微笑，感激她們的支持。

但我心中的編舞家——我嘗試這個身分，僥倖成功——想要更多。

第二十八章

週二晚上，我在書桌上花十五分鐘打Skype電話給老媽，設法幫她搞懂我們的保險公司拒絕理賠的保單。我們都很緊張，因為必須打這通雙方都不想忍受的電話而挫折。老爸從裸照事件之後就沒跟我說過話了，他還在生氣這一點，讓我受傷到超過願意承認的程度，但我盡量不想太多。至少老媽沒再提起照片了。

我們收尾時，她說，「艾佛？我找到幾乎合理價從台北飛回來的機票了，我正在等確認。」

「媽。」就這樣，我的血壓飆高到破表。「我學乖了，我全部成績都拿Ａ，甚至請了家庭教師。我不必提早回家，況且，只剩不到三星期了。」

「妳爸跟我，我們錯了，去年夏天把妳送出國。」

他們照舊立場一致。

我下線後，拚命站起來，發現我的腿在發抖。

我發簡訊給珍珠：

他們真的還想要叫我回家嗎？

珍珠：是啊，他們每天晚上談到妳的裸照。

我呻吟一聲抓起我的藤棍，催眠似的轉圈直到發出嗡嗡聲，然後自己也轉個圈同時讓它維持穩定旋轉，我常在旗舞這樣玩。我用這招的一部分讓瑞克甘拜下風。他走了一個多禮拜，錯過了他自己主辦，我被禁賽的龍舟競賽。我想告訴他我正在為才藝秀準備一支舞，我想再比武打敗他一次。我拿出書法墨水瓶和最細的小楷筆，在棍子末端寫下我的中文名字：

王愛美

我往墨汁吹氣直到乾掉。

瑞克的所有行李都在這兒，他一定會回來。

非回來不可。

我走近五樓休息區時沙維耶已經坐在沙發上，黑襯衫的上面三顆鈕扣沒扣，鉛筆在他腿上的素描簿上畫來畫去。他在公共場所畫圖，這倒是第一次，他身邊有一本課本和一盒龍鬚糖。

他用一根手指撥開眼睛前的捲髮。「妳還好嗎？」

我癱坐到他旁邊打開糖盒。「我父母一開始逼我來這裡，現在又要叫我回家，我終於召集好一群舞者的時候。」我終於適應了這裡的時候。

「我也不希望妳走。」他用發涼的手指按摩我的後頸，我忍住一陣歉疚的心痛。

我躲開，「別這樣。」

他把手放回腿上。片刻過後，他說，「如果他們在等的是票價，我懷疑會不會降下來。」

「希望不會。」但我對抗的不只是票價，我對抗的是焦慮。是我今晚看到她時像傷口湧出的血液般累積的歉疚感，她眼圈的皺紋變深了，她拿著一杯草藥治療她的宿疾背痛，她錙銖必較活像鬥牛犬的殺價方式。

「我帶了些米飯。」我舉起向廚房員工拗來的一包塑膠袋裝的米飯。「我們可以做些米黏土字母。」是珍珠的主意，我們把米揉成黏土狀在桌上做字母直到米開始變硬。

「酷。」接著沙維耶拿出一張看來很老舊的DVD。「我為今晚買了特別的東西——《方世玉》。妳說過會試試看。」

是功夫片。「我是說或許。」我微笑說，「第一天，我還搞不清楚狀況。」他居然還記得。

「我加入。」

沙維耶把DVD塞進播放機，調暗燈光。這是部老片，表演很誇張，但隨著螢幕上的劇情進展，我逐漸沉入沙發。我看字幕：一個很有企圖心的中國武術家參加比武，娶到有錢有勢的土豪女兒，然後旅行去救他父親。

「我不敢相信我在看這個。我是說，我爸才看這種片。有些關於女性的東西太落伍了，但是劇情還不錯。」

「我跟妳說，功夫片被污名化了，它們不只是打架而已，重點是名譽、光榮、犧牲。」他捶捶胸膛，逗我笑了。

片尾字幕捲動時我拍手。「喔，哇。李連杰把死去的朋友綁在背上叫敵人們磕頭時，真的很——」

「功夫電影史上最棒的一幕。」

「令人起雞皮疙瘩。你對武術指導說得沒錯，謝謝！我自己絕對不可能看這部片。」

他將我的一撮頭髮撥到我耳後，他的手指逗留在我脖子上，這次我沒有退開。我的就寢時間過了，但美華還沒出現。

「你為什麼相信我？」我問道。

他的手指摸過我肩膀隆起處，我手臂的線條直到手肘，素描出我的輪廓。

「妳沒告訴別人那些是我畫的。」

「我知道是你畫的之前有提起過。」

「正是。」

即使愛之船的一切對八卦網絡而言感覺都可受批評，我從來沒想過要透露他就是畫我的人。

「那不是我該談論的祕密。」

他的指尖來到我的手背。「大多數人不會這麼想。」我縮回手來。「我可以看看你的新畫嗎？」

他迎向我的注視片刻，然後把他的素描簿放到我腿上，讓我看故宮博物院的五個大拱門。肉形石，發亮脂肪的奶油色層次，跟真品一樣美味。每翻一頁，他的畫作越來越有自信。

「你應該在才藝秀表演自己的節目。」我說。

「表演畫圖嗎？」他不以為然。

「當然，為什麼不行？你可以畫個壁畫然後掛上去。」

「我寧可只給妳看我的畫。」他的凝視令我臉紅，我移開目光看著他拉出一幅短卷軸的長方形管子。

他打開三個黑帽老人坐成一排的素描，他們背後是夜市的鍋碗瓢盆攤子。他們鬍子灰白，夾雜著黑色；他們的棉布衣服有補丁，部分有灰塵。對有錢小孩來說是個異常的主題。

「我看到他們之後心想，或許等你活到那麼老，才會找到平靜，或許祕訣只是跟正確的同伴活得該死的久。」

「喔！」我的心弦悸動了一下。「我喜歡這個。」畫面確實有股祥和感、渴望。他在展現他的靈魂。

「我為妳畫的。」他咕噥說。

我沒發現，俯身湊近看。我們膝蓋碰觸，我聞到髮膠和古龍水味，我閉上眼睛盡量穩住我的呼吸，萬一我真的跟他走上這條路呢？他畫圖，我跳舞，雙方都追求我們的藝術，互相鼓舞前進？他畫了我十幾張畫像，似乎對我很有把握。

「沙維耶，我不知道——」

他柔軟的嘴唇堵住了我，他有砂糖的味道，我退後，但我來不及判斷我喜歡這一吻或生氣他強吻。樓梯間傳來腳步聲，門大聲打開，蘇菲衝進來，她最愛的橘紅色洋裝很皺，彷彿穿著睡過。她的指關節壓著顴骨，她故意不看我們，但在她的手上方，一隻眼睛有宛如濕墨漬的黑眼圈。

「蘇菲，怎麼——」沙維耶起身，但她擦身而過，身上有椰子油味。

我急忙站起來。「沙維耶，我得走了。」

我匆匆追著蘇菲到我們的臥室，她的手還摀著臉頰，她摸索我們梳妝台上的熱水保溫瓶。我抓起我椅背上的毛巾走向她。

「蘇菲，妳沒事吧？」

「我走路撞牆了。」用雙手轉開保溫瓶。她的眼白一片血絲——我猛嚥口水看著她把熱水倒到她的毛巾上。

「妳需要冷敷，不是熱敷。我去拿冰塊，等一下。」我衝到外面跑到逃生門旁邊的製冰機，趁機甩掉震驚的表情。這絕不可能。對吧？馬泰歐是不是是……

我回來之後，把冰塊塞到她手上。「往後會需要熱敷，但要等個幾天，」我口齒不清。「我有一次眼睛撞到了旗桿。」

她皺眉，不想要我幫忙。接著她畏縮一下再把我的毛巾貼到臉上。

「妳確定是撞到牆嗎？」

她用正常的那隻眼睛瞪我。「這麼多人唯獨妳沒有權利針對我的感情生活說教。」

她說得對。「我擔心妳啊，」我痛苦地說，「妳得告訴惡龍——」

「不關妳的事。」她用薄巾貼著眼睛，爬上床拉過被子蓋頭，翻過身。她靜靜躺著。

過了一會兒，我關燈爬上我自己的床。她嗚著哭泣時顫抖的呼吸聲傳入我耳中，我無助地握拳抓緊我的枕頭套。瑞克人不在，她好孤單。

我伸手到床墊邊緣拿那根藤棍，我每晚都帶著一起睡，需要它紮實的安慰。我想要遞給她，在我們之間搭橋，但我知道她不會接受。

如果我跟她講不通，就必須找個她聽得進去的人。

❖

到了早上，蘇菲不見了。她的床整理好了。我的濕毛巾摺成方形還在上面留了字條說她跟馬泰歐出去了，到深夜才會回來。先前她從來不會這樣。

我穿好衣服跑下樓，但她不在餐廳、大廳或庭院。黛博拉穿過草坪向我走過來，拿著便利商店買的紙袋裝肉包子。

「妳看到蘇菲沒有？」我脫口就問。

「她出去了。」

「跟誰？」

「馬泰歐、班吉、葛蕾絲，大概吧——他們今天要去陽明山。」

是山上——台北的一日生活圈。至少蘇菲跟著馬泰歐不會落單，但她的字條強化了我求助的決心。

我爬樓梯到瑞克的樓層，渺茫地指望他終於回來了，我可以叫他幫忙。我胸中有股前所未有的疼痛，對於他我告訴克莉兒阿姨的是實話。打從我小時候，內心就有點被那個跟我一樣有華裔移民父母，成功征服了他的世界的男孩吸引。事實上，如果我真的交男朋友，如果我能拋開我父母徹頭徹尾崇拜他這件煩人的事，我會希望他像瑞克。

我是這麼承認的。

他卻跟珍娜在一起。

我敲門沒人回應，沙維耶的老爸今早把他帶回去跟家人過一天，我走回樓下的櫃檯。

「吳瑞克還在課程裡面嗎？」我問櫃員，希望我沒有顯得像跟蹤狂。「還是他退學了？」我以為他一定會回來收拾東西真是太蠢了，立漢可以打包寄去美國啊。

指望我或許能吸引他回來，真的好傻好天真。

「抱歉，我不知道，」櫃員回答。

「可以給我他的手機號碼嗎？」

他皺眉。「我不能洩漏私人資料。」

我絕不想要再踏進惡龍的辦公室，但我接著就去找她。立漢也在，用竹莖在吹口哨，我一出現他立刻藏起來。

「我想他應該沒退學。」他抓抓頭上濃密的黑髮。「但妳不是要走了嗎？妳父母在更改機票，對吧？」

「才沒有，」我怒道，「除非他們綁架我把我空投回家。」

✧

沙維耶還在外面跟他爸一起，所以我們今晚沒碰面。我很慶幸他不在。我還沒想清楚對他的親吻作何感想，是否準備好跟他走上這條路。在房間裡，我從床單裡拉出我的藤棍。有些招式我喜歡，一連串桶滾穿過舞台，但那是出自《天鵝湖》裡齊格飛王子的男舞者舞步。我的房間太小沒辦法練習，所以我走出去後院在那裡的昏暗天空下練習，努力跳得更高，轉得更快，陶醉在力量與藤棍中。舞步開始成形，我認出出自《方世玉》電影的幾個招式時不禁笑了，幸好只有鯉魚石像在看我：跳舞的傻瓜艾佛．王。

✧

淋浴之後，我穿上睡袍用毛巾裹住濕頭髮。走回房間途中，我的腳跳出新的組合舞步：快速踏地，弓步，單腳旋轉——

背後一聲尖叫把我從夢中驚醒。

蘇菲在走廊上跑向我，雙臂藏在花卉圖案上衣裡。她只穿黑色內褲和搭配的蕾絲胸罩裸露著雙腿，藍色裙子掛在她手臂上飄揚。

「妳這賤人！」她背後的馬泰歐醉醺醺地追過來，單手拎著他的褲子。他滑倒，一手一膝著地。「該死的婊子！」

蘇菲的聲音顫抖。「不要過來！」

他們回來了。

我衝向我們房門跟可怕的門把搏鬥，猛推，再推——為什麼老是卡住呢？情急之下我把門撞開，讓她進去，跟著她進房。她身上有男性洗髮精、汗臭和恐懼的味道。馬泰歐衝過來時我急關上門，他的肥壯臉上充滿怒氣，兩眼充血，不斷咒罵。房門在他的體重下搖動。我拉上門栓，再緊緊壓門。我身上的房門被他出重拳打到震動。

「吊胃口的賤人！」

房門隨著他的重擊抖動，下方鉸鍊裂開，角落縫隙的塵土掉到我赤腳上，我祈禱木材能撐住。

「小鄧，你在搞什麼？」外面有個聲音怒斥。

是沙維耶嗎？

我睜大眼睛，蘇菲伸手掩嘴。

「滾開，公子哥。這個走廊不是你家。」但是馬泰歐不再出拳了。

沙維耶的語氣平緩冷靜。「不如我們一起去喝一杯吧？你需要整理一下。我在樓下等你。」

馬泰歐嘀咕了什麼我聽不清，接著他的腳步聲逐漸遠去。過了一會兒，蘇菲用顫抖的手撥開臉上的頭髮。我的肩膀瘀青了，但蘇菲像蜂鳥的翅膀一樣狂亂，她驚慌地瞪大眼睛，瘀青的眼睛腫到睜不開。

房門被輕敲了一下，是沙維耶。「妳們還好吧？」

蘇菲眼睛一亮。「嗯，沒事。」她示意我別開門。「謝謝，沙維耶。我沒事。」

「我們都沒事，沙維耶。」

「他已經在自己房裡昏倒了。我會在走廊末端的休息區，別擔心。」

沙維耶要站崗，我很感激。「謝謝！」我透過門縫低聲說，我很幸運原來他是個性比馬泰歐好得多的男生。

他的腳步聲也消失後，我轉向蘇菲。

「我還以為他要殺了妳呢。」

她癱坐到床上，縮起裸露的雙腿。睫毛膏從她臉頰上流下，她伸手在臉上一抹變成了一片灰色。

她抿著嘴脣，靜止又憤怒。「因為我咬他。」

我坐到她旁邊抓起她的手。「那是自我防衛，我們必須告訴惡龍。」

蘇菲冷笑一聲退開。「喔，一定會有好結果，吊胃口的女生眼睛被打腫了，她會怎麼想？」

「蘇菲，」我雙手抓著我的睡袍。她為了別人可以很堅強……事關自己時為什麼不行？「沒有男生該這樣對待妳。」

「是，老媽。」

我打量她一眼。「我以為妳不曉得呢。」

她的正常眼睛抽搐，她不耐煩地揉一揉。然後雙腿縮到胸前把臉埋在膝蓋之間，她忍住啜泣。「我無法尊重他，他們任何人，我無法閉嘴——他們因此討厭我，即使愛之船上的所有可能性都對我有利。克莉兒阿姨說對了，永遠沒有好男人會要我。」

唉，克莉兒阿姨。「她的生活很好過，但即使我許願都能實現，也不希望發生在妳身上。」

我把她的一撮頭髮撥到耳後。「找到固定男友對妳真的這麼重要嗎？」

「必須有錢。」她退開說。「就讓我繼續當個糟糕的人，好嗎？妳不會懂，連克莉兒阿姨也不懂。」

「說說看。」

「離婚之後，我媽去飯店工作然後有個混蛋經理拍她的屁股，她把對方推倒在地上，後來被派去掃廁所。我必須把晚餐讓給弟弟們吃。有一天老媽帶了新的白髮男人回家，她一年內變醜——已經沒有好人要她了。我絕對不要像她變得又老又窮被人拋棄。」

「妳又不是妳媽，妳要上達特茅斯大學耶！」我搖了搖她的肩膀。「妳殺價像鯊魚一樣狠，又比世界上百分之九十九的人聰明。據我所知，那包括大多數男人。所以妳怎麼不自己去當百萬富翁呢？」

蘇菲眨眼彷彿我說的是什麼密碼，但是她把雙腿放下了。

「我媽跟我說不要申請達特茅斯。妳父母對妳的成績不滿，我媽卻相反，她說我進不去，現在我錄取了，她又擔心我一定會失敗。我猜是指像她那樣吧。」

她母親怎麼會這麼盲目？這個念頭突然浮現，但我內心另一個部分開始懂了，像老爸一樣，被自己浪費掉受過教育的沉重壓垮了。但蘇菲的媽沒有把女兒推上新高度，而是想讓她避免同樣的失敗。

「蘇菲，總有一天妳會開公司，妳會登上最有權勢的女性名單。」我真的相信。「相信我。」

她扭絞被子，纏繞在她拳頭上。她眼眶濕了。「我從來沒有——」她哽咽說，「做過我對妳做的那麼惡劣的事。」

「對，是很惡劣。」但我對自己有些了解。跌落谷底之後，我夠堅強能夠重新站起來。

「我知道妳不會說出去——妳果然沒有。我為了沙維耶的事想要把妳的臉毀容，但從頭到尾我都知道妳是比我優秀的人，我知道他因此才比較喜歡妳。」

「我沒有比較優秀，我很嫉妒的。」我萬分嫉妒梅根就像我嫉妒蘇菲，和珍娜。「我缺乏安全感——結果傷害了每個人。」

她在被單裡握拳。「我洗了二十張妳的裸照，我想要把其餘的收回來，但我不知道在誰手上，或是否還有。」

二十張！我猛嚥口水。表示還有五張外流，除非任何一張被貼上了無遠弗屆的網路。

我張開她的藍色扇子遞給她。「或許，妳會想要加入我的舞蹈隊？」

她接過去時瞪大眼睛，在手上翻來覆去看。「我要做什麼？」

「跟我們跳舞。」

她差點笑出來。

「我看過妳跳，妳懂怎麼動作，我可以把妳放中間，或後排，隨便妳想怎樣。只要答應明天早上我們去找美華報告馬泰歐的事。」

「美華？」

我點頭。「她不是惡龍，但她了解她，她會幫我們想出最好的處理辦法。」

蘇菲收起扇子懷疑地揉揉她的臉頰。「由女生告狀很不妙，對吧？」

「或者惹麻煩。」

我們陷入沉默。然後她點頭。

「一言為定。」我擁抱她。

⯁

我在早餐時找到美華，我們三人躲到大廳旁的一處凹洞，我們說明狀況時美華的瘦臉越來越嚴肅，然後她立刻行動。十五分鐘後，美華、蘇菲和我搶在惡龍之前進辦公室。美華用快速完美的國語負責說話，說明蘇菲的遭遇，還有這事可能讓整個活動蒙羞。

半小時後，馬泰歐被勒令收拾行李。他在廚房員工開始收拾早餐之前就消失了。

蘇菲擁抱美華時差點哭出來，我也是。

✦

到了下午，一反常態清醒的蘇菲用化妝和草帽陰影隱藏瘀青的眼睛，在雨後淋濕的後院裡加入了我的舞蹈隊。昨晚的暴風雨讓柏樹的葉子掉光了，我們隊員像樹一樣，沒有人對她的加入顯得高興。

「妳開玩笑吧？」黛博拉在藍髮下皺眉，向我耳語。「我們練得很努力不能讓她加入來拖累我們，尤其是她做過的事。艾佛，想清楚。」

我捏捏她的手，感謝她的擔心，即使是多慮了。「沒問題的。」我低聲說，然後提高音量。「各位！我們來示範一遍吧。」

我的舞者們穿著緊身衣、T恤、短褲和緊身褲美極了，超過十五個人的不同體型全部隨著韻律動作。蘇菲坐在長凳上批判地觀察，我不確定為什麼，她似乎無意跟我們一起跳舞。我不知道怎麼整合她，不過我想找辦法，然後我被舞蹈本身分心了。隨著進度，我沒發現的落差現在變得更明顯，就像降落傘上有破洞讓表演無法適當成形。

「妳沒在笑，艾佛，」我們結束後蘿拉說，「有什麼問題？」

「很抱歉，缺少的台柱……」

「我也發現了。」蕾娜調整她的紅色頭帶。「妳為什麼不來獨舞呢？大動作的東西，涵蓋整個舞台，我們會在妳周圍排隊。」

「他們不准我——」

「不必讓惡龍知道，」黛博拉說，「直到妳走上舞台，到時已經來不及了。妳是我們的最佳舞者，如果我們要搞定這場表演，妳非加入不可。妳也心裡有數。」

惡龍確實叫馬泰歐滾蛋了，但她今天幫忙並無法讓我逃過她的怒火。我想像惡龍衝上舞台，抓住我的衣領：音樂暫停！也想像惡龍沒衝上台，我在持有我裸照的那些男生面前跳舞。我全身皮膚發麻。

但是黛博拉說得對。

「我們不能被她發現。」我說。女孩們發誓。

「我們練習時必須格外小心。」

「我們會的。」

我開始在她們周圍即興發揮，在三個小組間穿梭。我拖著黛博拉的彩帶，切過空間，嘗試一些我受功夫啟發的新舞步。我喜愛這麼做的愉悅，被她們的活力包圍，最後舒緩了我的憂慮。

「有改進了，」我承認，伸手拿我的水瓶。「把各部分連結在一起，但還是少了什麼——活力，吸引力。」

「妳需要個鼓手。」蘇菲第一次開口。「我會問問史賓賽，他參加惡龍的打鼓選修。還有，妳們的服裝是什麼？」

「我是打算到夜市去買衣服。」

「我建議三個小組各自穿藍、綠、橘色，讓觀眾比較容易觀賞。艾佛穿紅色或白色凸顯出來。我阿姨在台北認識一個價錢合理的好裁縫——我會負責。還有一件事，妳們的天賦只在劍潭表演太浪費了，我們的演講廳只有摺疊椅和舊布幕，我會找泰德姨丈商量，國家劇院有時候需要暖場表演。」

我被水嗆到。「國家劇院？」

「所以我們要表演兩次？」黛博拉的敵意減弱了。

「一次在劍潭中心，一次在台北。」蘇菲害羞地微笑——興奮又敬畏，彷彿走進運動場接到了一顆高飛球。

我微笑回應，然後退後以便觀察整個團隊。「好吧，我們再來一遍——」

我撞到背後一個結實的身體，溫暖的手臂。所有人看著我背後瞪大眼睛。

我轉身之前就知道他是誰了。

我忘了他的外型有多漂亮，即使黑髮因為旅行變凌亂，橄欖色上衣也皺掉了。他把背包掛在肩上，用健壯的手臂撐著它。他的耳機纏在一起，在他脖子上圍成一圈。

他的琥珀色眼睛對上我的目光，眼中的哀愁混雜著新的光芒。

「瑞克，」我沙啞地說，「你回來了。」

第二十九章

我勉強忍住沒有撲向他。「我不確定你會回來。」

「我剛進來。」他的目光掃過我的團隊。「妳們在做什麼？」

我的臉笑得發痛，我狂跳的心中有上百萬個疑問。「練舞，準備才藝秀。」

「艾佛編舞的，」蘿拉說。

「不是開玩笑的？」

「是你的主意啊。」我說。

「我要先去放下我的東西。」他把背包拉高，伸手摸過他的頭髮，異常緊張。「妳忙完之後──要不要過來一下？」

女孩們互看，我從地上撿起一把扇子，希望掩蓋臉孔以免暴露他讓我多麼緊張。

我努力維持語氣輕鬆。「我們還在排練，我十五分鐘後過去。」

❖

七分鐘後，我敲瑞克的房門。門打開冒出一縷蒸氣，穿著藍色方格紋短褲的瑞克探頭出來，裸露的肩上披著一條白毛巾，剛洗完澡的頭髮潮濕又滑溜。我的目光滑落他黝黑的胸膛到健壯的上腹部——我的天——趕緊回到他的琥珀色眼睛。

「抱歉，」我慌張地脫口說出，「我無法專心，之前有來過。」

他跟我一樣尷尬。「沒關係，等我換衣服。」

房門在我背後關上時我聞到他洗過澡的氣味。我背對他看著木頭門，手指糾纏無措。他回來了，他當然回來了，他說過會回來，他說過到時再跟我談。

「你為什麼去香港？」我忍不住對著牆壁說，「為什麼去了那麼久？出了什麼問題嗎？」

「是也不是。全部解決了！」他的條紋T恤讓我比較敢看著他了。

「珍娜跟你在一起嗎？」

他驚訝地眨眨眼。「妳聽說了？」

「沙維耶告訴我的。」

瑞克皺眉。「他一定聽到我跟她講電話了。拿去。」他把一疊照片塞進我手裡，含蓄地面向下方。「我在男生休息區收集完了但是發生了一些事，我沒有機會拿給妳。對不起，我該打個電話通知妳的。」

「喔——」我臉上像火在燒，我用拇指算照片，紙邊壓痛了我的手掌——四張——然後收進我口袋裡藏好。我不確定哪張是誰的——他把我全部看光了，肩膀到腳趾，或許他看過之後無動於衷彷彿我是自由女神像，我目光固定在他的膝蓋。「我從不打算讓它外流的。」

「我想也是。妳還好嗎？馬克告訴妳的對吧？」

「喔，馬克。」他嘴角漏出笑聲。「他告訴我的剛好足夠讓我偏執。」我緊閉嘴巴——我無意承認這點。我還是不敢看他。

直到他伸手托我的下巴，抬起我的頭。在他臉上，我看不到批判，只有關心，還有個疑問。

然後他放開我，他拿起帽子戴到頭上。「我們去可以談話的地方吧，河對岸有個我最喜歡的地方。」

我的下巴仍為他的碰觸灼熱。「我不准離開校園。」

瑞克瞄一下窗外下方的庭院。「我會把妳弄出去。」

我們通過時車道頂端崗哨裡的警衛范范只向瑞克眨個眼。如果你是瑞克．吳，人生想必暢行無阻。但我不再惱怒了，名聲很重要，能讓你的日子比較好過或難過。瑞克以老派的方式贏得了他的名聲。

高掛的豔陽下我們穿過幾條擠滿按喇叭的汽機車的街道，還有跨越基隆河的陸橋。我告知瑞克我喪失演歐黛特的機會，跟我的隊員練新的舞蹈，我父母威脅要逼我回家。他原本生蘇菲的氣，我告訴他馬泰歐的事之後又冷靜下來。

「如果他還在這兒，就必須對我交代。」瑞克把我拉開避過迎面而來的機車去路。「我的家人有世界最糟糕的紀錄。半數的姨嬸叔伯離過婚，因為有人外遇或家暴，包括我父母，蘇菲的父母也是。有時候我懷疑蘇菲和我是否因此才變成以前那樣。」

「以前那樣？什麼意思？」

他別開目光。「等我們到了目的地我再告訴妳。」他帶我走過一條人行道來到一個有圍牆的古建築物之後，往來人車變少了，正面有座黑木樑掛著紅色彩球的台式大門。屋頂的四個角落翹高成傳統的燕尾狀，深褐色和乳白色牆壁溫和又高雅。「謝謝妳照顧蘇菲，我很慶幸有妳——」他遲疑一下——「和沙維耶……在場。」

沙維耶。我的肚子作痛，瑞克似乎在等我回應，但我走過他跨過門檻進入建築群。

木雕門滑開通往我從未見過的一片露天空地：崎嶇的岩石迷宮，灰石頭上磚造的拱橋，弧形白牆的迷宮，鑲著花朵、石榴、雲朵，甚至蝴蝶形狀的玻璃窗。漫長低矮的磚造豪宅就在庭院的對面，右邊有幾座小建築，有幾個家庭在草坪圓丘上散步。

「我根本不知道這個地方在這裡。」我敬畏地說。

「這是林安泰古厝。古代林姓豪族的故居，建於一七〇〇年代。我小時候來過這兒。」瑞克走向一條曲線像大鍵琴腳的不對稱拱道。「感覺好像掉進了中國風的納尼亞世界。」

「喔，完全就是！」這裡好漂亮，讓我想要跳舞。「以前我會來這裡想事情，像是我的祕密基地。」我跟著他越過磚砌步道通過一個圓形門，來到一個漂著白花與荷葉的池塘，水裡有橘色鯉魚悠遊，兩座銹褐色寶塔屋頂的涼亭相鄰蓋在岸邊。我們走進其中一座，我倚著木造欄杆，雙腳隨著蟲鳴的音樂和遠處瀑布的水聲輕輕移動。瑞克站到我旁邊，我們的手肘相連，兩人都沒避開。

「你為什麼跟沙維耶打架？」我終於問了。

他把一顆碎石丟進池裡，造成漣漪搖動了荷葉，接著第二顆，第三顆。我猜想要多少顆石頭才能填平這池塘，看來有些事他決定不說。

「來劍潭的第一天，大衛胡說八道評論年鑑裡的女生，沙維耶公開說他的目標是妳，用很混蛋的口氣。」我感到一陣焦慮的刺痛——我不想知道玩家沙維耶說了什麼讓瑞克警告我遠離他，即使我已經不再這麼看待沙維耶了。

「我跟他說過離妳遠一點。克莉兒阿姨對妳跟他的事大怒之後，我去找他，但他已經走了，然後我回到校園發現到處有妳的裸照。我遇到他的時候——我——我以為是他發的，然後我大概失控了。」

我的腳靜下來，穩穩踩在木地板上。

「但是沙維耶和我——在醫務室談過。我意外看到他畫的一張妳的圖，我發現他就是畫妳的人。或許他先前只是在男生們面前假裝，我猜妳應該知道他真的喜歡妳，妳能夠照顧自己。所以——」他停頓一下。「讓我對他的看法改善了。」

我想像這段對話時忍不住畏縮：瑞克拿冰袋貼著沙維耶的鼻子，替我調查沙維耶，像他承諾要當的大哥。

「你不該告訴克莉兒阿姨我們只是假交往，」我脫口而出，「你破壞了一切。」

「我不能讓家人對妳有錯誤的觀感。」他雙手抱胸，眉毛皺成一條固執的直線。「妳是在幫我忙，一開始就是我太膽小不敢挺身對抗他們。」

這話倒是沒錯。我很欣慰克莉兒阿姨知道我沒有背叛瑞克。

「但她一定認為我背叛了蘇菲。」

「蘇菲整個週末不理沙維耶。」他皺眉說，「反正，妳贏得了芬妮喜愛，她很失望妳沒有帶走她的寵物青蛙。」

「她的寵物？」原來我浴室裡呱呱叫的可怕東西是個禮物。

「但妳也改善了狀況，」他繼續說，「為妳挺身而出之後我才發現我沒為珍娜做的事，我不願意為珍娜做的事。實在大錯特錯。」第四顆石頭跟著掉入水中墳場。

「瑞克，在香港發生什麼事了？」

他的額頭出現皺紋。接著他走出涼亭，體重壓得地板軋軋作響。有隻蜻蜓跟著他飛過草地，快速穿梭在花朵之間。我跟著他到清朝風格豪宅，通過木板滑門進入內庭院，陽光穿過扇形洞穴照在一塊方形泥地上。三面牆有更多木雕門，滑開可通往展示中式骨董家具的臥室。青草烤熱與木材油脂的氣味隨風飄浮，不過景象雖然安詳，我的心思像前方被風吹過的樹葉一樣打轉。

瑞克拉我坐到長凳上。「這些年來，我一直在踐踏珍娜，我們做了所有我想做的，從來沒有她想要的事。」

老實說，在我認識他之前，這是我預料神奇小子會做的事。

「你問過她要什麼嗎？」

「我試過。她從來不要任何東西，而我——我猜我想要全世界吧。」

「而且你去爭取了，而我——」我吞下我的自尊，「我就欣賞你這一點。」

「我說過珍娜需要確定性，安穩。在她眼中，我總是脫序做些瘋狂的事——為了比賽、競爭和冠軍頭銜旅行，整個暑假跑來這裡。我害她很緊張，感覺很歉疚。一直都是。」

我擔心他會跟珍娜分手。他的意思是分手了嗎？

「一年前，我試過結束這一切。我告訴她長遠來說，我們分開會比在一起成為更好更堅強的人。當時我們在她的廚房裡切我們買的一條麵包，她——」他用拇指摩擦手指內側的白色傷疤。「她哭了起來，說她已經沒辦法，沒有我就無法忍受她父母、學校和生活。她抓起刀子然後——」

喔，不妙。不妙。

「我一把抓住。」他往陽光張開手掌。在黃色強光下，四吋長的傷疤排成一直線。

「喔，瑞克。」我用我的指尖按住傷疤。僵硬、厚實的組織，深到見骨。我想起他在夜店多麼輕鬆把騷擾者從我身邊拉開，現在我驚恐地想像他使盡全力握住刀鋒。

「所以你留在她身邊。」

「我無法冒險讓她最後真的自殺。」

「但萬一她只是——」

「操縱我？」

我討厭這個字。「萬一她只是說說而已呢？」

「聽起來或許很像我有斯德哥爾摩症候群，但她不是喜歡操弄的人，至少不是故意。我受傷時她嚇壞了。」他捲起手指隱藏傷疤。「她一直無法原諒自己──在她的失敗紀錄又加了一個重擔。我有點懷疑或許她那麼做是因為我在場，她知道我會阻止她。無論如何，我不能冒險離開她。」

「你沒有告訴任何人？連她父母也沒有？」

他低下頭。「她要我發誓。我騙大家說是意外，我們在切蔬菜，刀子掉了而我傻傻去接住。」

他們經歷的事──我似乎無法掌握。她在越過界線那一刻有何感受？瑞克呢？罪惡感哽在我喉嚨裡。瑞克的整個家族──蘇菲，甚至我──都挺討厭最需要幫助的珍娜。我伸手放在他手臂上。「你當時生氣嗎？」

「驚嚇比較多。我留下了，情況好轉，她還開始在騎馬營當志工。過了一陣子，在我心中，我們已經完了。我們一起長大，我們一直在一起而且詭異地滿足，我們唯一沒做的是上床。或許我只做對了這點。雖然我想──我知道聽起來很瘋狂──但我想我會娶她。」

我退開。「我的天啊，你們全家是怎麼搞的？瑞克，你滿十八歲了。」

「我從十四歲開始就在照顧我媽和妹妹，我學會開車之前就有銀行帳戶了，我是三代單傳的長子。你知道我爸離家前說的話是什麼嗎？他說，『現在你得當一家之主了。』我因此痛恨他。在我媽類風溼性關節炎惡化失控，生活越來越難過時拋棄她。但我記住了他的話。

「我沒辦法像他那樣。對珍娜不行——我狠不下心。」

我不敢相信他受困這麼深——現在也是——不只為珍娜，還有他自己的原則，他對自己高得離譜的要求，和他的正直。在弦月下的露台那一晚——他是在擔心她。

「所以你才轉學到威廉斯。」

瑞克拔起一根長草，把它纏在手指上。草莖折斷的青草氣味飄浮在上升的熱氣中。「這趟旅行每次我來這裡，我都想帶妳看這個地方，因為妳讓我想起我妹。我告訴自己，妳跟我陷入了一個接一個的瘋狂情境，而且再度脫身。」他的中指被草包住。他放開草葉，葉子鬆脫變成柔軟線圈狀。「在露臺上那晚，我們爬下排水管時，我——我差點吻了妳。很抱歉當時我失禮了——我很生自己的氣。我告訴自己那是因為妳太漂亮，而我只是個典型的混蛋。

「但是在克莉兒家，我終於承認不僅如此而已。我打給珍娜告訴她我們必須分手。」他的眼神異常地茫然，彷彿為了埋葬這個情感也埋葬了所有其他情感。他掏出手機讓我看一張知更鳥平躺在地上的黑白照片。「她隔天傳這張圖給我。」

⌘

這張照片美得很詭異：鳥側躺著，彷彿在睡覺，小小的喙被泥土襯托出來，長滿羽毛的翅膀往前展開剛好遮住了牠的腳。

「牠是不是——？」

「死了。」

我的嘴巴乾澀。「這是什麼意思？」

「我們小時候，她會埋葬我們在自家房子後方發現淹死在池塘裡的每隻鳥。她會用石頭標出墳墓，為小鳥哭泣。她拍這張照片是因為她說看起來很安詳。

「我很怕她會做什麼無法挽救的傻事……。我知道企圖獨自照顧她太愚蠢了，我打電話給她母親告知原委，她毫不知情。

「後來她父母都打給我。她爸在香港，所以我安排飛過去當面見他。珍娜本來訂了來台北的機票，把機票換到香港。我同意等她來，但她結果沒來，她一週內試過三次，就是無法踏上飛機。」

我忍不住對她起了惻隱之心，我不知道感覺那麼無助、那麼脆弱是什麼意義。

「我無法相信……這幾週來，這些年來。」不是我想像與討厭的神奇小子，而是恐懼的小子，努力做對的事。「你是為了獨處空間來台灣的？」

他瞪大眼睛，看起來很不舒服。「有點恐怖，不是嗎？她怕搭飛機所以我躲到她去不了的地方。她說過我沒有靈魂，或許她說得對。」

我曾經也這麼想，現在好慚愧。「你留在她身邊是因為你有靈魂，比大多數人還多。但你從來不——」我改口。「她有心理顧問嗎？」

「她看過幾次，很討厭他。」

獨自跟這一切搏鬥——難怪她會緊黏著瑞克。「尋找適合的顧問要花時間。我爸很愛作心理諮商，或許因為珍珠的閱讀障礙吧。」

「她爸說他會盡力找個最好的顧問。」

我站起來走到門口，面向庭院。風把乾草葉一路吹到門邊的怪石迷宮。我沒問他為什麼沒告訴別人。我知道這個心態：家醜不外揚，不能相信警察和政府——萬一他們把你帶走呢？但他一直很受困，所以他才像我下定決心要掙脫。

珍娜不是唯一被心理負擔拘束的人。

我沒聽到但是察覺他從背後走近。

我沒轉身就問他，「所以你不認為我……像個妹妹？」

他的手落在我肩上，我緩緩轉身面對他。

我不知道誰先動作。但接著我在他懷裡，他的手指抓著我後頸，他另一隻手在絲巾裡握拳放在我背後，他的嘴低頭湊向我時，鬍渣刮到了我下巴。

他的吻深深落在我胸前。他的唇，他的體溫，他的手臂緊抱著我，一切感覺真好。這一吻裡沒有什麼溫柔——他夠強壯能把我折成兩截，我貼近他時我的手指滑進他粗糙的頭髮裡。他的味道很乾淨，像湧泉和薄荷，他的舌頭掃過我嘴裡擾動了我只在沉迷跳舞時才窺見的內心深處，既嚇人又好刺激。

但是最後，我們都浮出來換氣。他前額靠在我額頭上，我們互相凝視，輕微喘息，配合著我呼吸。他吻到腫脹的唇呈現粉紅色，他雙手滑到我我手肘內側，他的琥珀色眼睛變暗充滿慾望，某種令我腿軟的饑渴。

「你在想什麼？」我耳語。

「時機真不合理。」他的聲音沙啞，「經過這些麻煩之後——我不該想要跟任何人在一起——」

他的嘴又佔據我的嘴，我的血液迅速流過血管，我想要用力關上門把他撲倒在地上，讓他在我身上平息一切飢渴。

然後我把手放在他手上輕輕掙脫，我在剩下的真空中顫抖，但我非說不可。

「你剛分手耶，」我艱難地說，「切斷很辛苦的戀情。」

他的雙手回到我手臂上。「我沒有傷心困惑，艾佛。如果我沒認識妳，我不會知道，但現在我懂了。我想要跟妳這樣的人在一起，我想要跟妳在一起。」

我相信他。神奇小子總是知道自己要什麼……

「我不想把你鎖進另一段戀情裡，你需要時間。」

「這不是鎖死。」他抿著嘴脣，「艾佛，我從來沒感覺過像跟妳在一起時這麼自由。」

我用盡所有自制力阻止自己撲向他，但我沒辦法，也不願意。

我掙脫他的手臂。

「是因為沙維耶嗎？他是畫妳的人。他——」

我伸手指放到瑞克嘴脣上，讓他住口。「我們可以見面，好嗎？再過幾天就是中南部之旅了。」

大熊似的眉毛皺起扭曲。「所以我們要當旅伴？」

我作個鬼臉。「旅伴可能比妹妹還糟糕，但是好過假女朋友，那是世界上最糟的餿主意。」

「是妳想到的。」他的淺笑幾乎讓我重新考慮。兩隻鳥輕鬆飛舞著俯衝下來時，屋樑上爆出一個顫音。

我為什麼抗拒？

然後我想到了。「我有個點子，我只希望不是世界上第二爛的主意。」

他突然面露憂色。「什麼？」

「我們當舞伴怎麼樣？在我的才藝秀表演。」

他皺起鼻子。「我猜猜看。演穿芭蕾舞裙的河馬？幻想曲？我當然願意，但我不想搞砸妳的秀。」

我大笑。「不。」我忍不住短暫擁抱他一下，再放開。「你願意跟我棍術比武嗎？」

第三十章

「艾佛，我欣賞妳，但這是個餿主意，」黛博拉冷淡地說。

她雙手抱胸，倚著不斷開心地噴水飛濺的鯉魚噴泉池邊。快九點鐘了，是我的舞蹈隊第一次跟瑞克的排練，其餘隊員都走了，但我們四個——黛博拉、蕾娜、瑞克和我——仍在後院裡。頭頂上的夜空綴滿星星。

「我要拓展舞蹈的定義。」我旋轉我的藤棍，再快速舉起格擋瑞克慵懶的揮擊。「花木蘭就會這麼做。」我因為我們靈活腳步的實驗有點暈眩。別人在寒冷中跳躍或許會凍僵，但瑞克適應良好，我們像兩隻老虎互相撲擊，揮舞我們的棍棒，繞圈，填補舞者之間的空隙。我們之間的流暢，動態，精力的撞擊聲——

「這不是鬥棍，很好看，但是你們兩個，」黛博拉指著瑞克和我中間。「總得有人說出來，這可是愛之船，萬一你們分手——」

「我們沒在交往。」我閃過瑞克瞄準我腰部的一下刺擊。

「我的藍頭髮還不會長呢。你們萬一鬧不合，會毀掉我們拚死拚活排練的這場秀。」

「算了，黛博。」和事佬蕾娜伸出手臂攬我脖子，另一手攬住黛博拉的。「現在很完美，妳自己說過的。」

「而且我們不會鬧不合。」我盡快旋轉棍子，讓我的頭髮隨風飛舞。

黛博拉轉向瑞克。「當男生們嘲笑你跟一群女生跳舞，你會說什麼？」

「馬克已經嘲笑過了。」他旋轉他的棍子，失手掉落。「在沿著基隆河的六哩路上。」

「真的？」我沮喪地放低棍子。

「我說如果他這麼嫉妒，去找自己的舞蹈隊。」

我大笑，但黛博拉仍在皺眉，把背包甩到肩上。「查房時間到了，艾佛。」

黛博拉和蕾娜離去時，我看著瑞克一面繼續笑。「這正是編舞需要的，就像把最後一個齒輪裝到時鐘裡。」

瑞克又旋轉他的棍子，再度失手。「我會練熟的，」他發誓。

我把棍子轉個圈。「你很好勝喔。」

我們走向宿舍，他把棍子拋起來再接住。「我不想毀掉妳的表演。」

「不會的。」

他大大張開手臂，給我一個史上最潮濕的擁抱。

「噁，你全身都濕了！」我推開他，他抓住我手臂再向我猛甩滿頭大汗的頭髮，我尖叫起來，「瑞克！住手！」

大廳的門發出輕微軋聲打開，沙維耶走出來，從燈光下走進黑夜的陰影中。他眼睛看著下方，他手上拿著的素描簿，風吹亂了遮在他臉上和黑襯衫上的黑色捲髮。

然後他抬頭看到我，我掙脫瑞克。

「沙維耶──」

他原地轉身時素描簿掉在地上。

「沙維耶，等等！」我大叫，但他走掉了。

「對不起！」瑞克停下棍子。「是我的錯，我替妳去叫他。」

我撿回沙維耶的素描簿撫平折角時不禁雙手發抖。「不，是我的錯，我該早點找他談的。」

✤

「我有好消息也有壞消息，」蘇菲說，同時她的美髮師把多到像小山的洗髮精塗抹到她頭髮上。「妳想先聽哪個？」

我的顱骨上正在作頭皮按摩，感覺好棒。這種美容院是我們為了慶祝課程結束和出發到中南部旅行前的最後一夜而安排的另一項台灣特產。

至於好與壞的消息，壞消息讓我想起仍然失蹤的最後一張裸照，即使有瑞克和隊員們幫忙，沒人知道在誰手上或誰手上有沒有。

「好消息。」我說。

「妳獨舞的服裝快做好了，裁縫師同意把我們的廣告版面當作半數付款，讓價錢負擔得起。按照我們說好的是紅色——妳穿一定會很性感。」

或許我的腦中有性感照，但我不想在舞台上性感，所有眼睛盯著我就不行。真希望我能親自監督服裝製作，但在練舞和上課之間，我只能跟蘇菲一起寄出我喜歡的網路圖片。

「是低胸嗎？裙子有多短？」我聽起來好像老媽，但這次不是她說的，是我。

「我會留意不要太過火，保證！」

「壞消息是什麼？」

「國家劇院被訂滿了。泰德姨丈在設法安排我們充當日場表演的暖場秀，但是機會不大。」

我比預期的更失望。三層總共一千四百九十八個絲絨座位——國家劇院將是我作過最盛大的演出，艾佛．王最後一支舞的輝煌時刻。

「我們能做什麼說服他們嗎？」

她搖搖頭。「我問過泰德姨丈我們可否選個上班日。他說我們或許能排到週一的時段，但只會有我們。除了泰德姨丈和克莉兒阿姨之外沒有觀眾。」

我咬咬嘴唇。「他們知道是我編舞的嗎？」如果他們知道還會支持我們嗎？

「我沒告訴他們，」蘇菲說，我們都沉默下來。

我們的美髮師用手持蓮蓬頭的溫水沖洗我們的頭髮，居然能夠保持其他地方不濕。他們擦乾我們頭髮時，我說，「如果我們週一表演，我們可以在這裡辦整場才藝秀，惡龍一定會抓住這個機會。」

「整場秀？」蘇菲嘟起嘴唇。「劍潭的才藝秀從來沒在正規劇場表演過。」

「呃，或許他們該來的。麥克・朴要表演在他的地方頻道播過的單口喜劇，黛博拉認識一個在卡內基廳彈過鋼琴的男生。有五百個學生可以挖掘才藝啊！」我的微笑感覺緊張。沙維耶應該展出他的作品。我有他的素描簿，更多傑作，但也有很多空白頁。我努力跟上他的國語和書法，但現在他成了遙遙領先的人，他不肯跟我說話，甚至不肯讓我知道他昨天通過了期末考。惡龍貼出成績表後我才看到，百分之二十是根據國語對話能力，他一定很拿手，感謝有他指點我才及格。

我們原本在建立友誼，現在卻失去了。

「我會跟立漢商量，還有國家劇院。」蘇菲皺眉說，「我們需要惡龍的許可。我是說，她應該會同意，但是由我們提出的話……」

「如果對劍潭有益，她不可能拒絕。」但我也擔心。「我們還是到時再說吧。」

我們各自向美髮師道謝，給小費，再走路回校園。「妳知道嗎，妳很擅長這種事，」我說，「把事情辦成。」

「妳這麼認為？」蘇菲把她的資料夾塞進包包裡。

「一定是妳家族遺傳。」瑞克和他的無數競爭，錦標賽，甚至跑去香港。「妳做這些事就像試穿新衣服，或殺價成功一樣開心。」

我微笑但她笑不出來。「我媽或克莉兒阿姨，她們都跟我說——」她的嘴巴扭曲。「好女孩不會使喚人。」

我們會自由嗎？我用力擁抱她一下。「和善被過度高估了。」

中南部之旅以驚人的高速進行。

瑞克和我在A車的後排坐一起，共有十一輛豪華巴士載著所有劍潭師生環島。我們的車隊走高大水泥柱上的高架道路，讓我們的視線跟樹梢的茂密天幕同高。鄰近城市的天際線升起一縷黑煙，許多現代建築物帶有屋頂飛簷與中式建築元素。城市景觀逐漸變成農田，玻璃屋頂的溫室。水泥堤防與銀藍色的水道，山脈好像巨大的成堆綠葉。

在太魯閣峽谷，我們的巴士在高聳參天，覆蓋著翠綠青苔，被遍布海藍色、青綠色、藍寶石色急流漩渦的河流切開的兩座懸崖間放我們下車。瑞克和我以急速步調搶先走在前面。我真不敢相信——這些異世界般的藍水，我雙腳跳著舞步踩在岩石上，瑞克靠在我身邊——全都是真的。

「關於艾佛．王的一切，突襲問答，」瑞克說，「只准說答案。要玩嗎？」

他好像水壩洩洪，我們聊個不停。

「你也必須回答，」我說。

「當然。最喜歡的書？」

「《哈利波特》。」

「《美生中國人》（American Born Chinese）。」

「喔，我喜歡那本書！」
「最喜愛的食物？」
「芒果。」
「炭烤牛排，加肉汁。」
「真的嗎？對健康不好喔。」
「不可以批評！」
「對喔，抱歉。」
「軟糖測試——妳作過沒有？」
「什麼？」
「妳知道的，我們大概，呃，五歲時作的測試。妳可以現在吃一顆，或稍後吃兩顆，哪個比較好。」
「呃，嗯，我吃一顆。你呢？」
「我媽被支開十分鐘，我一直等到她回來。」
「愛現。」
「是啊，最大的恐懼是？」
「我受傷無法跳舞。」我皺眉說，「還是別談這個吧。」

在夜市，我們品嚐街頭小吃，從鐵網烤麻糬到刨冰到串烤豬耳朵。瑞克逼我試吃油炸臭豆腐，我用鴨舌回敬。我們用竹葉折成蚱蜢。他買了迷你老爺鐘要送他喜歡收集娃娃屋的老媽；我買了鴨嘴獸玩偶要送珍珠——在每個轉角，他總會找藉口觸摸我，把錢塞進我手裡，手掌摸我背後，或我的腰部曲線。

「旅伴，記得嗎？」我譴責他，假裝生氣。「只當旅伴！」

「抱歉，我又忘了。」他把雙手藏到背後像餅乾怪獸一樣傻笑。他穿著我從 Club KISS 穿回來那件金絲雀黃色的上衣，雖然還是讓他看起來像黃疸病，我忍不住想把那雙手抓回來。

我們的巴士通過北回歸線前往形狀長得像燕尾的台灣最南端。瑞克的手指扶著我的手臂，我們走在深綠色田野之間的泥土路上來到孔雀色的水邊，站在三個海域交會處，看起來就是普通的海，看不出人類劃分的潮起潮落的痕跡。我聞到風中的鹹味，看到擴充版的四人幫——現在是五人幫——山姆、大衛、娃娃臉班吉、彼得和馬克——排隊把指尖湊在一起，對著一塊長得像尼克森頭像的岩石禱告，我們大笑。

「你們現在又怎麼了？」另一個朋友拍照時我問道，「這次我們要奪回哪個刻板印象？」

「五個亞洲智者，」馬克沒睜開眼睛回答。

「我們亞洲人，」山姆吟誦，「太睿智了。」

我感到一股溫暖情感浮現。今年夏天我不是唯一接納自我認同的人了。

我舉起我的手機拍照。「笑一下拍個奪回修辭的寫真集！」

五位智者向我深深鞠躬。「說得好，我們的女孩。」

✧

練舞時間變得很吃緊。要探索古墓、洞穴和寺廟，我們的巴士抵達每家五星級飯店都遲到，然後我們要找空間避開惡龍練習。

我們在墾丁國家公園住宿處的地下室舞廳裡，對著落地鏡，黛博拉把喇叭接到她的手機上，我們十六個人從頭練一遍流程。被蘇菲徵召的史賓賽和班吉用手推車運來跟他們一樣大的木製大鼓。

「哇，你們在哪裡找到的？」我指尖輕輕敲過皮革的鼓皮，讓它發出音符。

史賓賽笑道，「夜市攤位什麼都有賣。」

我的舞者們重新列隊，史賓賽和班吉伸長手臂打鼓讓牆壁傳出回音，夾雜著瑞克和我的棍子撞擊聲。瑞克和我專心打鬥，揮棍，閃躲，佯攻。他踏錯了一步，呻吟一聲丟下他的棍子，我飛踢他的肚子，他抓住我的腳讓我跳開，拚命維持平衡。我的舞者們用彩帶打他，他笑了起來，我也笑了，大家都笑了。

我們練完下一輪之後，掌聲傳來。雙併門擠滿了穿方格襯衫的飯店員工和一個荷蘭婦女旅行團——我沒發現我們引來了觀眾。

「這都是你們自己想出來的嗎？」一個蜂蜜色金髮穿瑜珈褲的女子問。

蘇菲指著我。「是她想的。」

「太棒了。」蕾娜的眼睛發亮。「我就是這個意思，艾佛，不是每個人都想得出這種東西。」

我臉紅了。盜賊燈籠的活門破裂，透出幾道超新星的光芒。「我還是很難相信這支舞能實現。」或這是我編的舞。

蘇菲輪流傳遞一盒綠茶餅乾給大家，我去門口查看有沒有輔導員在，所有隊員兩人一組分批離開。

「瑞克，你準備好了嗎？」史賓賽把獨輪手推車塞到大鼓底下。

「是。」瑞克拉我簡短擁抱一下。他退開後，一封信塞進我手中，蘇菲從資料夾上方盯著我們，臉色懷疑。

他和史賓賽走出去時，我收拾了休息吃點心遺留的幾個散落杯子，然後我抓起最後一塊餅乾跟蘇菲出去。

我們經過一台放毯子和床單的管家推車跟美華擦身而過，她身穿搖曳的紅綠黃三色裙子，對我淺笑了一下。

「Waˇnān。（晚安）。」然後她以自己的優雅方式緩步前進。有一瞬間，我想叫住她——告訴她我們舞蹈的配樂是她最愛的〈蘭花草〉。我跌落谷底那晚她介紹我聽的歌。但美華有職責在身，如果她發現我們的計畫，她必須通知惡龍，就像她處理馬泰歐事件。

「她有看到妳跟我們跳舞嗎？」我們匆忙爬上樓梯到大廳時蘇菲小聲說。我們已經超過門禁時間幾分鐘了。

「不，當然沒有，」我用超過實際感受的確信說。

在電梯裡，蘇菲按鈕。她摸摸我手裡瑞克的信。「珍娜到底發生了什麼事？」

我差點被餅乾噎到。「他沒告訴妳嗎？他們分手了。」

「她接受了？就這麼簡單？」

我眨眨眼。「我猜是吧。我是說，不然——」

「我很難相信她會這麼輕易放他走。」

我皺眉。以前他也試過跟她分手，蘇菲知道的……。但她不知道當時具體發生了什麼事。

「妳為什麼對她和瑞克這麼嚴苛？」

「該從何說起呢？」她嘟起嘴脣。「珍娜是個聰明女生。她喜歡科學，她是學校裡化學社團的社長，而且也加入了編織社，雪莉很崇拜她。妳會以為憑她的容貌、腦筋和記憶力，她應該更有自信，但即使瑞克一再安撫說她很漂亮，她還是去整形把眼睛弄大。她放棄在兒童醫院當志工是因為有人拿她的整形開玩笑。」

「真的嗎？」我了解她的感受。我自己像蘇菲一樣是單眼皮而非有上層皺紋的雙眼皮，我會在白人朋友面前迴避照鏡子，因為我的眼睛相較之下很小。如果我有錢和機會阻止辛蒂．桑德斯整個小學期間向我拉眼角嘲弄，我會去整形嗎？或許半年前會，但是現在，這裡的大家眼睛都像蘇菲一樣漂亮，我不會想去改變。

「我知道，我沒資格批判，對吧？」蘇菲說，「但我受夠了他帶著她像個病人到處跑，她好像救生圈似的死抓著他不放。」

那是因為他真的是。「他擔心她——」

「她十八歲了，已經長大了。」她反覆戳那個按鈕，「這真是全島最慢的電梯了。」

我開口想說話但又閉嘴。對蘇菲，對瑞克全家而言，珍娜是佔有慾過剩的女朋友，不是陷入麻煩的人。

我希望他們知道真相，但她的祕密不該由我來說。

「我想像不到瑞克會加入跳舞，」蘇菲繼續說，「從我們十一歲以來我沒聽他這樣笑過，當時我差點放火把我阿姨的衣櫃燒了。」

「什麼？怎麼會？」

「我在查看價格標籤，在黑暗中拿著蠟燭，瑞克一直拿這事取笑我。」我想起瑞克和蘇菲就像菲利克斯和芬妮調皮搗蛋的景象不禁微笑。然後我收起笑容。我把瑞克的信按在胸口。

「瑞克跟珍娜相處是怎樣的？」

「妳是說他有沒有買禮物給她？每次呼吸就摸她一下？像加冕國王驕傲地走來走去？」

我心情一沉。「是啊。」

「不，她比較像他的妹妹，妳知道嗎？」

我憋住笑聲。「不，我不知道。」

「有一次她問我他是不是同性戀，因為他很少吻她。」蘇菲的笑容退去。「她對他總是很沒安全感。一個月前，我會叫她別擔心，他從來不讓依賴他的人失望。」

我喜歡瑞克這一點。但我也感到有點擔心——現在他要讓她失望了嗎？

「欸，妳的棍子在哪裡？」蘇菲突然問。

「喔，糟了。」我轉身走向樓梯間。幾個客人出現，一路談笑，我的腸胃緊縮。「我忘在舞廳裡了。」

「我們最好去拿。」蘇菲扭絞雙手，看看時鐘。「否則飯店員工會拿給惡龍，上面寫了妳的名字他們會告訴她我們在跳舞，她會猜出來，我們就完蛋了。」

電梯發出叮一聲。真巧，惡龍出現，高跟鞋喀喀響像是斷斷續續的警告，她的黑眼睛看向我們。

「愛美，已經超過門禁時間了，」她用國語說。蘇菲低聲咒罵，我們太晚到了。

「艾佛，妳忘了這個。」美華突然穿著搖曳的裙子冒出來。惡龍皺眉，或許因為聽到我的英文名字，但美華只把一個毯子包裹的東西塞到我懷裡，又硬又大，活像個爆滿的衣帽架。

「喔！」是我的藤棍經過偽裝。

「快去睡，妳們遲到了。」我來不及說話美華就把我推向打開的電梯，然後她抓著惡龍的手臂，問明天行程的問題。惡龍的目光飄到我懷裡的包裹，我用眼色向美華道謝，抓起蘇菲的手把她拖進電梯脫離惡龍噴火的範圍。

親愛的艾佛：

很抱歉我拖了這麼久才答覆妳關於家庭作業的問題。七年前妳的信寄到時我一定是錯過了。如果我收到，或許我的人生路徑會提早很久改變。

關於家庭作業除了我拚命用功之外，恐怕我沒有太多智慧提供妳。還有選些我不會介意花很多時間的課程。我猜我有點算是完美主義者，我最喜歡的物理老師說這對學業有利，但對我很不好。我希望妳找到更有效率的方法達成目標。

我自己也需要一些忠告，我希望妳能幫忙。我不是很擅長表達我的感受，至少不是用文字。但是有個女孩子，我剛認識她時，我有種詭異的震撼，好像一見如故；好像我以前夢見過她的面孔上百次了，但現在是第一次我能看清楚。

當我回想我認識的人們會讓我欣賞的那些特質，我在她身上都找得到。她無所畏懼，堅強又和善；她熱愛家人到即使為了她自己的幸福，也不願意讓他們失望。在我有問題的時候，她一頭跳進來幫我，她讓我懷疑數學的真假。一加一永遠是二，有了她，一加一是等比級數。

我和她跳舞時，我終於懂了，舞蹈必須是兩個人之間保持平衡才行得通，我這輩子都在邊緣搖擺。現在，我仍然走在那些瘋狂的小徑上，但我不再失去平衡。生平第一次，我可以仰望天空，那裡面佈滿了星星。

艾佛，我開始寫這封信給妳時，我以為我的問題會是，我如何說服妳妳對我的意義？但現在，我發現問錯了。我不會成功的。妳要我等多久我都會等。

妳的朋友，瑞克

我折起他的信再上Google搜尋：怎麼確定自己愛上別人了？

第三十一章

颱風越來越強烈，我們的巴士車窗籠罩在雨中，模糊了我看途經鄉野的視線。我們駛過一個淹水的普悠瑪村落時全車安靜下來：鐵皮屋頂像被掃除一切生命的島嶼般從泥漿中探頭出來。到處漂浮著碎片：翻倒的人力車車輪在旋轉，死魚露出銀白色的肚子，泥濘的洋娃娃頭髮與身穿的紅黃綠色條紋裙子在身邊散開。

「有人受傷嗎？」黛博拉搶先問。我們的導遊說沒有，大家再度恢復交談。

在旅程的最後一整天，我們來到蘇菲從暑假開始以來一直談到的溫泉度假村。通過一座木造大門進入茂密的樹叢。不知何處的喇叭在播放〈蘭花草〉，瑞克和我在淹腳踝的積水中走過一條石砌小路時讓我的腳蠢蠢欲動，頭頂上宛如弧形梳子懸吊的棕櫚葉片在滴水，穿過一片竹林之後到了前方的平頂式建築。從我看過他的信之後我就牽著瑞克的手，不過我們沒再接吻，彷彿我們知道一旦親吻，就會像洪水不可收拾。

「我超愛按摩浴缸的，」我們通過走廊前往我的房間時我告訴他。六天來走遍台灣南部海岸、高雄的愛河，更別提練舞之後，我痠痛的身體渴望著泡進熱水池裡。

「唉，男女的溫泉是分開的。」他在我的門口把堅持幫我拿的行李還給我。

「似乎有點老派。」

「討厭的規矩。」他對我狡猾地露出讓人想起黑暗中的頑皮事情那種笑容。他的手抓著我背後拉我靠近，用他的鼻頭磨蹭我的。我閉上眼睛，期待著，渴望他的嘴脣吻上我。

然後他退開，露出挑逗的微笑。

我皺眉。「你知道我不知道的什麼事想跟我逞威風？」

「規矩就是規矩。」他走過走廊，拒絕多說。

「我還是會打破它的，」我大聲說。

⸎

蘇菲和我穿上淡綠色日式浴衣出發走向一樓的女性溫泉區。在小接待室裡，有個胖臉服務生遞給我們蓬鬆的毛巾，再雙手摸過他身上示意我們。他大約跟我們同齡，讓我想起我表哥喬治。他講國語很快。

「什麼？」我湊近，不想錯失重要指示。

「裸體！」他用令人不安的熱情比劃。

「日本式。」我們躲到印著飛行藍鶴的亞麻布幕後面時蘇菲笑道，「這種溫泉要裸體泡，他會對觀光客用的關鍵字。」

「瑞克跟我說過他們用性別區隔。『唉！』」我笑了。他的狡猾語氣。「裸體，難怪了。」

黛博拉和蘿拉已經在浴室脫衣服了，牆面鏡子反映出我們放浴衣和拖鞋的成排櫃子，一壺紅色烏龍茶放在各式瓷杯中間。掛著布幕的門口對面飄出熱氣，還有誘人的冒泡聲和礦物質氣味。

「我上天堂了，」蘇菲嘆道。

「我也是。」我把毛巾包在身上時惡龍走進來，穿著自己的浴衣顯得很粗壯，斑白頭髮藏在塑膠浴帽裡。我的置物櫃鑰匙掉落發生聲音，她的目光落在我身上。

「愛美，」她斥責說，「美華忘了告訴妳嗎？妳不准泡溫泉。」

彷彿我對最後一張裸照的擔憂還不夠懲罰，我父母又出手了。

「喔，拜託讓她留下，」蘇菲開口，「是我的錯——」

「蘇菲，沒關係。」我已經從置物櫃拿出我的浴衣了。據我所知，惡龍有間諜監視我們練舞，我最不想聽到的就是「妳不准參加才藝秀。」我也希望美華現在沒有惹上麻煩。

黛博拉和蘿拉同情地瞄我幾眼；蘇菲則是歉疚的眼神。但我的失望底下潛藏著更深的哀傷暗流，我父母想要用他們唯一知道的方式控制我。

但他們無法抹消這個暑假給我的改變。

「晚點見。」我說。

「艾佛。」

沙維耶的聲音嚇我一跳，我差點撞翻台座上一個裝紫色蘭花的花瓶。他走出客房的門倚著門框，就像暑假初期那樣嘴唇扭曲露出嘲諷的微笑。他的T恤上沾了顏料，腋下夾著裝畫的長型盒子。

「沙維耶。嗨！」我抓著我的腰帶，需要一點東西來鎮定下來。

「我說對了，不是嗎？全世界的運動員總是為所欲為，對吧？」

我臉紅。但至少他是對我說話。「那不是我喜歡他的理由。」

「那又是什麼呢？寬闊的肩膀？耶魯大學？拍馬屁的粉絲俱樂部？」

「那樣說不公平，尤其是你應該很清楚。瑞克他——」我設法精簡，說實話，但是太多東西了，他的慷慨，他的謙遜，他的和善，他的奉獻，同時又感覺我不該為自己辯解。「有時候我們沒有理由，我們就是喜歡我們喜歡的人。」

沙維耶眨眨眼，我準備接受嘲笑。

「我知道。」

「知道什麼？」

「我們無法控制我們喜歡誰。」

他在畫盒上雙手抱胸，眼神憂鬱。我希望我們能找回那種友善的自在，但是已經不見了，像颱風季的陽光一樣難以捉摸。

我放開我的腰帶。「前幾天晚上謝謝你幫忙搞定馬泰歐。」這是遲到很久的道謝。

他咕噥一聲。「任何正直的人都會幫忙。」

他正是這樣的人——正直的人。

「我欠你一個道歉，」我說，「因為克莉兒阿姨家那晚之後發生的事。」

「不用道歉。」他咬緊下巴。「妳自己說的，我們都有過失。」他從腋下抽出盒子拉出一張捲起的素描。「妳忘了帶走。」

《三個老人》圖。我拿著僵硬捲曲的畫紙，用手指摸過它的邊緣，欣賞他們鬍鬚的細節，手肘的補丁，他捕捉到的感傷。

「我很喜歡，但我不能收。」

他翻開一個折到的角落。「為什麼不行？」

「這太珍貴了。比起送給我，你可以作更好的運用。」

他無助地盯著畫。「比如說？」

我喉嚨緊繃。「等時機到來。你——會知道的。」

「妳真是宿命論者。」他捲起素描收回盒裡時的聲音沙啞。「呃，或許我也是，如果我先認識妳的話。」

「沙維耶……」我無助地放下手。今年暑假沙維耶和我有理由交往嗎？表面上，我們在同一趟旅程裡——即使父母反對也拚命作我們的技藝，而且他讓我感覺自己很迷人，原本我並不相信。我們可以維持在那個狀態，但我讓它失控了。

「我們得重新來過。」這有可能嗎？「我希望能當朋友，我希望我們維持友誼。」

他倚著門柱駝背，然後說，「等我一下喔？」

他消失到房間裡。回來之後，他抓我的手把一張小照片塞到我手裡，再合上我的手指。

「對不起，」他說，「不交還是不對的。」

是我的裸照。我的手發抖。「最後一張在你這裡。」

「我去年交往的一個女生告訴我，總有一天我會為我糟蹋過的女生付出代價，我猜她說得對。」

「沙維耶，拜託。不要——」

「重來。我會努力，好嗎？」他的眼睛盯著腳趾，刮著地毯。「我正在畫一幅壁畫，或許我還會聽妳的建議貼到才藝秀上。」他露出皮笑肉不笑的表情，躲回他的房裡關上門。

⌘

「絕對不能錯過溫泉，那是台灣的精華。」瑞克的手扶著我手肘帶我走在他前面進入渡假村餐廳的自助餐排隊人龍。整排火鍋的銀盤，用藍色小火焰加熱，傳出令人垂涎的香氣。

「你也說過蛇街是台灣的精華，」我假裝抱怨，「還有刨冰和啤酒屋，和夜市。」回來跟瑞克一起，我對於禁令和沙維耶的痛苦已經感覺好多了。我把茄子舀到餐盤上繼續到豉椒炒蜆，他裝了十幾顆到他的餐盤裡。

「它們都是精華。」我們等待隊伍前進時，他的體溫貼著我背後，像磁鐵吸引著我。「馬克和我今天在外面跑步時發現了一家澡堂，我熄燈之後再來帶妳過去。」

「裸體嗎?」

「這是規矩。」

在我自責之前我會先打趣，但我感到一股快感。對，打破規矩是有後果的，有時候規矩存在自有它們的道理。但溜出去的重點不再是叛逆，而是追求我想要的事物。

我想要今晚跟他獨處。

「到翁泉怎麼走?」有個發音不準的男性聲音，或許英國或南美洲口音，在餐廳的低聲對話中傳出，是個觀光客和黑髮妻子走進雙併門。他們身邊有個禿頭飯店職員無助地攤開雙手，在說國語。戴白帽的觀光客大驚小怪，好像誤闖了澳洲荒野似的，他老婆拉緊肩膀上的中式絲綢披肩。

「到翁泉怎麼走?」男子轉頭改問碰巧走過來，身穿紅衣像隻小鳥的美華。她拔掉耳朵裡的耳機。

「什麼?」

他用誇張的大聲量複述他的問題。

美華困惑地皺起眉頭，一面把玩她肩上的長辮子。「抱歉，我聽不懂。」

他不耐煩地拉大嗓門。「我們再找戶外翁泉。」

「她也聽不懂，我們走吧。」妻子拉拉丈夫的手臂。

「連英語都講不好，」他說，大聲到連台北都聽得見。「這裡沒半個該死的人會講英語。」

美華的臉頰變得蒼白，沉默像厚重的布幕落下，現場所有交談停止。我的視野閃過一抹紅色。對，比起台北，這鄉下地方大多數員工幾乎不會說英語，但我遇過的大多數西方觀光客很尊重人，甚至比某些劍潭學生更有禮貌。這個人的口氣——我以前聽過：在麥當勞怒罵老媽的那個女人，說老爸是愚蠢中國佬的那個店員。

我的第一反應是假裝沒那回事，就像我一輩子的習慣。為了省下美華的尷尬，因為如果我們不承認別人的冒犯，或許它就不存在。

但接著我把餐盤放到餐台上大步走向他們。「你該向她道歉。」我雙手握成拳頭。「她不是你的僕人，這裡的人都不是。」

男子滿臉通紅。終於，有人會說正常英語了。

「我們不是在跟妳說話。」

「你在跟整個餐廳的人說話。告訴你一個新聞——在他們自己的國家不會講你的語言，並不會讓任何人比你愚笨。」

瑞克的手攬著我背後。他向男子散發出不以為然的氣息，男子抬頭向他兩百磅重的跑衛身材皺眉。

過了一會兒，他吐口水，往美華的方向說，「抱歉。」

「沒關係，先生。」美華就是這麼善良。「希望你找到你要找的地方。」

他老婆催他離開時瞪著我。美華雙手放在臉頰上給我一個畏懼的微笑，她講了一串國語，然後打斷自己。「啊，我老是忘記妳聽不懂——謝謝妳。」

「跟我們一起坐吧？」

「我父母打電話來，我得回電，但我晚點會來找你們。」她在我臉頰上留下花香味的親吻，然後離去。

回到自助餐隊伍裡，瑞克把我的餐盤遞給我，我差點失手掉落時又接回去。我雙手在發抖。餐廳裡沒人交談了。

或許我不該小題大作。

但等我們走到我們的桌子時，史賓賽和馬克跟在我們後面。蘇菲在沙維耶那桌跟他交談，然後端著她的餐盤過來加入我們。

「曾經有個女人大罵我爸滾回中國去，」瑞克說，「我們只是走在人行道上，當時我六歲。」

「我媽也遭遇過，」我坦承。

「我爸一個字也沒回嘴，」瑞克說，「當時我因此很討厭他。但現在，我想他厭煩了老是要反擊。」

我們又打破了一個禁忌，談論種族歧視，但我剛打破一個更大的禁忌當著全餐廳的面前跟那傢伙衝突，而不是堅守亞洲人迴避衝突的習慣。但這些都是應該打破的規矩。小孩子看到他們父母被那樣對待會有心理創傷，對父母也是。

「那像是上千次的準死亡，」我說。大老遠來到台灣才了解這點真是詭異。瑞克牽我的手捏了一下。

「我家人通過美加邊界時總是有麻煩，」我說，「有一次我們被拘留過夜，我媽、珍珠和我，在探望我舅舅的回程途中。」我打量串在槍套裡的槍枝時受到粗暴的審問，老媽驚嚇到她的眼鏡掉落摔破了，在我們負擔不起的破舊汽車旅館房間裡過一夜。「等我長大可以開車，我接手負責通過邊界。他們對我比較放鬆。你學會了作出特定表情和語氣讓他們別煩你，對吧？」

「或打橄欖球讓他們尊重你，」瑞克低聲說，我的手指握緊他的手指。跳舞教會我如何吸引人，建立護盾。無論如何，或許這是另一個讓我們在一起的相似性。

「在洛杉磯沒那麼糟糕，」馬克說，「在某些地方，亞裔是多數，甚至有我這種亞美混血。我的最惡劣遭遇是在籃球場被辱罵，但是所有小孩都很惡毒。」

「有的人遭遇更辛苦。」史賓賽撕開他的芝麻餅。「我有個朋友穿西裝通過機場安檢。他像個黑人那樣說話，結果被搜身耽誤很久。等我進入國會之後第一個議題就是要整頓國土安全部。」

「我會幫你競選，」馬克說，「但是我會成為挨餓的記者。不如我來報導你吧？『投給徐就是投給自己一票。』」

「瑞克會資助你競選，」蘇菲說。

「蘇菲會當你的競選經理，」我提議。

「我可以喔。」她甩甩頭髮，「你一旦選上總統，艾佛會當你的衛生部長。」

「我爸會高興到爆血管。」至於我，我想像以醫療總顧問身分建議美國總統。不會看到血，只是提供寶貴的智慧。我如果說這個願景沒有某個程度令人興奮就是在說謊了。

但是我第一次發現，如果發生在別人身上令人興奮，對我不行。

「如果她想做，就做得到。」瑞克親我耳朵，令同桌眾人大為驚訝。他怎麼會還不知道我最愛的顏色卻這麼了解我的這一面，比我還清楚？

我向他微笑。「我的第一個業務命令會是對蛇血酒加上警示標籤。這肯定有害你的健康！」

大家都笑了。當然，我們只是在作夢，畢竟我們父母的人生都充滿了掙扎。

但我們想要相信。

一陣熟悉的強風聲震撼整個建築，讓頭頂上的白色紙燈籠搖晃起來。雨滴落在窗戶的打鼓聲加速。接著燈光閃爍再熄滅，現場陷入一片漆黑。

一陣沮喪的叫聲同時響起。

「停電，」蘇菲說。

瑞克手上的打火機點燃，照亮了他的下巴。同樣的亮光也出現在其他桌。

飯店經理用國語向眾人說話，瑞克翻譯給我聽。「東南岸的台東來了另一個颱風，六個村子淹水了。」

「六個村子。」我想起漂浮在泥漿中的洋娃娃。「那些家庭會逃去哪裡？」

「誰曉得？」史賓賽說，「我們的導遊說每年海岸線都會因為颱風改變，他們一直遭受襲擊。」

「他們這樣子怎麼生活？」

「我們太幸福了。」瑞克說，即使緊接著我們的種族歧視話題之後，他說得沒錯。

我們離開餐廳時心情鬱悶，走廊上只有淡黃色的緊急燈光。我遇到美華拖著她的滾輪行李箱，上面布料磨損到她必須用繩子綑綁才能關上，老媽為了省錢不換新就會這麼做。

「妳不走嗎？」我洩氣地問。

觀光客對她大叫時她眼皮都沒眨一下，但現在她眼睛紅腫。「我的台東老家被颱風襲擊，整個村子都毀了，我要回去幫我父母。」

「喔，糟糕！妳的妹妹們，妳父母——他們平安吧？」

「是，但我們失去了一切——我們的衣服、照片、家具，全都沒了。」

宛如舞者離去的舞台，她的所有喜悅被一掃而空。她喉嚨發出粗糙的啜泣聲。我雙手擁抱她，在她緊靠著我時聞到了花香味。

「我是靠獎學金上大學的，」她說，「我怎麼負擔得起留下來？他們要怎麼過活？他們該怎麼辦？」

我想像她已經每天省吃儉用的父母，自己國家的少數族群，犧牲自己讓女兒往上爬。除了我在美國的意外出生，我很可能就是美華。

強風把門吹開，一陣暴雨淋在我們身上，我放開她時感覺好無助。

「我們在練習用〈蘭花草〉配樂跳舞，」我說，「謝謝妳跟我們分享這首歌。」

她臉上露出真心的微笑，然後又消失在陰影中。

「謝謝，艾佛。」

「如果有我們能幫忙的事請告訴我們。」

她點頭擦掉臉上的眼淚，然後拖著行李箱走進門外的無情風雨中。

第三十二章

黑暗中迴盪著潺潺水聲。瑞克點燃一支蠟燭。燭光照亮了堅固竹籬圍繞的石板地，寶塔式屋頂遮蔽了距離度假村大約四分之一哩的這家澡堂的一部份方形空間。

瑞克已經捐出他儲蓄裡的一百美元響應我為美華募款。這是個起步。但我抓著浴衣的打結腰帶時，她和家人、我們晚餐時的談話縈繞在我心頭。我把腳趾伸進石板建造的兩個池子裡。小池子是溫水，大池子比任何按摩浴缸更熱。兩邊都有礦物氣味。溫泉從角落注入，不斷進行換水。

瑞克關上日式滑門。「妳先，我保證不偷看。」

我在燭光照亮的陰暗中聽到他的笑聲，我的部分憂慮被跟他一起在這裡的興奮感取代，或許在這世上對抗不快樂的要訣就是及時行樂。

他轉身看著面對石凳的一排三個蓮蓬頭，同時我脫下浴衣溜進滑順到令人心虛的水中。池水的熱度剛剛好。我的赤腳滑過光滑的石頭浸泡到我肩膀，找了個池底凸緣坐著，竹牆與關閉的門隔絕了外界。

「嗯，」我呻吟道，「我們永遠待在這裡吧。」

瑞克進來坐在我旁邊，他的手臂摩擦到我的。我努力不去想那裸露的胸膛，他結實的腹肌。

我們隱形的裸體，我們之間只有水而已。

「這是你從香港回來以後我們第一次獨處。」

「我們不是在我房間裡三分鐘嗎？我們真該待在那裡。我幹嘛非帶妳看林家古厝不可？」

「因為那是台北的精華。」我嘲弄他。

「沒錯。」瑞克泡深一點，淹到他下巴。他的聲音有狡猾的語氣。「妳知道的，有些溫泉標榜兩性混浴。言明在先，不過兩性分開從明治維新時期日本對西方開放之後就是慣例了。」

「神奇小子，你怎麼會懂這麼多？」

「是嗎？我猜是讀書吧，什麼都讀，而且記住各種沒用的東西。」

「才不是沒用。」我往他的方向撥水，「所以理論上，吳教授，如果兩個人要在這附近進行這種禁忌活動，他們會違背行之多年的傳統？」

「一百三十年。還有社會規範，這算是嚴重的犯規。」

「太糟糕了。」

月光照在他頑皮的笑容上，他轉身面向我把我的一撮頭髮撥到肩膀後，把一撮頭髮纏在他手指上。「我迷戀妳的頭髮會讓我顯得膚淺嗎？」

「我不知道你對頭髮這麼迷戀。」

「它不只是黑色，也是藍色褐色和紅色，在月光下，還有些部分是銀色。」

「如果我禿了，你對我會有什麼感覺？」

他吻我的額頭。「我猜妳還有其他特質，有意義的東西，像是妳的肩膀。」他的手沿著裸露皮膚滑到肩上。「妳的脖子。」

我輕輕推開他。「萬一我發生意外毀容了呢？或是瘋掉？不是想搞病態，只是務實。人生沒有什麼是確定的。」

他的手抓住我的腰，拉我的身體湊近，直到我的大腿碰到他膝蓋。「記得我說過時機真不合理嗎？但是妳在這兒，好像妳終於出現而我沒發現我在找妳。」他的語氣變得嚴肅。「或許有些人注定要成為妳人生的一部分，而我們完全無法控制他們何時出現，也無法控制可能發生、又把他們帶走的任何事。如果我無法再跟妳說話——」他的脣碰碰我鼻尖然後懸著——「我身上必須跟妳說話的那個部分會死掉。」

我吻他。

他的手臂環抱著我，他強壯的雙手抓著我背後。我雙腿張開，喝下他炙熱的嘴，他的舌頭有薄荷和梅子味。我伸手滑到我們之間，摸過他的胸膛，他的肋骨，探索他的身體，那些強壯的腹肌。他堅定的手指滑過我潮濕的皮膚到我的腰，然後上來插入我的頭髮捧著我的後腦。

我不清楚時間經過了多久，或星星何時開始在頭頂上聚集，濃密到天空低落星辰的光線。

我們終於分開，暈眩，氣喘吁吁。

「我們為什麼沒有早點這麼做？」我咕噥。

「我還有很多絕招。」他的語氣悠閒又慵懶。

「你太驕傲了。」

「嗯哼。」

我們深浸到水裡，把頭靠在池邊，聆聽夜間蟋蟀的柔和歌聲。我想要跟他一起永遠停留在這溫暖的一刻。

但我腦中浮現晚餐時的念頭。靈光乍現，我坐起來激起了一些水花。

「這個地方叫什麼名稱？」

「溫泉？」他轉頭看著我，頭仍然靠在池邊。

「你用過不同的字，是日文字。」

「溫泉（Onsen）。」

「那個觀光客就是在找這裡。他念錯了，『戶外翁泉。』」結果他拿美華出氣，同時她父母正在因為淹水逃命。我的喉嚨哽咽，我無法解釋我發現那個觀光客的錯有兩個方面，為何會這麼難過。

「怎麼了？」瑞克警覺地坐起來，「我弄痛妳了嗎？」

「不是。她的父母——」我喉嚨發出啜泣聲，自己也嚇一跳。「我的父母——」

「妳過來。」他拉我到他胸前，我倚著他啜泣。

「我很抱歉，」我邊打嗝邊哽咽。「我不知道我有什麼毛病。今晚我們難得在一起，我卻在這兒哭哭啼啼。」

他的笑聲迴盪在水面。「我從來沒認識像妳的人，艾佛，別擔心，我們還是有這個夜晚。」他親我的頭頂，我的臉頰。「妳在想什麼？」

我把頭放在他肩上。我從來不想增添他的負擔，他已經為珍娜承擔很多了。但這就是瑞克：堅定，可靠。或許靠在他身上沒關係。我努力整理我的思緒，我困擾的是什麼，不只在今晚，而是好幾個夜晚了。

「我爸五十五歲，比我大多數朋友的父母更老，他直到九歲才有鞋子穿。他媽媽用肉屑煮麵，因為他們吃不起更多。他剛到美國時，非常欣賞道路，因為他只看過泥土路。我小時候把肉吐出來他會吃掉，因為他無法忍受浪費蛋白質。現在亞洲茁壯了，同時在美國，我父母常被移民官騷擾，還有乾掉的火龍果，我媽賣掉項鍊送我來這裡學習他們的文化，每當我讓他們失望，我就像那個觀光客吐口水在他們臉上。

「我討厭他們提醒我，但他們吃了很多苦，就像美華的家人，而且沒人在乎。今晚，蘇菲說我可以當衛生部長時——你知道那對我爸的意義有多重大嗎？他推著打掃推車的時候老是作那種大夢——那是他撐下去的動力。他就是這麼受傷的；他在克里夫蘭診所一腳踩到積水，但是根本沒看到。

「但我沒能耐達到那種成就。然後我心想，萬一我沒當上醫師呢？萬一我成為舞者呢？連光是渴望感覺都像我背叛了他們。」

瑞克梳過我潮濕的頭髮，溫柔、撫慰的手感。「你認為他們希望妳不快樂嗎？」

無論我多麼生氣，我從未懷疑他們希望我過得好。那本分子生物學教科書是為了我的未來，我的幸福。

「不會，」我承認。我抬頭眺望我看不見的地平線。「但我無法跟他們溝通。如果他們是美國人，或許我可以。像梅根和她父母。如果我是中國人，或許我會多順從他們一些，像我在中國的表親。沒有個人主義和自我實現之類令人困惑的美式訊息。但他們在七千哩外，即使我們站在同一個房間講相同語言的同樣內容，七千哩的隔閡總是存在。是我們之間的巨大鴻溝。」

「我的家庭剛好相反。」他的拇指掠過我大腿，然後消失。「他們對珍娜的批評是對的，而我聽不進去，也不想聽。如果我聽了，或許會早點為她尋求幫助。」他的鼻子放到我耳後的頭髮上，吸我的氣味。「或許我現在就不會這麼歉疚了。」

「歉疚什麼？」

「因為我很快樂。不只，像是最大的俄羅斯娃娃，而非最小的自我。不是因為她，而是我們在一起的人。」他的聲音卡住。「我以前不知道應該要像這樣子，是兩個人之間的事。」

因為他是三代單傳的長子，背負著姓氏的重擔，不是為了自己的幸福，而是別人的幸福。

「艾佛，」他的指尖摸摸我裸露的肚子。「我知道妳認為我還沒準備好——」

「噓……」我抓住他的手，再拉到我的胸前。

他的觸摸很猶豫，像試探。我的手放到他手上，抓他靠近我。

「艾佛，妳確定嗎？」

我們進展太快了，我腦中有個聲音在低語。但我不想停下來。

「我要你摸我。」

他握住整個胸部，令我顫抖起來。我的手指在水下找到他，然後探索，我們都在學習對方的肌肉、曲線和輪廓。他的嘴再度佔領我的，我們一起在飢渴與炎熱的霧氣中動作。在某個時間點，我察覺他把我推進了角落。石頭邊緣壓迫著我的後肩，同時他親吻我的嘴、我的下巴、我下顎後方、我的脖子，他的手仍在水下探索。

「我好熱，」我低聲說。

他抓著我的腰把我抬起坐在池邊。他站在我兩膝之間，在我用雙腿包圍他腰部，緊抓他的短髮時親吻我。

「我要告白，」他在接吻空檔咕噥，「第一天在廂型車上坐妳旁邊，當時我就想吻妳了。」

「所以你才這麼混蛋嗎？」

「我有嗎？」

「肯定有。哪裡？」

「什麼哪裡？」

「你想吻我哪裡？」

他沙啞地說，「所有地方。」

「那就來吧，」我呼吸，他也呼吸加速呼應，他的脣摩擦我的鎖骨，親吻兩邊肩膀頂上。我雙手蜷曲在他頭髮裡，他低下頭到我的胸部，我忍不住笑了一聲。

「噓。」他起身激起些微水花，他的唇擦過我耳朵，「除非妳想要找輔導員加入？」

「不想，也不要停。」我說，他輕輕把我放下直到我平躺在石板上，望著屋樑外的星星，雙腿仍泡在水裡。他的手放在我兩側手肘，再度吻我的唇，單一克制的輕觸，讓我全身其餘地方燃燒著嫉妒。

「在這等等，」他喘氣說。

「等什麼？」

他的嘴燒出一條線下到我的肚臍，讓我的身體像繃緊的樂器般顫抖，他泡回池裡時濺水聲迴盪著。

他的嘴一直往下移。

天啊，他是不是——？

他扳開我膝蓋時我的肚子下沉，他把肩膀滑到兩膝之間，他的手伸到我大腿下抓住我的臀。他沿著雙腿內側吻出一條小徑，呼氣在我皮膚上感覺好暖，好近又好親密。我的手掌按著石板，全身都鼓脹，不敢相信，同時他徵求許可繼續，我的低聲同意混雜著溫泉的水聲。

他慢慢來。悶燒不斷累積，直到我猛抓石板拱起背來，腳趾濺水，我的身體在他掌握下成熟。直到天上的星星爆炸成億萬顆光亮的超新星。

第三十三章

隔天早上我下樓吃早餐時，瑞克在俯瞰岩石庭院的靠窗兩人桌站起來。我昨晚探索過的結實身體現在安全地穿著綠色T恤和運動短褲。他替我拉出椅子，他眼中溫暖的頑皮，對我做過非凡之事的嘴脣的扭曲，讓我臉紅起來。

「妳早起了，」他逗我說。見我只是坐進椅子裡，他假裝驚訝。「有人早上心情不好喔。」

「我昨晚過得很好。」我打開全中文的菜單。「你知道的，惡龍會很驕傲。我看得懂哪些是湯、肉類、蔬菜──」

「很好？妳昨晚很好？」瑞克抓住我的腰，準備親吻。我的菜單掉落。「等我們今晚到了日月潭，我讓妳見識什麼叫很好。」

他吻我，我把手伸進他令我很著迷的頭髮裡。我們的桌布逐漸滑掉，而且吸引了鄰桌一對老夫婦側目，但我不在乎。我想要看瑞克無法自制，但是坦誠，愉悅地迷醉，因為我。

「誰知道神奇小子的舌頭這麼厲害呢？」我咕噥。

他傻笑。「我高一拿過演講比賽冠軍。」

「真是浪費天賦。」

「欸，你們。」蘇菲甩著第三張椅子到我們這桌，身穿橘色條紋洋裝美麗動人。「我幫大家找到了檔期！我聽說颱風耽擱了航班所以我又打給國家劇院，我沒猜錯！新加坡來的特技團必須取消演出，現在劇院要緊急調整。週五晚上我們回到台北之後——就是我們的！我阿姨和姨丈會在場，立漢已經同意遷移整個才藝秀並對民眾開放——現在我只需要取得惡龍許可。」

「哇，蘇菲。」我退離瑞克給自己呼吸的空間，太多好事情灌到我的生活裡。「我不敢相信。對，我可以！國家劇院，妳成功了。」

她甩甩肩膀上的黑髮。「他們會把海報放在他們的售票處窗口，寄封email給訂閱名單。他們說我們甚至可以收門票。」

「真的嗎？」我把椅子往前挪，「我們把收入捐給美華的家人吧，給她村裡遭受風災的所有家庭。」

「慈善音樂會，」瑞克說，「好極了。」

「我該早點提起的。」我擁抱他，然後抱蘇菲。「這算是回饋她的小小方法。」

「那麼加入拍賣會怎麼樣？」瑞克說，「會募到比較多錢。然後每個人都可以貢獻，即使他們無法上台。」

「蘇菲，妳真能幹，我知道妳可以。我們可以請求大家捐東西，甚至沙維耶——」我捏皺桌布的下襬。「或許他會願意給我們一些畫作。」

蘇菲的手移到耳朵，不自覺地摸摸他的蛋白石耳環。她臉上閃過一點陰霾。然後她跳起來。「有惡龍在。艾佛，來吧。」

蘇菲說明的時候，惡龍舀起半顆鹹蛋放到她的粥裡。我在兩腳間交換重心，有一瞬間惡龍把手指放到鼻子上，拇指摸摸下巴，像老媽一樣傾聽。

「Hǎo bá（好吧），」她終於說。

「我們成功了！」蘇菲開始把我拉走。

「愛美，」惡龍說。

我謹慎地轉回來。「是？」

她的鷹眼凝視帶著穿透力。「妳們打算做的是好事。」

她拿起餐盤，繼續走過早餐檯。

「等我走上台之後她就不會覺得那麼好了，」我嘀咕，蘇菲和我往瑞克走回去。「尤其我們的服裝像妳說的那麼性感的話。」

「反正，到時也來不及了，」蘇菲唱道。

「愛美。」我走到瑞克時立漢交給我一張飯店的綠紙條。「Nǐ bàba dǎ diànhuà lái le（妳爸爸打電話來了）。」

「我爸打電話來？」我壓抑住強烈恐慌。自從裸照事件通話後我還沒跟他說過話。

立漢把第二張紙條給瑞克，瑞克皺眉。「珍娜？我以為她不想跟我說話呢。」

我抗拒把兩張紙條撕成碎屑的衝動。

我大聲說，「看來我們都有電話要打了。」

✥

這家度假村沒有四樓——在中文等同於不吉利的數字十三，因為國語的四諧音是死。我的房間在五樓，意思是其實在四樓，在我推開我的房門時感受到了所有不祥的沉重。

他休想干涉才藝秀，門都沒有。

即使我必須吃掉回家的機票也不行。

我先檢查email，看珍珠有沒有發警訊。她有，果然是忠實的妹妹。**老爸想要聯絡妳，不確定是什麼事。他們在講中文。老媽很擔心。**

第一聲鈴響老爸就接聽了。

「嗨，艾佛。」我想像線路另一端的他，戴著他的克里夫蘭紅人隊棒球帽。他的口氣從裸照通話以來冷靜了許多，但不表示沒有壞消息要說。「我請醫院把我的航班往前挪了幾天。我今晚會出發，明天下午會去接妳，星期天我們再一起飛回來。」

比威脅強制我回家好一點，但也差不多。他要親自飛來在最後幾天監督我。

「我到週日深夜才會回到校園。」如蘇菲所說，等到他發現我在國家劇院，已經來不及了。

「喔，好吧。」老爸聽起來很失望。「那星期天早上我會去校園接妳。手機要開著，好嗎？我會用 WeChat 發簡訊給妳。」我以為他會生氣，但他語氣和善。幾乎像懇求。

我躲掉子彈了嗎？「沒問題，老爸。」

我掛斷，但我的手停在手機上。他即將登機，我忘了祝他旅途平安。那個家庭儀式，把一撮鹽往肩膀後丟，沒做就可能發生不幸的事。我心不在焉的老爸，一輩子都在作醫師夢。他會在機場忘記拿行李或者走路時沒有老媽讓他保持專心會撞到牆。

「旅途平安。」我低聲說。我希望這樣也行。

有敲門聲，我打開門讓瑞克近來。他把背包掛在肩上，準備好上路。

「她沒有接所以我留言了。一切沒問題吧？」

所以我們都脫困了。我應該慶幸，把我的偏執歸咎於一輩子都在不安地等待結果。

他的手停留在我腰上，我踮起腳尖吻他。「一切沒事。」

等到我們走下巴士踏上最後一站日月潭的白沙岸，關於慈善音樂會的風聲已經傳開了。黛博拉和蘿拉提議邀請她們在總統獎學金活動認識的台灣官員。更多人的才藝突然冒出來，包括一個清唱團體和史賓賽模仿馬丁路德金恩，蘇菲把這些都加到我們膨脹中的表演清單裡。

「給我和兄弟們七分鐘的空檔。」馬克眨眼說，拒絕透露細節。五人幫在湖岸擺姿勢拍奪回修辭的照片時暖風擁抱著我們：抬高手腳作勢鶴形踢，龍形拳重疊蓄勢待發，露出牙齒——神奇武術大師們讓我們整輛巴士的人爆笑不斷。
我也笑了，把他們的名字加進清單裡。
「妳的另一個天命或許是星探。」瑞克親我的頭髮說。
我微笑，「或許我們可以當很多不同的東西。」

蘇菲和我發現沙維耶坐在棕櫚樹低垂的葉子底下，在他的大腿上不斷畫圖。白浪捲起沙子沖上岸拍打他的腳。
他對上我的目光時畏縮一下，用手遮住他的素描畫。
「妳有什麼事？」他的語氣緊張。
拿著資料夾的蘇菲勇敢地坐到他旁邊的沙地上，一點也不擔心她的橘色洋裝。我坐到她的另一側，讓她說明拍賣會的事，目標是幫助遭到洪水的村落。沙維耶沒說話，但他也沒叫我們別煩他。
「我敢打賭你的作品可以賣很多錢，」蘇菲說完了，「而且是為了做善事。」
沙維耶放下他的簿子到沙地上。「我祖母是原住民，所以我才會捲髮。」他用鉛筆撥弄一撮頭髮，瞄我一眼然後看他的涼鞋。「我或許還有幾張畫。」
「好，找到跟我說。」蘇菲公事公辦，掩飾她不能說或顯現出來的深層感受。「我要邀請本地的家庭，加上我阿姨的藝術收藏。我會確保你的作品被合適的人看見，如果你配合，我不會讓你失望的。」

他驚訝地眨眨眼睛，淺笑一下。「我從來沒懷疑過。」

◆

我用立漢的手機打給美華時她哭了。「妳確定嗎？」

「那還用說。很多人想幫忙，他們只是需要知道方法。」

「我父母一定不會相信。我媽正在照顧我的新妹妹——我晚點再告訴她，才不會失手把妹妹掉落了！請代我謝謝大家，全村都感謝。」

「我會的，」我答應，「妳最好也來跟我們跳舞。」

「我很笨手笨腳！但是謝謝，愛——我是說艾佛。」

「叫我愛美也沒關係，我兩種都喜歡。」

「Hǎo de（好的）。」她笑了，「Xièxiè（謝謝），愛美。」

我在人群中尋找瑞克，終於在巴士的行李艙邊找到穿綠T恤的他。他背對著我，身體彎成奇怪的角度。他把手機貼在耳邊，他全身布滿了打從他從香港回來之後我沒看過的緊張，他的拇指用熟悉煩燥的方式挖著手指內側。

恐懼刺穿了我的心。

我衝過沙灘往他奔去。

「拜託，我聽不太懂妳的意思，」他在說，「妳在這裡？怎麼會？在哪裡？」

「怎麼了？」我抓他的手臂，在沙子上滑了一下。「誰來了？」

瑞克放下手機到胸口，肩膀緊繃得像斷層線上扭曲的岩石。我看到他的指尖因為摳傷疤有血跡，動搖了一下。

「她來了，」他茫然地說，「她說她想連絡我好幾天了。」

「你在說什麼？」

他的目光飄向道路，有輛銀色保時捷駛到沙灘上，後座跳出一個漂亮女孩，髮型時髦的黑髮在下顎處搖擺。她發皺的黑洋裝顯示出長時間的舟車勞頓。

「瑞克！」她踢掉涼鞋，在沙灘上向我們跑過來。

我震驚地認出她來。

她本人比照片上看來更漂亮：輪廓鮮明的完美眉毛、窄鼻、花苞狀嘴唇，電影明星似的大眼睛。在我心中，已經把她累積出巨大的存在感；但在現實生活中，她窄肩，像薄紗般嬌小又脆弱。我很害怕她勢必感受到的急迫，必須面對她對搭飛機長途旅行的恐懼。

「瑞克，我們得談談。」她停在他面前，眼睛只看著他。她喉嚨處閃爍的是懸掛畢業班藍寶石戒指的項鍊，她有點喘氣，但是表情鎮定，甚至高貴，像個公主——難怪沒人懷疑她在內心深處掩埋了多少心思。

但接著她的臉像掉落的舞台布幕皺起來。

她的手指抓著他的雙臂，把臉湊近他，開始嚎啕大哭。

第三十四章

「大家走吧！觀眾兩小時後就到了！」

蘇菲拿著資料夾，從背景布幕的縫隙擠出來踏上國家劇院的舞台，她穿著工作用的褲子和短袖白色上衣。劇院本身充滿了活力的聲音：史賓賽和班吉用手推車運來大鼓的搖晃聲，我的隊員們穿著浮誇的寶石色衣服旋轉的鞋子落地聲：翡翠、藍寶石、黃玉──一切都準備好了。

舞台上一層剛打的蠟覆蓋了先前表演遺留的刮痕與傷疤，從我在中央的位置看來，左右兩翼感覺好遙遠。六具聚光燈混合出雙重光暈照著我，同時從後方的技師包廂，全身黑衣的舞台經理喊叫著下指示。蘇菲安排了請劇院拍下整場活動的影片。

我站在三層看台總共一千四百九十八個絲絨座位前面，瑪林斯基芭蕾舞團跳過舞，百老匯戲劇表演過，馬友友演奏過大提琴的地方。這應該讓人想翻個側身觔斗，這是我舞蹈生涯中最盛大的夜晚──但是我全身痠痛彷彿被崩塌的橋樑壓到似的。

蘇菲走去檢查麥克風途中抓住我的手臂。「他會來的。」她伸手摸過頭髮嘆口氣。「我──不知情感覺真糟糕，我們沒人曉得……」

瑞克昨天下午和珍娜離開日月潭，害怕丟下她單獨回台北。他打給她在香港的祖父母，正在等他們過來。
我心裡自私的部分想要像她一樣死抓不放：別走，我也需要你。要求瑞克畫清界線，就像梅根老是催我跟我父母畫清界線。但我做不到，以珍娜現在的處境不行。
他們在回台北的漫長車程中談了什麼？他們昨晚住在圓山大飯店，他會替她拿行李走進紅地毯、雕刻柱子的奢華大廳。他們在一起這麼多年的感覺回來了嗎？那是他認為不能拋棄、沒有你就會死掉的人嗎？
如果她無法放手，他會一輩子為了扮演三代相傳的長子角色顛覆自己的意願，身為大哥和男朋友，允許他放棄自我嗎？
我必須相信即使我們看不見，這個宇宙間有秩序，而且它的基本設計是好的。一個人從來不應該負擔別人。瑞克和這個暑假給了我勇氣去負責我自己的未來。
我只能希望我為他做了同樣的事。
如果他決定了選她，那麼這個暑假的重點就是他們而非我們的命運。
「瑞克會來嗎？」彩排中我執行獨演而非鬥棍時黛博拉問道。
「他會來的。」我說。
隊員們交換眼色。或許黛博拉是對的，一開始我就不該請求瑞克加入我們的舞蹈，或把表演的核心建立在鬥棍上面。
但是我喜歡，喜歡跟瑞克跳舞。如果我們不追求我們喜愛的事物，那還有什麼意義呢？

「他會來的，」我重複，「如果沒來，我就自己表演，來吧。我們舞台設定好了，來看看拍賣會的人是否需要幫忙。」

在劇院的露天中庭裡，蕾娜的讀經班的女孩們正在把白布披到長方形桌子上，打開蘇菲的阿姨送來的二十幾個畫架。其他學員在設置塑膠紙包裹的裝盤麻糬，稱作年糕（niángāo），還有甜點桌上擺著劍潭的美食偵探們的貢獻品。

蘇菲拿走三個畫架給沙維耶。她擺出他描繪基隆河上兩艘龍舟的畫，調整角度以便讓光線照亮。

「他真有天份。」她哽咽說，「我先前好傻，艾佛。」

我喉嚨裡也哽咽起來。「我們都是。」

「嗨，女士們。」沙維耶穿著絲質黑襯衫抵達，把一長捲紙張塞到腋下深處。「我帶了壁畫來，」他的捲髮往後梳到耳朵後。他看到他的畫，下顎的肌肉動了一下——我很怕他要求我們撤下來。或是逃走。

然後他扶正那幅三個黑帽老人圖，蘇菲擅自下了簡單的標題——《三個老人》。

「這樣展示的時候，看起來就像是真正的畫家作品。」

「是真正的畫家沒錯。」我走到他身邊，「但是你還沒落款。」

他的目光對上我，難以解讀。「如果真的有人要買，我會簽。」

沙維耶和蘇菲把他的壁畫掛到舞台的背景上。一條細長的中式青龍飛過劍潭回憶畫面的拼貼圖上：故宮博物院的五個並排大門；插滿線香冒著煙的金色香爐；閃爍燈光下的舞者；日月潭，這幾個中文字名稱巧妙地符合它太陽與月亮的形狀；太魯閣峽谷Y形藍色溪水合流注入灰色的水中，亞裔美國學員聚集在藍水，灰水這邊擠滿各種年齡的黑髮家庭。

「這是個類比。」沙維耶的手肘碰到我的，我停在畫的下方。「這是我們。」

我歪著頭，不發一語地閱讀。我們在岩石間開闢出自己的道路，直到我們跟較大股的生命水流融合。水流令我傷心，但又療癒我的心——正是藝術應該有的效果。

「太棒了。」我高興得喉頭緊繃，「我喜歡。」

他交給我綁著棕色緞帶的一小捲紙。「妳叫我不要畫妳，但我認為——妳不會介意這些。」

「哦？」我打開四張素描：瑞克和我一起坐在太魯閣峽谷的橘色岩石上，瑞克和我背後有夜市的燈光，瑞克和我在墾丁國家森林的邊緣鬥棍，我仰天大笑。

還有一張。蘇菲和我坐在日月潭邊，蘇菲低頭看著她的資料夾，我雙臂抱著腿，那時候我們正在談沙維耶。

「妳說對了很多事情。」他摸摸我染色的手裡拿的小棍棒。「快樂大概就是這樣子。」

蘇菲加入我們。「我會在最後拍賣你的壁畫。」

「匿名，」沙維耶說，「就說是某學生的作品。」

「好，」蘇菲同意，然後看到我們的圖畫驚叫一聲說，「好漂亮。」

「色彩。」我釋出內心深處隱藏的許多感受時喉嚨發痛，「我從來沒看過這麼美妙的色彩。」

✥

在後台排列著落地鏡的的化妝室裡，我換上紅寶石色舞衣。蓋肩袖強調出我的手臂，側腰打結的黑腰帶凸顯我的腰身，裙子保守地及膝但是絲布緊貼我的身體。我面對鏡中自己時，本能地挺起肩膀，隱藏我的曲線。然後我強迫自己站直。

不過，我緊張得腸胃緊繃，想像劍潭所有人的眼睛盯著我，一面把我的衣服塞進袋子裡。一張性感照飄落——是沙維耶歸還的那張。我照例心驚，但是我第一次鼓起勇氣細看。

誇張的事發生：比我害怕得好多了。燈光以好看的角度凸顯出我的顴骨，我脖子的芭蕾女伶曲線，我的漂亮姿勢。我還是寧可躲到黃包車下也不想讓這些照片流傳——但我不再因為看見自己身體被嚇到了。

蘇菲走進來，在一面鏡子前打開她的化妝包。

「外面超熱鬧的，」她說。

我窺探窗外。人群推擠著進入自由廣場的五個拱門，等待入場。人多到溢出外面馬路，藍制服的警察人牆在引導人群走到對面的人行道上，汽機車像割草機穿過草坪經過時猛按喇叭。

「看起來半個台北市的人都來了，」我說。

「是啊，」蘇菲幸災樂禍地說。「黛博拉說有些政府的VIP要來，所以他們才加強管制。」

我知道我不太可能看到他，但我還是舉起他的棍子，在人群中尋找瑞克的粗壯肩膀。

但是，從對街的人群裡冒出一頂熟悉的克里夫蘭紅人隊球帽。

即使混在上百個華人之中，我也認得出他的駝背姿勢。他壓低帽子彎著腰的模樣，他手拿摺疊地圖離眼睛特別遠的距離，好像戲劇中的角色誤闖了另一部作品的舞台。是老爸。

我掏出我的手機——果然，他發了簡訊：

老爸：我在劍潭這邊。妳的同學說妳去中正紀念堂野餐了。

老爸：我在自由廣場上但是交通封鎖了。劇院裡有募款活動。

老爸：妳還在紀念堂嗎？我試著通過看看。

他的最後一則是二十分鐘前發的。我的同學在想什麼，為了掩護我指點他到錯誤觀光景點的正確建築物？我發簡訊給他：

老爸，我不在那邊。一定是搞錯了。明天校園見，好嗎？

我的簡訊發送，發送，發送，然後傳送失敗。沒訊號。沒有更糟的時機了。「蘇菲，我爸在外面。」我抓起衣架上的黑色罩衫披在我的舞衣上。「他在找我，我得耽擱個幾分鐘。」

「不行啊。」蘇菲抓住我手臂，「他會阻止妳，妳自己說過的，這是妳的大結局。艾佛・王的最後一支舞！」

我擁抱她說，「他找不到我不會回去的，我不能讓他整晚尋找。我會叫他明天在校園跟我碰面。」

「萬一妳被警衛攔住呢？」

「我是表演人員，他們不能阻攔我。」

「可是——」

「看。」我拿走她的資料夾取出一張她今晚要拍賣的後台通行證。「我會用這個回來的。」

我跑下劇院台階進入漸暗的暮色時腳步意外地輕快。老爸來了，珍珠出生後帶我去溜冰免得我感覺被忽略，讓老媽專心照顧她的笨拙老爸。冒著生命危險在學校停車場教我開車，從亞洲離岸時只比我現在年齡大幾歲，現在遠離家人與朋友過活的老爸。

我跟蘇菲說我不想讓他整夜亂逛時沒有完全誠實，我了解老爸為什麼看到《花木蘭》裡匈奴入侵中國時會哭。

他想家。

我也想他。

進入自由廣場的五個拱門被拒馬封鎖了。賓客擠進一個狹窄的入口，打開提袋和背包接受藍衣警衛的檢查。我擠過去，向一個圓臉警衛亮出後台通行證。「Wǒ hěn kuài jiù huì huílái le（我很快就會回來了）。別忘記我！」

他揮手讓我通過，我沉入像一片玉米田的高聳人群中，我看不到迎面而來的臉孔以外的東西。地面在我腳下震動，前方有汽車駛過的噪音大群輕機車冒著黑煙呼嘯而過。

我走近馬路時，一輛白色卡車衝過去。

它離去後，克里夫蘭紅人隊球帽就在我面前的對街。

他左邊有個高大男子，右邊有一家子人，擠在一個穿花卉裙子的胖女人後面，馬路上的警察把人群往後推，她一直撞到他。他在我畢業典禮上穿的藍條紋襯衫沒有塞進牛仔褲裡，他瞇眼看地圖，再往幾個方向伸長脖子，或許想找替代路線進入自由廣場。他表情疲倦。在俄亥俄老家，現在正要天亮，他像我一樣向來難以適應時差；他一定是在飛機上整晚清醒坐著。

「爸！」

一輛黑轎車駛過，捲起的風拉扯我的裙子。老爸往幾個方向轉身，尋找我的聲音。

「爸，在這裡！」我揮手叫。

他疲倦的眼神看到我，然後像煙火般亮起來。

「艾佛！」他揮手，嘗試繞過他和馬路之間的胖女人。「艾佛！」

她往後推擠。「等輪到你！」她用國語怒斥。

我急切地擠向他，他還在揮手，笑得合不攏嘴。他繞過那個女人衝向我，像平常一樣專注地所有注意力集中在找到我。

然後一切同時發生。

老爸的臉色變驚訝，他往前傾倒，揮舞手臂保持平衡。

走進馬路，進入一輛來車的路線。

「爸，小心！」

喇叭聲大響了好久。老爸在馬路中央像被逼到角落的動物愣住，他的腳步向來不敏捷。

在電光石火間，撞擊在我腦中和心中上演。推了二十年清潔推車的那副身體，鋼鐵的無情衝擊，時速太快的重量。

離開人行道是個選擇。不只冒著今晚無法表演的風險，還有未來的跳舞機會。但那是個選擇，不是透過犧牲或懲罰的威脅，甚至歉疚與責任的沉重來強迫的。

我全心作出了選擇。「爸，快閃！」

「艾佛，不要！」他大叫，「別過來！」

接著我滑過街道朝向他。在我左方，鍍鉻的亮光、車頭燈的強光衝向我，我伸手抓住他手臂，同時另一聲喇叭震耳欲聾。

第三十五章

全世界震動，巨響，化為粒子。

老爸和我撞到那個穿印花裙子的女人。她慘叫，我的鞋子飛掉，我的手臂脫臼，全身像火燒般疼痛。我們成了一團混亂的頭髮和手腳撞到人行道，翻滾，摩擦，同時喇叭在我們背後大響，然後平息。

「艾佛！受傷沒有？」

我的肩膀和上臂灼痛，我手臂無法動彈，一波波的疼痛差點淹沒我，但我慢慢發現自己躺在老爸身上。他在摸索人行道，他的眼鏡掉了，我從地上抓起金屬鏡框，一邊的厚鏡片破裂了，但我還是塞到他手裡，他戴到臉上。

「艾佛。」他臉上的痣比我印象中變多了，斑白的頭髮雜亂地披在頭上。「艾佛，妳沒事吧？」

我身體有點不對勁。但我匆忙跪起來，用正常的手臂攬著他，我不記得長大以後曾經這麼做過。他有香皀氣味，像Tide洗潔劑，又像報紙。像家的味道。

「你差點死掉，」我哭道。

人群在我們周圍交頭接耳、試探、跪下、大驚小怪，但我只注意到老爸的手遲疑地撫摸我後腦，我不記得從我小時候他多久沒做這種事。

「只是腳踝。好過頭部受傷，多虧有妳。」我退開時他又說。

一陣劇痛讓我的視野變成一片空白。

「艾佛！」我叫出來時老爸抓住我手臂，「怎麼了？」

「肩膀——」我痛苦地說，「我的肩膀——」

「妳脫臼了。」他抓住我的肩胛板，另一隻手抓著我手肘上方。他臉上的擔憂退去，變成我在公園和特殊活動中看過，當他跪在醫療突發事故前，知道該怎麼辦的的冷靜專注。「別動，會有點痛。」

扭一下啪一聲，他把我的手臂接回關節上了。

強烈解脫感讓我癱倒在他身上。

「不會有事的。」他用試探的手摸摸我背後，「只要幾星期——」

「妳掉了這個。」一名男士把我的鞋子交還我，「救護車快到了。」

果然，一輛標著紅十字閃著紅燈的救護車在馬路上朝我們駛來。

老爸抓我的手。他接下來說的話有點困難，彷彿他在整段航程，整個尋找我的過程憋了太久，必須在醫護員抵達之前說出來。「在飛機上，我想起有一次我們帶妳去公園，當時妳四歲。

有個男人在拉小提琴，妳赤腳在草地上跳舞。大家都過來看妳。有個婦女叫我們讓妳去上舞蹈課。後來我們就讓妳去齊格勒芭蕾教室。」

今年暑假我只想要跳舞。

老爸聽進去了。

我不記得四歲的那一天了，我根本不知道那是我進入後來宛如第二個家的舞蹈教室的理由。但這個故事很美好，跳舞向來是我生活的一部分——老爸很清楚。

「很抱歉我讓你失望了。」這次重逢一點兒不像花木蘭和她爸，我沒有帶皇帝的徽章回來給他。從他的觀點，他送長女飄洋過海，她卻胡搞瞎搞，他也不是毫無道理。「照片的事我很抱歉。」

「妳跟朋友與輔導員講的話都比我們多，」他說，有時候妳回家時，說的英語快到我們聽不懂，有時候我們怕我們沒有正確地教養妳，我們只希望妳的人生比我們好過。萬一我們為此來到美國，卻失去了妳呢？」

「可是你不懂嗎？」我換姿勢倚著他，肩膀靠在他胸前。「我的人生已經變好了，因為你和老媽。」

老爸臉上抽搐一下，我怕他要哭出來了。

「妳真的覺得這樣？」

然後醫護員拚命用問題轟炸我們。

「我腳踝骨折了，」老爸冷靜地告訴他們。

「老爸，糟了。」典型的老爸，痛苦往肚裡吞。「但是你的工作——」

「這不用妳擔心。」

他們檢查他的生命跡象。我的腳踝發軟，但沒有扭傷。醫護員給我一顆白藥丸——處方級消炎止痛藥——和一瓶水。另一名醫護員檢查他的腳踝時，老爸開玩笑說他們的救護車裝備比美國的某些醫院更好。他的語氣比我印象中更穩定，更有自信。

另一件神奇的事發生了。他們在說國語——而我大致聽得懂。人群開始變少，疏導到自由廣場和劇院去。一名白袍男子擠過來，跪到老爸旁邊，跟他握手。他灰白的亂髮跟老爸很像。

「安迪，我一接到你的簡訊就來了。」

「這是李傑森醫師，」老爸向我介紹，「我們是醫學院同學，最近這幾年就是他出錢讓我飛過來在他的醫院當顧問。」

「令尊真是個寶藏呢，」李醫師捏捏我的手說，「多虧有他，我們是台北提供最佳醫護的醫院。」

李醫師接手，很快老爸就臨時包裹好腳踝，坐上擔架。雖然他抗議，他們仍宣告他因為長途旅行脫水，給他吊點滴。我輕輕轉動我的手臂，疼痛減輕了，但我不用問老爸可不可以表演棍舞。應該沒問題。

「王醫生？」醫護主管地給老爸一台平板電腦。「市政府會負責你的醫療費，請在這裡簽名？」

Wong Yishēng（王醫生）。他有了適當的頭銜。

等了這麼多年。

這時蘇菲的聲音傳到我耳中。「我得跟她說話，是緊急的事！」

蘇菲從醫護員背後冒出來，戴著假睫毛，深藍色眼影，鮮紅的唇膏，已經準備好演出了。她的方格洋裝套上了黑罩衫，髮髻上的頭髮鬆脫了。

「王醫師！嗨！我是艾佛的劍潭室友，我聽說你平安無事——太好了！呃，既然你沒事，艾佛可以跟我們去做緊急學校作業嗎？」

祭出王牌。幹得好，蘇菲。老爸摘下眼鏡在襯衫上擦拭時，她畏懼地看我一眼。

「妳的手臂最好休息，艾佛。」

「爸，我只要幾小時就好。」我從醫護員的工具箱又摸走一顆止痛藥。

老爸的眼神告訴我他想反對，但接著他點頭。「傑森要我去醫院照X光打石膏，之後我會回飯店。妳的作業是什麼內容？」

「只是暑假收尾的東西。」我本能地輕描淡寫。我再擁抱他一下，然後跟著不耐煩地揮手催促的蘇菲離開。

她扭動的眉毛示意：快點，快點！

但是有東西拉扯我，讓我停在人行道的這個地點。

我轉過身。擔架上的老爸看著我，我永遠看不透那個散布黑痣、戴眼鏡的臉孔。我們之間可能永遠會存在的隔閡。

但我現在知道大鴻溝才是敵人。老爸或許永遠不會懂我為什麼看花木蘭會哭，但或許這樣要求他並不公平。

如果大鴻溝要架起橋樑，或至少縮小一點。我只能改變我自己，不是放棄我的美國屬性。而是讓他們理解我。

我往他後退一步，手指捏皺了我的黑罩衫。他除了溫和的芭蕾演出以外從未看過我跳舞。為了很多理由，我一直沒辦法跟他分享我的這一面。

「其實我在那裡面幫忙辦募款活動。」我指著國家劇院的橘色燕尾屋頂。「那是才藝秀，我編排了一支舞蹈，如果你能動用醫界關係讓他們放你出院，我會希望你來看。」

老爸在鏡片後面眨眨眼。「喔。」他拔掉手腕上的針頭。

「王醫師，拜託，小心點！」醫護主管衝上前來。

「如果能暫時幫我找個輪椅。」老爸已經掙扎著站起來，扶著救護車的門。我也忘了他可以多固執。「我要跟我女兒去。」

第三十六章

紅絲絨布幕模糊了裡面的吼叫聲，超不專業的我撥開一條細縫窺探外面，劍潭學員和輔導員們擠爆了劇院的前半段，其餘直到最上層陽台都坐滿了陌生人。

「我們票賣光了！」我低聲說。

「我們的表演越精彩，越多人會在拍賣會出價。他們心情會很好。」蘇菲擁抱我。「他也會來。」

她手拿著節目單，從布幕之間溜出去。

節目持續一個小時，加上中場休息，我們的部分是壓軸。瑞克還有時間，我拒絕擔心。我的腳踝刺痛——我好像終究受了點傷，我揉一揉，吃下第二顆藥丸，希望足以讓我撐過去。我順一順辮子到末端的紅色蕾絲，再調整我衣服的頸線，我輪廓上的每個皺褶和曲線。穿這件衣服無法隱藏身材，我不再渴望有梅根的腿或蘇菲的曲線，覺得自己有自己的美。今晚，我要表現出我的能耐，不只對台北和劍潭，不只對克莉兒阿姨和泰德姨丈——

也對老爸。

「Dajiā hǎo（大家好）！」麥克風放大了蘇菲的歡迎詞響徹整個劇院。「哈囉，台北！」

回應的叫聲震撼了我腳下的舞台。

我跟黛博拉和蘿拉從側翼看著蘇菲宣布每項表演：扯鈴，武術。麥克的喜劇橋段搏得了觀眾的笑聲。有個來自G巴士的男生飛速表演了拉赫曼尼諾夫的鋼琴練習曲，他的身體和雙手用火焰般的熱情敲擊琴鍵，我了解瑞克從練音樂轉換到橄欖球時的體悟了。

中場休息時，蘇菲鼓勵每個人利用這幾分鐘細看自助拍賣會場。我再度用黑罩衫遮住紅衣，溜出去偷窺進展。幾百個人聚集在拍賣桌邊，填寫出價單，然後拍賣結束。我向聚集在沙維耶畫架周圍的人群微笑，沙維耶自己坐在他們旁邊，把印章壓到印泥上，在每張畫作上蓋印時黑色捲髮披到了眼睛前面。

原來他全部賣掉了，也刻好了印章。那張寄予厚望的《三個老人》，現在已經確定流傳在世界上了。

彷彿感覺得到我的注視，他抬頭看我，向我微笑回應。

我們表演的後半場以大成功展開。史賓賽很懂台灣——牢記著他們自己的獨立，他響亮如雷的「我有一個夢」模仿獲得了撼動吊燈的滿堂彩。

「投給徐就是投給你自己！」有個聲音大喊。

黛博拉和蘿拉表演古箏二重奏。來自D車的三個學員一個輔導員用鑰匙、低音吉他、鼓和一種手動的竹製管樂器即興演奏一首爵士樂。

接著蘇菲宣布五人幫出場，在我們之前的最後一項表演。

我查看化妝室裡，舞台後面的走道，但瑞克不見蹤影。我把棍子倚在牆上，腸胃緊繃起來。剩五分鐘就要出場了。

他會來的。

「馬克在哪裡？」黛博拉嘀咕，「輪到他表演了，但我今天都沒看到他。」

我往後屈膝按摩痠痛的腳踝。「整晚都沒看到他。」我坦承。

走秀音樂響徹整個劇院，各種電子鋼琴和人工合成節奏吸走了我們全部注意力。我往舞台伸長脖子時一個穿短皮草外套和網襪的高大女生大步走進聚光燈下，濃密黑髮圍繞著櫻紅色翹嘴脣與濃妝眼睛的堅定臉孔。

「哇，她好壯喔，」黛博拉低聲說。

她確實是——而且引以為傲。她的紅蕾絲胸罩只用外套的中間鈕扣遮住，她擺出誇張的模特兒姿勢：舉起一臂，彎腰，挺胸——引來懷疑的笑聲和幾聲口哨。

「呃，那是誰啊？」黛博拉問。

「我不知道。」蘇菲雙手抱胸按住資料夾。「史賓賽一直幫馬克傳話，我還沒跟馬克說上話。」

她咬緊下巴。「這個表演最好很精彩，否則有人要倒楣了。」

我盯著那個女生。「她很眼熟。」但我確定從來沒見過她。是馬克的朋友嗎？我還沒認識全部五百的學員，但像她這種女生一定很顯眼。還有五人幫自己跑哪裡去了？

第二個女生從側翼出場時音樂加速，纖細的小個子身穿繡著深紅櫻花的粉紅長袍，戴著長到手肘的白手套。她後面跟著身穿豹紋、乳溝深到可以淹死人的第三個女生，濃厚的香水味傳入我的鼻子。

「那是山姆嗎？」我問道。

黛博拉驚叫一聲。

穿絲綢旗袍的第四和第五個女生加入陣容時，我盯著第一個女生。

我抓住蘇菲的手。「我想那是馬克和大衛。」

「不會吧！」她大叫。

第一個女生拿起麥克風，溫暖的女低音傳過整個劇院。

「各位女士先生，我是瑪凱特，很高興為大家介紹美麗的山米、薇達、班哲敏和佩特拉。歡迎光臨劍潭小姐選美大會！參賽者，請排隊。各位觀眾，請準備投票！」

觀眾爆出歡呼與刺耳的口哨聲。馬克、山姆、剃掉山羊鬍的大衛、班吉和彼得，五人幫以自己的方式奪回了亞裔男性的陰柔刻板印象。

我用力歡呼到喉嚨發痛，這個太棒太瘋狂了。瑞克真該在現場看到。我窺視觀眾，猜想我們的成年人能否接受。令我驚訝的是，坐在最前排的惡龍舉手到頭頂上在拍手，她左右的兩個政治人物也同樣在用力喝采。

誰猜得到呢？

劍潭小姐選美大會過程超時很久，競爭的佳麗們各顯身手。但是觀眾在喊叫。他們投票淘汰一個接一個，直到最後剩下班傑敏和瑪凱特，他扯掉皮草外套和原本看似假皮的緊身衣，露出……」

惡龍的綠旗袍！

惡龍本人從前排座位站起來，她的同色旗袍在舞台燈光下閃亮，她笑著舉起手在頭上合握，轉個圈同時拱手，讓大家用力鼓掌。舞台上的瑪凱特被加冕，其餘人抬起他放在肩上到處遊行，往他丟碎紙片。

我擦擦自己的眼淚，馬克毀掉了蘇菲的精心化妝。

「我們絕對比不過那個，」我轉向蘇菲說。

但她不見了。

反而是瑞克從側翼布幕後面出現。他潮濕的黑髮在黑衣黑褲上方像烏鴉羽毛發亮，拜蘇菲之賜。他把他的運動鞋丟到垃圾桶裡，但我先瞥見鞋跟好似飢餓的鱷魚張開嘴。他拿著他的棍子，他從牆邊抓起我的棍子丟給我，但我太震驚沒接到。

「你的鞋子怎麼了？」我驚呼。

「我從飯店一路跑步來這裡，交通大堵塞。抱歉我遲到了，剛洗過澡。」他微笑說，「不能讓馬克得意忘形。」

「你跑到鞋子磨壞了。」我不敢相信。

「我在華西街買的，看起來我被坑了。」他跪下來綁黑色舞鞋的鞋帶。

「她祖父母的班機誤點了。結果我打給她爸爸，他父母和我都飛過去陪她。現在他們全家會合了。」他牽我的手，眼神突然嚴肅得讓我心臟差點從胸口跳出來。「我告訴她我承諾過要回來參加，我說她必須讓我走。」

讓他走。

幸福與歉疚的交戰，我知道他付出了多大代價。「你——你想她不會出事吧？」

他身上有重擔，用超齡的成熟肩負起他的責任，在無法擔保一切會沒事之下作選擇。

「我們談了很久，我們都發現她比她或我承認的更堅強，獨自飛來這裡連她自己都驚訝。這是我們第一次真正開放地談她的憂鬱症，我告訴她妳說的要找個適當的顧問——不是轉告，我是說，只是個勸告。她沒有同意，但也沒拒絕，她交還了這個。」他舉起他的指關節。珍娜項鍊上的畢業班藍寶石戒指反射出光澤。「其實這是我的。」

所以她放他走了。

我嘴裡發出哽咽聲。「我還怕——」

我詞窮，說不出我怕的是什麼，他把我拉進溫暖的懷中伸手擁抱我，嘴巴湊到我耳邊。「我小時候，老師問我們誰不相信外太空有生命，我是唯一舉手的。不是因為我不相信，是因為看過那麼多奧斯朋童書之後，我怕相信這麼不可思議的事情有可能是真的。

「跟妳在一起的時候，我就知道了，外面還有生命，改天我們可以一起去尋找。」

他的琥珀色眼睛低頭對我微笑，宇宙大霹靂秩序下的奇蹟。

但蘇菲在呼叫觀眾保持秩序。

「我的腳踝有點受傷，肩膀也是。」

「怎麼回事？」

「只是扭到。」我調整瑞克的衣領，在他反對之前親吻他的皺眉。「別擔心，我做得到。」

我的隊員在舞台兩側列隊，沒綁髮帶或緞帶的黑髮晃動著，舞衣、彩帶和扇子的寶石色藏在鈕扣扣到脖子的薄紗黑外衣底下。

黛博拉向瑞克豎起拇指。

「謝謝，瑪凱特，也感謝各位慷慨的贊助者。」蘇菲說，「我們的拍賣結束了，我們會在今晚表演結束後宣布得標價。為了還沒搶贏的失望出價者，我們還有一件東西——在我背後這幅驚人的壁畫，我會在落幕之後拍賣。照例，所得款項會捐給台東的颱風受災家庭。」

我轉動我的棍子幫自己專心。

「現在，各位女士先生！我很榮幸宣布漫遊者舞團的國際首演，由我們學員艾佛・王創作與編排的原創舞蹈！」

第三十七章

〈蘭花草〉的開場音符播放，隊員們上前排成三個相同小組：一個女孩原地迴轉，舉起雙臂，四個人像黑色花朵的花瓣繞著她旋轉。三個舞台燈的光暈照著她們。她們面無表情——暫時啦。他們臀部和手臂以慵懶的動作，隨著鼓聲的輕柔節奏形成變幻的圖形。

我最喜愛編舞的方面就是永遠會有個故事。至少對我來說，這支舞的故事隨著我們每次練習，每次添加新元素而進化。

隨著音樂加速，隊員們脫掉黑色長袍爆發成藍寶石、翠綠和橘色，絲綢彩帶飛舞，藍色扇子彈開，爵士舞的甩手動作。她們旋轉時裙子和頭髮像……花瓣張開：藍色，綠色和橘色在整個舞台上混合。

接著史賓賽的鼓聲傳出相反的韻律，藍綠橘像插花般融合同時我穿著紅衣旋轉著藤棍出現。我的心臟因為怯場猛跳，它隨著場地而來，但這次不同——老爸在觀眾裡。

而且他即將看到我跟另一個男生跳舞。

我保持專注在隊員身上，呈8字形穿梭其間。她們的彩帶拍打著我的手臂，我的腳隨著史賓賽的定時節奏跺地板同時尋找我的家——我屬於沒有彩帶的彩帶舞者嗎？沒有扇子的扇子舞者？

或甩著手把我撞開的爵士舞者？

我的隊員排成一道起伏的波浪，交替出現藍綠橘色。她們擠開我，我拋起棍棒在空中旋轉飛舞同時穿著紅衣在底下旋轉，接住，跑來跑去尋找隊伍中的空位置。

但我不屬於任何地方。

這時一陣熱鬧鼓聲與和音帶來了新加入者：瑞克走上舞台，旋轉棍棒配合我，舞台燈光在他的烏黑頭髮映出反光。

觀眾席中發出一陣低語。

我假裝對這闖入者生氣，跳向他。我的棍子在空中呼嘯同時打向他的棍子發出有回音的爆裂聲，我雙手持棍，躍起進入桶滾動作越過舞台再回到他面前。

但是我的腳踝一陣劇痛，我縮短旋轉動作。呼一口氣——撐住。我的隊員們在我背後組成一個方陣，我們十六人一齊前進同時我向瑞克的頭揮棍。他擋住，反擊，向我的頭，我的腳，我的腰揮棍令我閃避，讓出空間給他。

啪，啪，啪！瑞克逼退我們全體同時笑了。撞擊震動傳到我手上，同時我們一路打到台下。隊員們終於被打敗，退後形成一排窸窣的合唱隊。

我跟瑞克站在舞台中央時渾然遺忘了觀眾，我的腳踝。隨著我每次揮棍，他模仿我的動作，每次撞擊都被鼓聲強化，我們佯攻閃避，揮棍喊叫時沒人打敗對方。

我們兩棍交叉，一起轉了一圈，加快，加快，然後瑞克搶走我手中的棍子。不甘示弱的我也搶走他的棍子，丟到一旁發出喀啦聲。他雙手抱住我，我的手滑過他的側臉，我的隊員排成兩圈包圍我們，像彩虹色的環以反方向轉動。

然後我的腳踝發軟。

我向前仆倒時忍住驚叫，我的腳在打蠟地板上滑掉，我倒向瑞克，即將在他腳邊狼狽著地。但瑞克動作流暢地抓住我的腰，他把我抬上空中彷彿我像羽毛一樣輕，旋轉，轉出我們沒練習過的圈圈，光線模糊成不同色彩。我在飛翔而且我順其自然——往後拱背幾乎折半，頭髮在空中飄揚，手腳保持彎曲，既屈服又自由。

最後，瑞克把我擁進懷中，旋轉最後幾圈，放下我倚著他休息。他汗濕的胸膛貼著我起伏，我們都心臟狂跳得比鼓還大聲，同時彼此凝視，對外界渾然不覺。

只有如雷的掌聲讓我回過神來。

我的隊員們鞠躬。瑞克和我合握的手分開，各自鞠躬。我耳中有如雷的心跳聲，我咧嘴笑得臉上發痛。舞台以外的觀眾成了一片模糊的臉孔。

除了那個從輪椅跳起來站著的人。他的玳瑁殼眼鏡滑到了鼻頭，他把眼鏡推回原位，一直拍手讓觀眾跟著他起立鼓掌。

是老爸。

我們又鞠躬第二次、第三次，但鼓掌聲沒停。最後，依照我預先安排的信號，鼓聲響起開始安可表演。

瑞克和我分開撿回自己的棍子，在舞台上演出最後一場格鬥。我的腳踝撐住了。觀眾的掌聲出現韻律，我的隊員在我們背後排成半圓形。

我上前旋轉棍子，跟著古老的鼓聲跳舞時，感覺到全身上下所有部位都活過來了：高興我有一部分是華人，一部分美國人，全部合起來的我就只是我。

❖

應沙維耶要求，蘇菲以匿名學生的作品拍賣掉他的壁畫。我坐在台下的凳子上讓蕾娜用冰袋包住我憤怒的腳踝。觀眾裡的出價者開始比價，越來越高，直到最後她宣布以七千一百美元售出。

「我的天，是他老爸得標了。」黛博拉說。

「不是開玩笑吧？」我向那個軍人氣息、雪白外套上毫無皺褶、灰白色頭髮旁分的眼熟男士伸長脖子。但諷刺的是，他不會知道他買下的是沙維耶的作品。

「我真希望看到沙維耶現在的表情，」我滿足地說。

「各位女士先生，」蘇菲宣布，「代表颱風救援基金，我們所有劍潭學員感謝您的支持。我很高興宣布我們募到了超過五十萬台幣！」

一萬六千美元！

等不及布幕落地，我們尖叫擁抱起來，大群汗濕的身體和噴髮膠僵硬的頭髮糾纏在一起：黛博拉、史賓賽、馬克、蘿拉。蕾娜哭了。史賓賽跟所有人擊掌，山姆親吻班吉，我們被自我和我們的成功灌醉了。

立漢舉起又放下我的手，見我皺眉才停手。「我以你們為榮。你們剛來的時候，我以為你們是一群被寵壞的美國人——我，呃——」

「我們是啊。」我說，也擁抱他一下。

蘇菲擠過舞台布幕，扯掉一隻高跟鞋，然後另一隻。她把資料夾丟上空中高舉雙臂，像吊燈一樣發亮。

「一萬六千！」

我抱住她的脖子。「以沒有才藝的女生來說還不錯！」

「哈佛商學院，我來啦！」

沙維耶爬上舞台台階走向我們，照例在他口袋裡勾著拇指。但他的眼中有新的光芒，他張開手中的一疊名片。

「藝術收藏家——和我爸。」他不敢置信地搖搖頭，「改天，我會告訴他。」

「我很高興。」我猛捏一下他的手，「非常非常高興。」

蘇菲翻閱他的名片。「不會是他吧。」她捏皺一張名片。「我阿姨認識他，他是個騙子。但是這兩個」——她把卡片塞回他手裡——「很正派。」

驚訝的暫停之後，他的嘴露出微笑。「謝謝。」

接著他們走向舞台上的惡龍。今晚生意人蘇菲壓倒了美女蘇菲，但我很高興她兩者兼具。我們很強大。

我們可以成為我們想要的任何人——女兒，兒子，母親，父親，公民，人類。今晚我們向台北證明了。在未來的日子裡，我們會向全世界證明。

一隻熟悉的手落在我肩上。

我轉身同時舉起我的手抓住它。

瑞克微笑說，「我們表現很好。」

「確實是。」我微笑回應，然後發現老爸坐著輪椅從舞台電梯下來。

「等等，瑞克。嗨，老爸。」我走向他。

他滑向我時舉起雙臂。「艾佛，妳的手臂！我看到妳走上舞台時，妳的腳踝軟掉——」

「我非跳不可。」

「妳可能造成身體的永久損傷啊！」老爸伸出手摸我的腳踝，我抬起來放到他腿上。他用專家的觸感到處摸摸，再放下腳踝單腳站起來檢查我的肩膀。會痛，但如此而已，最後他坐回輪椅上。「接下來一個月妳必須讓手臂和腳踝休息，至少。」

「我會的，」我承諾，而且是認真的。有些規則不必考慮。他用雙手抓住我的手。「妳很優秀，而且看起來很美，或許我們回家後妳可以教我怎麼轉棍子，我在功夫片裡面看過。」

我的喉嚨哽咽。「好啊。」

瑞克一直躲在後面。這時，我和他十指相扣拉他上前。老爸瞪大眼睛，我懷疑他今晚還能承受多少驚喜。但我只剩一個了。

「嗨，爸。」我微笑說，「還記得神奇小子嗎？」

尾聲

台北的桃園國際機場擠滿了幾千個旅客，但是這次，狂亂感覺很友善，不再嚇人。台北有些事物我不會想念——太多機車，令人渾身發癢的潮濕——但我逐漸喜愛這裡的人民，夜市，到處都有的路邊美食。我會懷念在愛之船的友誼強度，也感謝有它陪著我前進。我會懷念融入的匿名性，但或許我從來就不該融入。

至於國語，我對父母的雙語能力有了新的理解。我還是只懂幾十個漢字，但是招牌、報紙、雜誌不再只是隨機的符號，它們充滿了意義：門，眼睛，手，男人，肉，水，心，戈，泥土，雨，樹，太陽和月亮，木頭，火，電力，黃金，還有短尾鳥類。

目前，這就足夠知道裡面有意義了。

我走在坐輪椅的老爸旁邊，把手放在他肩上，這對我們都是新體驗。

他伸手蓋著我的手抬頭微笑。「準備好回家了嗎？」

「我準備好了。」

我帶了第三根藤棍給珍珠，以便我們跟老爸練習；我給老媽的驚喜是用行李廂裡兩雙襪子夾帶的一小顆紫色火龍果。多年來在邊界被海關官員騷擾之後，我想她有權吃一次。

她平常的嚴厲表情軟化了。「艾佛，這是我的——」

「最愛，我知道。」我微笑，這不是珍珠項鍊，但我至少可以表現我很感謝她。

我回家過了幾星期，時差循環消退，開心地跟梅根與丹重逢，接到一通美華的來電之後——多虧我們她又回到校園了——我泡了一壺紅烏龍茶，在廚房流理台上放了三個杯子。

「爸，媽，我有事要說。」

在餐桌上的老媽從一疊帳單裡抬起頭，老爸闔上報紙摘下他的眼鏡，用襯衫下擺擦擦鏡片，再戴回去。

在充滿第一次的暑假裡，這是我第一次用自己的事情找上他們。整個暑假我在許多小事讓他們失望了，不過他們永遠不會知道詳情。有時候我也讓自己失望了。

但我仍然堅持著。

如今，我準備好以史上最大的方式讓他們失望了。

我坐進他們對面的座位裡。「我在台灣想了很多，」我說，「這話對你們會很刺耳，但是我九月不上西北大學了。」

老爸的眼鏡又掉下來了。老媽放下她的茶杯。

「艾佛特——」

「請聽我說完。我不想要當醫師，我內心深處向來知道但是太害怕不敢承認。」我微笑說，「我一看到血就暈眩，這可不是展開醫療事業的好跡象。」

「那應該不成問題——」老爸反駁，但我伸手按住他的手。

「我可以克服這一點——你是這樣教養我的。真正的理由是——」我呼吸一下穩住心神。「我想要跳舞，我想要創作舞蹈，而且我很擅長。我會休個空檔年去齊格勒教室當舞蹈教師，同時申請隔年秋季的舞蹈學校和獎學金課程。我有我在台灣編排的舞蹈影片，我會用來當作申請書的附件。」

「跳舞不是務實的工作。」老媽像早晨的空氣一樣輕快，「從頭開始不切實際。萬一妳在舞蹈學校畢業後找不到工作呢？到時沒有醫學院會收妳了。不行，妳準備得這麼辛苦，妳得放下舞蹈，先讀完醫學院。」

「媽，妳沒仔細聽我說，」我說，「我不上醫學院了。」

我掏出一個今天寄來的信封，把西北大學的來信推向他們，附有一張支票。「今年暑假我向室友學會了怎麼談判，我請他們退還我們的訂金。」

老媽推開那疊帳單把信拿近。她抬頭看我，我痛苦地發現她眼角的新皺紋，額頭上的線條變深了。

「這太愚蠢了。」

她用粗糙的手按著桌面站起來。

「跳舞無法養家活口！妳怎麼能這樣對我們？對妳父親？我們做了這麼多，妳還是這麼不知好歹嗎？」

「寶拉——」老爸開口，但她大聲制止他。

「我們養育她不是為了這個，我們為她放棄了一切，全部啊！」

我留在座位上，雙手包著溫熱的馬克杯。在暑假開始時，她的話會把我的靈魂撕成碎片。我可能會在中間怒吼，「那我就挨餓吧！」

現在，她的瞪視仍讓我腹中像雲霄飛車衝到底部那麼沉重。

但我繼續前進越過下一個山丘。

如果有必要我會為了家人去死。如果為了提供家人食物和住所，我願意搬到外國放棄跳舞，在每天每小時去拆開染血的繃帶。但因為有他們，我不必那麼做。我不必像老爸去推清潔推車，滿身消毒水臭味並渴望換個工作，我的靈魂可以活著的地方。

「爸，媽，你們倆都夠勇敢隻身來到美國。爸放棄醫療讓我們能在這裡長大，那需要勇氣，我是跟你學到的。你放棄安穩冒險追求更重大的事情，我現在也是。我希望用我的舞蹈把注意力引導到沒人注意的人。」

老媽衝出廚房。

老爸仍掛著震驚的表情，但不是憤怒。我們之間辛苦贏得的些許寶貴互信仍然存在。

「她會適應的。」他捏捏我的手，然後跟著她出去。

這些漫長痛苦的對話延伸了許多天，中間穿插著吃飯，工作，珍珠要排練莫札特C大調奏鳴曲，她練好了，然後是她上國中的第一天，哭哭啼啼跟梅根道別。但我很慶幸有這些對話。我一直對父母隱藏我對舞蹈、對那些遠大夢想的熱愛太久了。

再也不會了。

老媽不跟我說話，但我知道即使她搞錯了我的需求，她會用自己的方式希望我得到最好的東西。老爸照例沒說太多，但我感覺到他的沉默底下沒有批判，而是支持。或許他向來都是。老爸了解放棄你的夢想是什麼感受，而我現在了解拒絕他們的願望跟拒絕他們是不同的。

我跟另一種罪惡感搏鬥。我是那種逃避科學或傳統男性職業的女生嗎？但答案是否定的。我愛我父母從不把我的性別當成事業成功的障礙，這給了我蘇菲自己從來沒有的選擇權。

因為我真的有選擇。

我不會盲目選擇。我看過了路上的遠景，我知道我在社區劇場舞台上跳舞會比當衛生部長提供總統建議快樂一千倍。

蘇菲從達特茅斯的新生訓練中打電話來：她室友跟史賓賽一樣未來想要競選公職，而蘇菲已經瞄準創業家社團的主席。沙維耶每星期會跟蘇菲通話一次，拒絕了他老爸用大筆捐款爭取到的麻州貴族私立高中名額，搬去洛杉磯在一家獨立劇場做布景工作，是《三個老人》的買主幫忙介紹的職位。

「說了妳一定不相信，」蘇菲說，「珍娜進了西北大學的醫學院。」

「不會吧！」我抓緊手機，「她得到了我的名額。」

「馬克說對了，不是嗎？」蘇菲氣炸了，「亞裔女生都是平等的。但是她延後了入學。」

「真的嗎？」

「她要休空檔年先去跟律師工作。她說她還沒準備好。」

「我很高興，」我說，「在許多層面上，我很高興。」

八月廿四日，瑞克前往耶魯途中來訪，老爸在晚餐時也有自己的事宣布。他還在撐拐杖，只是減少工作量。「我決定從克里夫蘭診所退休，全職投入我的顧問生意。李醫師好一陣子一直鼓勵我這麼做，他幫我在台東找到了另一個客戶。」

我從座位站起來擁抱他。「爸，太好了。恭喜。」

「風險很大，」老爸坦承，「如果狀況不順利，我賺得可能比在醫院少。時機似乎不對，妳不上醫學院──呃，轉換方向了。但是我想要這麼做已經十年了，妳又這麼快樂，或許我們沒人能隱藏我們的本質。」

「我們不能。」我附和。

瑞克提議幫老爸設立他的遠端辦公室，他們兩個在書房忙了五天安裝了Wi-Fi訊號增幅器、電力庫和視訊螢幕。

「謝謝。」我攬著瑞克的腰，他搭著我的肩，我們一起欣賞成果。

「十月有校友返校日。」老爸打開書桌檯燈時瑞克提醒我。

老爸轉過身去，我默默偷吻一下瑞克。「我會去的。」

老媽慶祝老爸第一個客戶的方式是砸大錢安裝她一直想要的白色室內百葉窗。「這樣可以在他需要隱私的時候幫老爸專心，」她編藉口。但我在前往齊格勒教室授課途中，跟著腦中歌曲的旋律跳舞經過客廳時，我看到她坐在沙發上對著她的百葉窗微笑。

我們都大有進展。

我打開大門，跳舞下台階然後原地旋轉，蔚藍無雲的天上掛著明亮的太陽。我不只是打開了盜賊燈籠的活門，而是把它拆掉了。

超新星再也沒有侷限。

作者的話

用三種不同中文方言撰寫英文小說比我預期的更棘手。我沒有太多先例可以借鏡，所以不知不覺間想出了自己處理拼音、斜體和聲調符號的方式。我不知道我做得對不對，但是希望我至少讓閱讀體驗盡量接近天衣無縫的程度了。

本書之中大多數華語對話是用標準中文的官方的羅馬化系統，漢語拼音寫的。至於英文文本中的常用中文詞彙，例如旗袍、拼音和點心（粵語），我選擇不用聲調符號以便融入主要的英語文本。我對於適當的角色名與地名也作同樣的選擇，例如經常出現在英文句子裡的美華和愛美，不過它們有時候也出現在漢語拼音的句子裡。

劍潭（Chien Tan）是真實存在的校園的拼字法，使用以前曾經是台灣主流的羅馬拼音方式，韋氏拼音法（Wade-Giles system）。

閩南語拼音則是根據白話字羅馬拼音（Peh-ōe-jī Romanizationñ〉，是台式閩南語的多種系統之一。

致謝

在我十二年來的寫作旅程中有好多人幫助過我，再多筆墨也不夠我感謝他們所有人。

我要感謝下列人士協助讓《台北愛之船》實現。

我在HarperCollins公司的團隊：

聰明的編輯Kristen Pettit，她的遠見，活力和創意造就了這本漂亮的書。謝謝妳用各種方式為我們的世界帶來改變。

感謝Jenna Stempel-Lobell、Corina Lupp、Janice Sung和Jennet Liaw美妙的封面圖（英文版）和其他作品。

感謝Cindy Hamilton、Ebony LaDelle、Jane Lee、Sari Murray、Clare Vaughn、Michael D'Angelo、Epic Reads團隊、Shenwei Chang、Jessica Gold和行銷與宣傳部門的所有人讓《台北愛之船》問世。

我的New Leaf公司團隊：

Jo Volpe，她成為我經紀人的十年前就鼓勵只是菜鳥作家的我，寄回她親手標註過的第一份敝人手稿。有了妳就有無限可能性。

Pouya Shahbazian為我拉開了進入好萊塢的簾幕。

Meredith Barnes在我不確定我的許多人生能夠合在一起時，高明地把它們連接起來。

Mia Roman、Veronica Grijlva、Abigail Donoghue、Jordan Hill、Kelsey Lewis、Mariah Chappell、Hilary Pecheone、Cassandra Baim和整個New Leaf團隊。感謝Suzie Townsend的溫暖歡迎！

我的佛蒙特美術學院（VCFA）社群：

Shelley Tanaka、A.M. Jenkins、Lyn Miller-Lachmann、Rachel Yeaman、Monica Roe、Gena Smith、Suma Subramaniam、Heather Hughes、Lianna McSwain、Laura Atkins。還有Susan Korchek和我討論閱讀障礙的問題。

我的書評搭檔：Sabaa Tahir、Stephanie Garber、Stacey Lee（也是兩個愛之船校友組成的家庭），Kelly Loy Gilbert、I. W. Gregorio、Sonya Mukherjee。你們的慷慨與對我的信心讓本書得以實現。

我在舊金山的寫作社群：SCBWI NorCal作家們、Melanie Raanes、Angela Mann和我們親愛的Keplers Books公司裡所有書商——我很感激你們這些年來的友誼。

我聰明的大學朋友和社群：我室友Judy Hung Liang、Chienlan Hsu、Emily Sadigh、Jennifer H. Wu、Paula Fernandez、Kavitha Ramchandran。多年前我們認識時就想要改變世界——而且我們正在努力。

感謝Yang-Sze Choo和James Cham多年來的耐心與忠告。

感謝Olivia Chen為了珍珠奶茶之旅無邊無際的創意行銷主意。

感謝Jill和Nathan Schmidt鑄造了我的漂亮印章。我很驕傲能夠使用它。

提供無價的專業意見：Noa Wheeler、Anne Ursu、Lewis Buzbee、Jordan Brown 和 Cathy Yardley。感謝Meghan Hopkins提供的精神健康敏感指數。

感謝Brian Yang、Bing Chen、Chris Kim、Eugene Wei和Pier Nirandara在我闖蕩好萊塢時的支持。Stephanie Yang，謝謝。

謝謝花時間評論《台北愛之船》：Carey Lai（妳提出的鬥棍主意改變了劇情！），Emily Yao、Eugene Wei、Jerry Chiang、David Lee、Dave Lu、Andy Wen。謝謝Ferdinand Hui的介紹。我環遊台灣島的導遊Tony Lin。

感謝我的兄弟姊妹Byron和Liza Hing的明智意見與支持，Colleen Hing Linde忠實地讀完我的每一本小說，還有Brooks Linde為我禱告。

感謝我的父母Ray和Barbara Lim Hing。讓你們引以為榮對我仍然很有意義。

我的兒子Aidan和Alistair，你們是我最大的喜悅來源。

我的丈夫兼最好的朋友Andy，我無法想像沒有你我該怎麼辦。

還有用他自己的時間做完所有事情的那個人。

台北愛之船 / 邢立美 (Abigail Hing Wen) 作 ; 李建興翻譯 . -- 初版 -- 臺北市 : 時報文化出版企業股份有限公司 , 2022.09
面 ; 公分 . -- (city ; 97)
譯自 : Loveboat, Taipei.
ISBN 978-626-335-815-7(平裝)
874.57 111012755

ISBN 978-626-335-815-7
Printed in Taiwan

City 97

台北愛之船 Loveboat, Taipei

作者 邢立美（Abigail Hing Wen） | 譯者 李建興 | 校對 黃信琦 | 主編 謝翠鈺 | 企劃 鄭家謙 | 封面設計 江孟達 | 美術編輯 趙小芳 | 董事長 趙政岷 | 出版者 時報文化出版企業股份有限公司 108019 台北市和平西路三段 240 號七樓 發行專線—(02)2306-6842 讀者服務專線—0800-231-705・(02)2304-7103 讀者服務傳真—(02)2304-6858 郵撥—19344724 時報文化出版公司 信箱—10899 台北華江橋郵局第九九信箱 時報悅讀網—http://www.readingtimes.com.tw 時報出版臉書—http://www.facebook.com/readingtimes.fans | 法律顧問 理律法律事務所 陳長文律師、李念祖律師 | 印刷 勁達印刷有限公司 | 初版一刷 2022 年 9 月 9 日 | 定價 新台幣 480 元 | 缺頁或破損的書，請寄回更換

時報文化出版公司成立於 1975 年，並於 1999 年股票上櫃公開發行，
於 2008 年脫離中時集團非屬旺中，以「尊重智慧與創意的文化事業」為信念。